AF386201

Ray Mohra

KRAMMERS TURNTABLE

Roman

Impressum

Bibliografische Information der Deutschen Nationalbibliothek:
Die Deutsche Nationalbibliothek verzeichnet diese Publikation in der
Deutschen Nationalbibliografie; detaillierte bibliografische Daten sind
im Internet über http://dnb.dnb.de abrufbar.

© 2024 Ray Mohra

Lektorat und Korrektorat: Angela Hochwimmer

Verlag: BoD • Books on Demand GmbH, In de Tarpen 42,

22848 Norderstedt

Druck: Libri Plureos GmbH, Friedensallee 273, 22763 Hamburg

ISBN: 978-3-7583-1881-8

Für Jan und Philipp

Ein Wort vorab

Diese Geschichte und die darin beschriebenen Personen sind größtenteils frei erfunden. Ähnlichkeiten mit tatsächlich existierenden Personen sind entweder zufällig oder wurden mit den betreffenden Menschen abgesprochen. Bei den vorkommenden Städtenamen ist es so: Manche Orte gibt es wirklich, manche nicht. Bei einigen Beschreibungen war ich so frei, auch schon mal von der Realität abzuweichen.

Auf die Verwendung von Gendersprache oder entsprechenden Zeichen wie Sternchen oder Doppelpunkte habe ich bewusst verzichtet, weil mir ein gut lesbarer und verständlicher Text wichtiger war als übertriebene politische Korrektheit.

Da es sich bei der Geschichte im Wesentlichen um einen Krimi handelt, kommen an manchen Stellen Beschreibungen von Gewalt vor. Wer so etwas nicht lesen mag, nimmt lieber ein anderes Buch zur Hand. Mir persönlich liegt die Auseinandersetzung mit dem Thema Gewalt sehr am Herzen und ich finde es wichtig, hinzuschauen, wenn sie passiert.

Von diesem Roman gibt es auch einen zweiten Teil. Er heißt *Krammers Faktum*. Wer gerne wissen möchte, wie es weitergeht, ist herzlich eingeladen, die spannende Fortsetzung zu lesen. Dieser Roman funktioniert aber auch unabhängig von seinem Nachfolger für sich allein – und umgekehrt.

Und weil wir uns in dieser teils sehr persönlichen Geschichte schon ein bisschen näherkommen werden, sagen wir einfach du zueinander, ok?

Und jetzt wünsch ich dir viel Spaß beim Lesen!

Prolog

»Scheiße!«

Andreas Krammer schaute auf die Uhr des Bahnsteigs zwei in Bröhlheim. Sie zeigte 1 Uhr und 7 Minuten und die Nacht lag wie eine schwere Bettdecke über der Stadt im Rheinland. Er war mutterseelenallein dort, und – als ginge es darum, seine Situation noch ein wenig trostloser erscheinen zu lassen, als sie ohnehin schon war – es hatte angefangen zu regnen. Ein leichter, aber unangenehmer Nieselregen hatte sich dieser kühlen Oktobernacht hinzugesellt. Auf dem Bahnsteig war er zwar vor Nässe geschützt, aber der Wind zog ihm immer wieder gemein durch seine viel zu dünne Jacke. Seit etwas mehr als einer Stunde war er nun volljährig. Diesen Moment hatte er sich anders vorgestellt.

»Scheiße!«

Er trat gegen einen Stein, der klackernd im Gleisbett landete. Noch einmal ging er zum Fahrplan, um ganz sicherzugehen, dass er sich nicht verlesen hatte. Nein, er hatte sich nicht verlesen. Die Tabelle zeigte ihm unmissverständlich an, dass der nächste Zug nach Köln erst in der Früh um *05:26* Uhr hier abfahren würde. Er dachte nach. Sollte er wirklich viereinhalb Stunden auf den beschissenen Zug warten? Oh Mann!

Ursprünglich hatte Andi doch nur vorgehabt, seinen Freund Jochen in Oberkassel zu besuchen, dort zu übernachten und am nächsten Morgen wieder nach Hause zu fahren. Er hatte sich vor der Abreise bei seiner Mutter einen Erdbeerkuchen zur Feier seines großen Tages gewünscht, und am Wochenende sollte dann eine große Party stattfinden. Entgegen seinem ursprünglichen Plan hatte er sich am Bonner Hauptbahnhof aber spontan zu einem kleinen Abstecher nach Bröhlheim zu seinem Vater entschieden. Andi schürzte seine Lippen, als er darüber nachdachte, denn beinah erwartungsgemäß war ihre Zusammenkunft wieder einmal zu einem Streit eskaliert, und nach diesem furchtbaren Abend hasste er sich selbst für diese bescheuerte Idee.

Klonk!
Sein Blick ging wieder hinauf zur Bahnsteiguhr. Er hatte nie verstanden, warum der Sekundenzeiger immer einen kurzen Moment bei der zwölf stehen blieb, bis der Minutenzeiger auf die nächste Minute sprang. Das kam ihm so vor, als wenn er sagen wollte: »Muss ich denn immer auf dich warten, du Lahmarsch? Jetzt beeil dich doch mal!«
Zum regelmäßigen *Klonk* der Bahnhofsuhr gesellte sich das Brummen einer flackernden Neonröhre, die wohl schon bald für immer verstummen bzw. verglimmen würde.

Kapitel 1

Nach dem Streit mit seinem Vater war Andi mitten in der Nacht zum Bahnhof gelaufen. Er wollte nur noch weg von hier. Heim zu seiner Mutter und Christiane, seiner Schwester.

Einen Rucksack mit einer Jogginghose, ein paar Unterhosen und T-Shirts sowie einen Karton, im dem sich ein alter Plattenspieler befand – das war alles, was er bei sich hatte.

Er hatte sich schon wochenlang darauf gefreut, Jochen wiederzusehen. Es gab eine Menge zu erzählen und sie hatten viel gelacht. Irgendwann hatte es sich ergeben, dass Jochen Andi seinen alten Dual-Plattenspieler für dreißig Mark anbot. Es war genauer gesagt sogar ein Plattenwechsler, worüber Andi besonders froh war. Bei diesem Gerät konnte man bis zu zehn Schallplatten auf einen metallenen Stift stapeln, die dann einzeln hinunterfielen und der Reihe nach abgespielt wurden. Dieser spezielle Stab war jedoch anfangs nicht auffindbar, was richtig blöd war, denn er war praktisch nicht nachbestellbar. Nach einer längeren Suche hatten sie das exklusive Teil schließlich doch noch gefunden. Andi war glücklich, sein Leben war gerettet!

Er war wie geplant über Nacht bei Jochen geblieben. Das Frühstück war ausgiebig und am Mittag hatte es Bockwürstchen mit Kartoffelpüree gegeben. Alles war so normal und ungezwungen bei Jochens Familie.

Familie. Ein fremdes, aber doch wohliges Gefühl war für ihn mit diesem Wort verbunden.

Den Karton hatte er bestimmt zum hundertsten Mal von der einen zur anderen Seite gewechselt, denn er drückte unangenehm gegen seine Rippen. Er war zwar nicht schwer, aber ziemlich kantig und unpraktisch zu transportieren. Trotzdem war er froh, dass er das Ding dabeihatte. Der Plattenspieler war sein einziger Trost in dieser Nacht.

Besonders gut kannte sich Andi in Bröhlheim nicht aus, obwohl er in dieser Kleinstadt geboren war. Immerhin wusste er noch, wo der Bahnhof lag.

Nachdem sein Vater ihn dort am Vortag abgeholt hatte, waren sie zunächst zu dessen kleiner Wohnung gegangen. Andi war seit der Trennung noch nie dort gewesen und deswegen gespannt zu sehen, wie das Zuhause seines Vaters wohl aussieht. Aber der erste Eindruck war bereits enttäuschend, denn das Gebäude machte schon von außen einen ziemlich heruntergekommenen Eindruck.

Andis Vater kramte seinen Schlüsselbund hervor und schloss die Haustür auf, die unangenehm laut über die Bodenfliesen im Hausflur kratzte. Es roch scharf nach Putzmittel. Oben auf der Treppe im ersten Stock unterhielten sich zwei ältere Frauen, was durchs ganze Haus schallte. Die Wohnungstür seines Vaters war an einigen Stellen provisorisch mit Klebeband geflickt. Der Wohnungsschlüssel drehte sich im Schloss und die geöffnete Tür gab den Blick frei in einen kleinen Vorraum, in dem eine kurze Küchenzeile eingebaut war.

Sein Vater ging voraus ins Wohnzimmer, während Andi unwillkürlich die Nase rümpfte. Kalter Zigarettenrauch hing hier praktisch in allen Sachen und Möbeln für immer fest. Nach der Trennung seiner Eltern vor etwa sieben Jahren hatte seine Mutter das Rauchen aufgegeben. Offenbar hatte sein Vater hingegen seinen

Rauchkonsum verdoppelt. Mindestens. Es stank ekelhaft, und außerdem war es hier schmutzig. Sein Vater hatte sich noch nicht einmal die Mühe gemacht, ein bisschen aufzuräumen.

Möglicherweise bemerkte er, dass Andi die Nase verzog; jedenfalls kippte er eilig das Wohnzimmerfenster auf, hinter dem sich ein schmaler, mit allerlei Gerümpel beladener Balkon befand.

Durch das schmutzige Fenster konnte Andi eine verwilderte Gartenparzelle erkennen. Auf dem Tisch im Wohnzimmer standen zwei leere Bierflaschen und eine halbvolle und ein schmutziges Trinkglas. Ein randvoller Aschenbecher sowie Alufolien mehrerer Zigarettenschachteln gesellten sich harmonisch zu diesem Stillleben.

Die ganze Einrichtung wirkte wie aus einem schlechten Secondhandshop oder auf einem Flohmarkt zusammengekauft. Die dunkelbraune Schrankwand mit glattem Eichenfurnier und die Couch erkannte Andi aus der alten Wohnung in Oberkassel wieder. In dieser Wohnung waren diese Möbelstücke jedoch gnadenlos überdimensioniert. Die unifarbenen Couchkissen schienen hingegen neu zu sein. Sie sahen aus wie einsame Accessoires aus einem *Schöner Wohnen* Prospekt.

Andi schaute seinen Vater an, der gerade dabei war, irgendwas zu erzählen. Er war ihm so merkwürdig fremd geworden. Ok, sein Äußeres war – solange er sich erinnern konnte – noch nie besonders attraktiv gewesen, und wenn er jetzt so darüber nachdachte, hatte er auch nie verstanden, wie sich seine Mutter überhaupt damals in ihn verlieben konnte.

Verlieben? So ein großes Wort! Wahrscheinlich ist sie nach einer unromantischen Bettgeschichte ungewollt schwanger geworden, und es gab keinen anderen Ausweg als zum Traualtar. Doch sein Vater wirkte in diesem Moment nicht nur fremd, sondern regelrecht alt! Andi gab sich Mühe, seine Enttäuschung zu verbergen.

»Möchtest du was trinken?«

Andis Blick ging erschrocken zu den drei Bierflaschen auf dem Tisch, er war aber dann einigermaßen beruhigt, als sein Vater eine Flasche Fanta hochhielt.

»Nö, passt, danke!«

»Wie geht's deiner Mutter?«

Da war es wieder, dieses altbekannte und flaue Gefühl! Was sollte jetzt diese Frage, verdammt? Es interessiert ihn doch einen Scheiß, wie es Mama geht!

»Gut.«

»Ah.«

Die Redepause nutzte Andi, um sich weiter in der Wohnung umzuschauen und nachzudenken.

Was wollte er hier eigentlich? Seit der Trennung seiner Eltern, die viel mehr einer Flucht in einer Nacht-und-Nebel-Aktion gleichkam, hatte er in wiederkehrenden Abständen eine Art Heimweh, das mit nichts erklärbar war. Sein Vater war schon seit Jahren alkoholabhängig und neigte zusätzlich dazu, abwechselnd seine Mutter, ihn oder seine Schwester zu verhauen. Solche Gewaltausbrüche kamen damals so regelmäßig vor, dass sie schon zu ihrem Leben dazugehörten. Seine Mutter hatte nie den Mut aufgebracht, sich zu wehren und erduldete die Prügel und Demütigungen still. Zu allem Überfluss half sie auch noch dabei, das Ganze zu vertuschen. Nach außen waren sie eine glückliche Familie, weswegen die meisten Nachbarn und Bekannten in ihr die Schuldige ausgemacht hatten, die in deren Augen den armen Ehemann grundlos und unerwartet im Stich gelassen hatte.

Und trotzdem hatte Andi vor allem schöne Erinnerungen an früher, und das war vielleicht das Unerklärlichste von allem. Sie wohnten damals in Oberkassel, auf der gegenüberliegenden Rheinseite von Bonn. Ein geräumiger Reihenhaus-Altbau in der Adrianstraße mit einer Gartenparzelle nach hinten raus. Eine Wiese mit einem seitlichen Weg, genug Auslauf für Dina.

»Bist du eigentlich noch in Köln bei der Druckerei?«

Andi stellte diese Frage im Grunde nur, um das Gespräch wieder in Gang zu bringen. Sein Vater hatte nach der Bundeswehrzeit bei der Druckerei Gessler in Köln eine Lehre als Schriftsetzer gemacht. Nach ein paar Gesellenjahren war er dann in die Abteilung Korrektur gewechselt. Sechs Korrektoren prüften damals alle Manuskripte vor der Drucklegung. Die Texte wurden dabei nicht nur hinsichtlich der Rechtschreibung, sondern auch formal und stilistisch verbessert.

»Nein, ich habe letzten Monat gekündigt«, log sein Vater. »Die wollten mich einfach nicht gehen lassen, aber ich habe schon was viel Besseres gefunden. Im Januar fange ich bei der Bundesdruckerei an.«

Andi kannte seinen Vater zu gut, um das zu glauben. Er konfrontierte ihn testweise mit seinem Halbwissen.

»In der Bundesdruckerei? Da werden doch die ganzen Geldscheine gedruckt, oder?«

»Richtig. Und Personalausweise zum Beispiel auch.«

Oh Mann, das ist ja wieder mal typisch, dachte Andi.

Wer die Lebensumstände seines Vaters kannte, dem musste sofort klar sein, dass eine Anstellung bei der Bundesdruckerei sehr unwahrscheinlich war. Woher kam dieser Hang zur permanenten Selbstüberschätzung? Sein Vater musste in jeder Situation entweder strahlender Held oder unschuldiges Opfer sein.

Andi nickte nur und tat beeindruckt. Er hatte keine Lust auf einen Streit. Am liebsten wollte er gleich wieder nach Hause.

»Hast du Lust, mit ins *Laternchen* zu kommen? Mein Freund Eddy kommt auch, es wird bestimmt lustig. Und um zwölf können wir ja dann auf deinen Geburtstag anstoßen.«

Er hat an meinen Geburtstag gedacht! Andi war über diese Tatsache nicht nur überrascht, sondern regelrecht verdutzt. Normalerweise brauchte sein Vater immer jemanden, der ihn an solche Ereignisse erinnerte. Aber diesmal hatte er offenbar von allein daran gedacht. Das war neu.

Eddy. Andi kramte angestrengt in seinen Erinnerungen. Seine Mutter hatte ihm die Geschichte schon mal erzählt, wie war das noch? *Eddy*, das war doch der Typ, mit dem sein Vater damals den Autounfall hatte, kurz vor seiner Geburt. Der Wagen war von der Straße abgekommen und hatte sich auf einem Acker mehrfach überschlagen. Seine Mutter glaubte sich zu erinnern, dass Eddy unverletzt geblieben war, aber seinen Vater hatte es ziemlich bös erwischt. Ironischerweise war er auch noch ins selbe Krankenhaus eingeliefert worden, in welchem seine Mutter fast zeitgleich ihren Sohn zur Welt gebracht hatte.

Als sie das Wochenbett zum ersten Mal verlassen durfte, wickelte sie den kleinen Andi in eine warme Decke, nahm ihn auf den Arm und fuhr mit dem Aufzug zu Station vier, auf der sein Vater lag.

Der Zimmernachbar seines Vaters war ein älterer Mann, dessen Raucherbein amputiert worden war. Als seine Mutter mit dem Baby das Krankenzimmer betrat, schaute nur ein Teil von Andis Köpfchen mit den Haaren aus der Decke, weshalb der Alte »Es dat e Dier?«[1] rief.

War das vielleicht der Grund, warum ihn sein Vater seit damals immer wieder »blöder Hund« nannte?

»Ok, meinetwegen«, erwiderte Andi und sie gingen ins *Laternchen.*

---

[1] Hochdeutsch: »Ist das ein Tier?«

Kapitel 2

Um ins *Laternchen* zu gelangen, musste man nicht nur die massive Außentür aufziehen, sondern auch einen dicken, braunen und im Halbrund aufgehängten Vorhang zur Seite schieben, der wohl verhindern sollte, dass frische Luft von draußen hineinkam.

Wer als Fremder zum ersten Mal das *Laternchen* betrat, hatte sich auf eine gewaltige Überdosis 1. FC Köln gefasst zu machen. Die Kneipe war voll mit Devotionalien des Vereins. Mannschaftsfotos von den Anfangszeiten der frühen 50er Jahre bis zur aktuellen Saison 1984 hingen beinahe überall. Über dem Tresen waren mehrere Vereinswimpel befestigt und ein Geißbock mit einer Decke auf dem Rücken, auf der *Hennes* stand, war der Blickfang im Thekenbereich.

Die Luft hier drinnen hatte schon etwas Körperliches; es roch nach Zigaretten und Bier, und der Lärmpegel der Kneipengäste wurde nur durch die *Rock-Ola* Musikbox übertroffen, die ihre rund siebzig Schlagertitel in unermüdlicher Rotation rauf- und runterspielte. Nicht nur musikalisch schien im *Laternchen* die Zeit vor vielen Jahren stehen geblieben zu sein.

»Oooh oh, Motorbiene«, tremolierte Benny Quick gerade, als sie das *Laternchen* betraten. Sie sahen sich suchend um.

»Irgendwo muss er sein, guck mal mit!«

Ich weiß doch überhaupt nicht, wie dieser Eddy aussieht, nach wem soll ich also bitte schön suchen, dachte Andi und schüttelte den Kopf.

Eddy hatte die beiden bereits entdeckt und winkte sie fröhlich zu sich herüber.

»...dann fahr'n wir noch mit der Geisterbahn und du schreist laut so wie der letzte Zahn...«

Die beiden Männerfreunde drückten sich zur Begrüßung und patschten sich gegenseitig auf den Rücken.

»Hey Eddy, das ist Andi, mein Sohn.«

Andi konnte sich nicht erinnern, dass er von seinem Vater jemals so nett vorgestellt worden war.

»Freut mich, Andi. Ich heiße Eddy«, sagte Eddy und reichte ihm die Hand.

So viel Höflichkeit hatte Andi von diesem Eddy gar nicht erwartet. Er ließ sich auf den angebotenen Handschlag ein und lächelte unverbindlich. Sie setzten sich. Ein *Köbes*[2] erschien prompt und nahm die Bestellung auf.

»Zwei Kölsch, zwei Korn[3] und ein ...?«, sein Vater hob die Augenbrauen und schaute zu Andi.

»Eine Cola bitte!«, sagte Andi schnell. In diesem Moment wurde ihm klar, dass er ab sofort von keinem der hier Anwesenden mehr als vollwertiger Mensch betrachtet wurde. Aber was sollte er machen? Er verabscheute Bier schon, solange er denken konnte. Der Kellner nickte kurz, lud ein paar leere Kölschgläser aufs Tablett und verschwand.

Sein Vater und Eddy saßen ihm gegenüber und fingen ohne große Einleitung an, über Belangloses zu reden. Erst schimpften

---

[2] *Köbes* kommt von Jakob. So werden alle Kellner im Rheinland genannt.
[3] Zum Kölsch immer ein Korn! Das klassische Herrengedeck im Rheinland.

sie über das Wetter, dann kam von Eddy ein bisschen Halbgares über Fußball, schließlich wieder Wetter.

»Wie geht's eigentlich Hildegard?«, kam es irgendwann aus der Richtung seines Vaters, und Eddy zuckte kurz mit einer Wange.

»Ach … Hilde … ja, gut«, gab dieser schmallippig zurück und ergänzte mit einer alten kölschen Weisheit: »Et bliev nix, wie et wor.«[4]

Der Kellner stellte die bestellten Getränke auf den Tisch.

»Theo, wir fahr'n nach Lodz!«, schmetterte Vicky Leandros nun zum Intro ihres Hits von 1974. Andi stand zwar eher auf *ELO,* aber er fand dieses Lied schon als Kind ganz ok. Leider hatte seine Mutter seinem Vater gegenüber nie einen solchen Kommandoton zustande gebracht. Stattdessen war sie froh, wenn er auf der Arbeit war oder sich sonst wo herumtrieb. Es war ihr wahrscheinlich egal. Hauptsache, er war nicht zu Hause.

Am Stammtisch in der Ecke lachten ein paar Kartenspieler laut auf, nachdem einer von ihnen seine Karten auf die Tischplatte geschmettert hatte.

Und da war es wieder, Andis ganz persönliches Déjà-vu: dieses Gefühl der Ohnmacht, gefangen zu sein an einem Tisch in irgendeiner stinkenden Kneipe und warten zu müssen, bis sein Vater endlich genug Bier intus hatte. Schon hundertmal hatte er sich in der gleichen Situation befunden, entweder zu zweit mit seinem Vater oder zu viert mit seiner Mutter und Christiane. Nach dem Vorschlag seines Vaters, ins *Laternchen* zu gehen, hatte er schon geahnt, worauf dieser Abend hinauslaufen würde, und er ärgerte sich wieder einmal über seinen ungebrochenen Optimismus, dass es vielleicht auch mal anders sein könnte. Inzwischen waren sie schon

---

[4] Kölsches Grundgesetz § 5

über zwei Stunden hier und der Lärmpegel stieg mit dem Alkoholpegel der Anwesenden.

»Ich muss mal«, sagte Andi und suchte das Schild mit der Aufschrift *Toilette*.

»Da hinten durch«, rief Eddy und zeigte ihm die Richtung an.

Andi wühlte sich vorbei an den eng beieinanderstehenden Kneipengästen. Erst jetzt fiel ihm auf, dass keine einzige Frau anwesend war. Er musste eine Wendeltreppe hinunter und durch einen schmalen gekachelten Flur gehen, um zur Toilette zu gelangen. Hier unten kämpften Urin und WC-Stein offenbar um die Vorherrschaft in der Disziplin Gestank. Andi sah den WC-Stein knapp im Vorteil und stellte sich an die Pinkelrinne. Leider war das *Laternchen* seinerzeit noch nicht mit modernen Urinalen samt Trennwänden ausgestattet. Es gab dort nur eine lange Rinne mit einem seitlichen Abfluss.

Andi empfand es immer als unangenehm, gegen eine Wand zu pinkeln. Überhaupt fiel es ihm schwer, wenn jemand neben ihm stand. Aber er schien hier unten allein zu sein und es würde schon keiner kommen, hoffte er. Er musste sich nur ein bisschen ranhalten. Eilig öffnete er den Reißverschluss seiner Hose, friemelte seinen Penis heraus und konzentrierte sich auf seine Aufgabe. Der Kneipenlärm, der von hier unten nur dumpf und leise zu hören war, wurde plötzlich laut.

Mist! Die Tür flog auf, ein älterer Mann mit massiver Statur kam herein und baute sich neben ihm auf. Er riss den kompletten Frontbereich seiner hellbraunen Cordhose weit auf und fing augenblicklich an, im Vollstrahl zu pinkeln. Andis Blase war so voll, dass sie wehtat, aber er konnte sich einfach nicht entspannen. Er überlegte, ob er sich vielleicht besser in eine der abschließbaren Kabinen verziehen sollte, aber das wäre ihm peinlich gewesen.

Vielleicht geht's ja mit Drücken. Aua, nein, das machte alles nur noch schlimmer! Gut, dann also warten, bis der Mann neben ihm fertig war. Das dauerte allerdings erstaunlich lang. Das Plätschern seines Pinkelrinnen-Nachbarn wollte einfach kein Ende nehmen. Hinzu kam ein lautes Schnaufgeräusch beim Einatmen und ein kehliges Rasseln beim Ausatmen. Immer wenn es scheinbar vorbei war, ging es nach einer kurzen Pause wieder von vorne los.

Andi war einerseits beeindruckt über die riesige Menge an Flüssigkeit, die in diese Männerblase passte, wartete aber gleichzeitig sehnsüchtig darauf, dass diese Quälerei endlich ein Ende fand und er allein und in Ruhe sein Geschäft machen konnte. Er kniff die Augen zusammen. Alles tat weh. Seine Blase drohte zu platzen, es konnte nur noch eine Frage von Sekunden sein. In diesem Augenblick erschallte das große Finale, was manche Leute vielleicht scherzhaft mit der Überschrift »Die Trompeten von Jericho« betiteln würden. Für Andi war es nichts Geringeres als der Furz des Jahrhunderts. Ein lautes, schier endloses Tröten wie von einer nassen Mehrklangfanfare stieß aus der Hose des Alten, um sich in der Kachelwelt des Toilettenbereiches regelrecht festzubeißen und lange nachzuhallen. Den Schlusspunkt markierte ein zufriedenes Stöhnen seines Erschaffers.

Der Mann schüttelte sich und zog den Reißverschluss seiner Hose nach oben. Ein warmer, fauliger Gestank zog Andi unerbittlich in die Nase und ihm wurde auf der Stelle schwindelig. Wankend blickte er auf die gelb gefliese Wand vor sich, als er spürte, dass sein Nachbar ihn ins Visier genommen hatte. Andi fühlte förmlich die Verachtung, die aus nächster Nähe auf ihn einstrahlte. Sein Pinkelrinnen-Nachbar betrachtete ihn wie eine missgebildete Kreatur aus einer fremden Galaxie. Quälend lange Sekunden hatte Andi nun dessen ungeteilte Aufmerksamkeit. Er wagte es nicht, sich auch nur einen Millimeter zu rühren. Da bewegte der Alte seine Lippen:

»Ich hasse dich. Ich werde dich zerquetschen, du Wurm!«

»Wie bitte?«

»Ich hab dich gefragt, ob du schon den ganzen Abend hier stehst, Jüngelchen?«

Andi lief rot an und er versuchte, eine sinnvolle Antwort zustande zu bringen. Aber was sollte er auf diese Frage schon antworten, außer »Nein, ich, äh…«?

In diesem Moment ertönte das ohrenbetäubende Rauschen einer Druckspülung und ein drahtiger Mittvierziger in Trainingsjacke kam aus seiner Kabine. Wusch! Andis volle Blase entleerte sich auf einmal und sein Urin spritzte in alle Richtungen. Nicht nur über seine Hände, sondern unglücklicherweise auch über seine hellblaue Jeans. Je mehr Andi versuchte, den Strahl unter Kontrolle zu bringen, desto schlimmer wurde es. Der Alte schüttelte den Kopf und lachte.

»Et kütt, wie et kütt[5]«, spottete er und verließ den Toilettenraum, ohne sich die Hände zu waschen.

Als Andi wieder zum Tisch von Eddy und seinem Vater kam, versuchte er, den durchnässten Teil seiner Hose irgendwie zu verdecken. Aus der Jukebox dröhnte der Marsch *Alte Kameraden* vom Musikkorps der Bundeswehr. Der Abend im *Laternchen* steuerte offenbar seinem Höhepunkt entgegen.

»Da bist du ja wieder, wir wollten gerade eine Suchmeldung aufgeben«, juxte Eddy und grinste breit.

Dieser Eddy war schon ein komischer Vogel. Die halb aufgekrempelten Ärmel seiner Lederjacke gaben den Blick auf eine scheinbar teure Armbanduhr frei. Dazu trug er eine Goldkette am Hals und einen permanenten Gönnerblick im Gesicht. Dabei war dieser schmierige Typ noch nicht einmal unsympathisch. Zumindest schien er bemüht, einen guten Eindruck zu machen.

---

[5] Kölsches Grundgesetz § 2

Es war kurz nach 23:00 Uhr, als sein Vater einen glasigen Blick hatte. Er versuchte, Eddys Ausführungen zu folgen, warum es für den *FC* letztes Jahr in der Bundesliga so gut und im DFB-Pokal so beschissen gelaufen war. Was ihm offenbar große Mühe bereitete, denn seine Augen fielen immer wieder zeitlupenartig zu. Dann riss er sie wieder auf und wackelte dabei ungelenk mit dem Kopf.

Keine Frage, sein Vater befand sich wieder in diesem Zustand, für den Andi nichts anderes als Abscheu empfinden konnte. Matthias Krammer fixierte seinen Sohn mit einem unsteten, aber ernsten Blick.

»Deine Mutter ist ein Mm-m-Miststück!«

Eddy legte seine Hand auf den Rücken seines Freundes, als wenn er ihn trösten wollte.

»Ja, ein Miststück!«

»Bitte hör auf, Papa!«

»Matthias, ich glaub, du hast genug…«

»Ein dämliches Mist– «

»Papa, bitte!«

»–stück!«

Es hatte keinen Sinn. Andi wollte am liebsten auf der Stelle wieder nach Hause fahren. Aber seine Sachen und der Plattenspieler waren bei seinem Vater in der Wohnung, verdammt! Was hatte er sich überhaupt dabei gedacht, hier hinzukommen? War etwa nur im Ansatz daran zu denken, dass sein Vater sich irgendwann ändern würde? Natürlich nicht!

»Matthias, ich denk mal, es reicht für heute. Wir bringen dich nach Hause, ok?«

Eddy beglich generös die Zeche, wobei Andi einen Moment lang über die vielen Geldscheine in dessen Brieftasche staunte. Sie nahmen Andis Vater in die Mitte und schafften ihn mühsam nach Hause. Der Weg zog sich ewig lang; immer wieder mussten sie Andis Vater daran hindern, auf die Straße zu laufen oder Leute zu beschimpfen. Nachdem Eddy seinen betrunkenen Freund auf dessen Wohnzimmercouch abgeladen hatte, verabschiedete er sich von Andi mit einem Augenzwinkern.

»Pass gut auf deinen alten Herrn auf! Hat mich gefreut, dich kennenzulernen.«

Eddy streckte Andi wie bei der Begrüßung die Hand entgegen, doch diesmal schlug Andi nicht ein. Stattdessen begleitete er ihn zur Wohnungstür und nickte zum Abschied nur mit dem Kopf.

Im Wohnzimmer saß sein Vater nun wie ein Häufchen Elend auf der Couch. Irgendwie hatte er es geschafft, seine Schuhe und die Hose auszuziehen. Andi brauchte einen Moment, um diesen Anblick zu verdauen. Hellblaues Hemd mit nassgeschwitzten Achseln, weiße Feinripp-Unterhose und braun gemusterte Socken, so saß sein Vater ihm nun gegenüber und wippte mit dem Oberkörper leicht vor und zurück.

»Tschuldigung, tut mir leid, Andi. Daswolltichnich.«

»Ich will nicht, dass du so über Mama redest.«

»Hassja recht. Aber ich reg mich halt immer auf, wenn ich an die dumme Kuh denk.«

»Papa!«

»Ja issoch wahr! Die blöde Dreckschlampe, die blöde!«

Es reichte. Andi schnappte sich den Rucksack und den Karton und wandte sich zur Zimmertür. Da spürte er, wie die Hand seines Vaters ihn am Arm griff. Er schüttelte sich heftig und stieß dabei gegen eine Kommode.

»Aua! Scheiße, lass mich!«

Panisch machte er einen Satz nach vorne, wobei sein Vater am Sessel hängen blieb und auf den Boden krachte. Andi brachte es nicht fertig, sich umzudrehen; der erwartbare Anblick erschien ihm einfach zu würdelos. Er rannte durch den kleinen Flur an der Mini-Kochzeile vorbei zur Wohnungstür, als er seinen Vater irgendwas Unverständliches rufen hörte. Der Wohnungsschlüssel steckte von innen im Schloss. Andi betete, dass er selbst die Tür nicht versehentlich zugesperrt hatte, als er Eddy hinausbegleitet hatte, denn dann hätte sein Vater vielleicht doch noch eine Chance gehabt, ihn zu packen. Er riss an der Tür und sie flog nach innen auf. Gottseidank! Jetzt durch den Hausflur und nichts wie weg!

Zwanzig Minuten später saß er also hier an diesem verflixten Bahnsteig mitten in der Nacht bei diesem Scheißwetter und fragte sich, was er jetzt tun sollte. Er schlug seinen Jackenkragen hoch, verschränkte die Arme und schloss die Augen.

Kapitel 3

Matthias Krammer lag auf dem Boden seines Wohnzimmers und war unfähig, sich zu bewegen. Sein Versuch, ans Telefon zu gelangen, endete damit, dass der Apparat vom Sideboard herunterfiel. Bei seinem Sturz musste er sich am Bein verletzt und den Unterarm oder das Handgelenk gebrochen haben. Jedenfalls vermutete er das aufgrund der stechenden Schmerzen. Seit sein Sohn so überstürzt die Wohnung verlassen hatte, waren etwa zwanzig, vielleicht auch dreißig Minuten vergangen. Er schaute zum Fenster. Draußen konnte er im Schein einer Straßenlaterne erkennen, dass es regnete.

Wieder und wieder versuchte er, sich auf den Sessel zu hieven, doch das gelang ihm nicht. Irgendwann gab er dieses Unternehmen erschöpft und voller Schmerzen auf. Um Hilfe rufen wollte er aber auf keinen Fall, um sich die drohende Schmach bei seinen Nachbarn zu ersparen. So blieb er bäuchlings auf dem Boden liegen und versuchte schnaufend, wenigstens wieder zu Atem zu kommen. Er hörte Schritte im Hausflur, dann im Vorraum. Die Wohnungstür wurde geschlossen.

»Andi?«

Keine Antwort.

»Bist du das, Andi?«

Es blieb still. Matthias Krammer versuchte vergeblich, seinen Kopf in Richtung Flur zu heben. Wieder Schritte, diesmal betrat jemand das Wohnzimmer.

»Was soll der Scheiß, Andi? Hilf mir bitte mal!«

Die Wohnzimmertür wurde leise geschlossen und die Schrittgeräusche gingen nun ganz nah langsam an ihm vorbei. Eine Schublade wurde aufgezogen und kurz danach wieder geschlossen.

»Was is hier los? Das is ja wohl … Andi!«

Jetzt wurden an der Schrankwand mehrere Schranktüren geöffnet und wieder geschlossen. Matthias Krammer fand, dass sein Sohn sich merkwürdig verhielt. War er etwa immer noch sauer auf ihn?

»Hey, Andi, es tut mir leid, dass ich so über deine Mutter geschimpft hab! Kommt nicht wieder vor, ok?«

Das Klappern der Schranktüren wurde fortgesetzt. Krammer war sich langsam nicht mehr so sicher, ob der Besucher wirklich sein Sohn war. Aber wer zum Teufel konnte das sonst sein? Er schien etwas zu suchen. Seine Gedanken rasten wild. War das ein Mann oder eine Frau? Aufgrund der Trittgeräusche legte er sich auf eine männliche Person fest. Jemand, den er kannte oder ein Fremder? Matthias Krammer konnte sich beim besten Willen nicht vorstellen, dass einer von seinen Bekannten ihm einen solchen Schrecken einjagen würde. Außerdem war sein Bekanntenkreis in den letzten Jahren auf rund zwei Personen zusammengeschrumpft: Seinen Kumpel Eddy und seinen Freund Bernd.

»Eddy?«

Keine Antwort.

»Bernd?«

Jetzt wurde eine der hinteren Schranktüren zugeklappt.

»Oh, verdammt, wer ist das?« fragte Krammer nun kläglich in die Stille hinein. Der Unbekannte war jetzt hinter ihm bei der Couch. Mehrere Kissen wurden angehoben und sorgfältig wieder zurückgelegt. Krammers Gedankenkarussell drehte sich schneller und schneller. Was war das für eine groteske Situation, in der er sich befand?

Er beschloss, laut um Hilfe zu rufen, und holte tief Luft. In diesem Moment wurde sein Kopf von hinten an den Haaren grob angehoben und eines der Sofakissen unter sein Gesicht geschoben. Der Fremde kniete sich auf seinen Rücken. Bevor Krammer realisierte, wie ihm geschah, wurde sein Gesicht mit brutaler Kraft ins Kissen gedrückt. Er versuchte reflexhaft zu atmen, bekam aber keine Luft. Sein Schrei verlor sich im Futter des Kissens. Augenblicklich wurde ihm klar, dass er gerade jede Menge wertvolle Luft ausgeatmet hatte, aber nicht imstande war, wieder einzuatmen. Seine schmerzenden Arme und Beine wurden von seinem Angreifer gnadenlos fixiert, sodass er sich außerstande sah, sich aus der Umklammerung zu befreien.

Todesangst und nacktes Entsetzen übermannten ihn. Krammers Herz pumpte wild und seine Gedanken rasten, aber er konnte nichts ausrichten. Minutenlang versuchte er, sich zu wehren. Irgendwann hatte er keine Kraft mehr. Er fühlte sich unendlich müde und erschöpft und gab schließlich auf.

»Ich krieg keine Luft! Ich krieg keine Luft!«, das war sein einziger Gedanke, den er im Kopf mantrahaft wiederholte.

Doch auf einmal schien sich die Zeit schlagartig auszudehnen. Es gab nur noch ihn und die Dunkelheit, sonst nichts.

War es das jetzt, fragte er sich. *Ist es vorbei?*

Krammer glitt hinüber in einen traumähnlichen Zustand, in dem alles schwebte. Zuerst sah er nur *sich selbst*, dann erweiterte sich sein Spektrum explosionsartig und er sah schließlich ALLES. Und dann begriff er.

Was für ein verschwendetes Leben!

Das Letzte, was er dachte, war … ANDI!

Kapitel 4

Andi Krammer öffnete die Augen und rieb sich das Gesicht. Er fragte sich, wie lange er wohl hier auf diesem Bahnsteig geschlafen hatte. Wahrscheinlich eine ganze Zeit, denn er war völlig durchgefroren. In Gedanken ging er seine Optionen durch.

Zurück zur Wohnung seines Vaters gehen? Niemals! Eher beiß ich in einen dieser Stahlträger, dachte er.

Gab es hier vielleicht eine Bahnhofsmission, wo er nach einer Tasse Tee fragen könnte? Manchmal gibt es dort auch Übernachtungsmöglichkeiten. Zumindest könnte er sich ein bisschen aufwärmen. Nein, eine solche Einrichtung wäre ihm bestimmt bei der Ankunft schon aufgefallen.

Per Anhalter nach Köln zum Bahnhof fahren? Von dort käme er bestimmt besser weg. *Nein, zu gefährlich. So mancher Autofahrer, der Anhalter mitnimmt, hat Spaß daran, sie zu zerstückeln.* Er schüttelte den Kopf.

Ein Anruf von einer Telefonzelle nach zu Hause wäre auch blöd, denn seine Mutter hätte ihm aus der Entfernung auch nicht helfen können. Außerdem würde sie sich nur unnötig Sorgen machen. Also auch gestrichen.

Ein Taxi rufen? Er öffnete sein Portemonnaie und überschlug seine Finanzen. 37 Mark und ein paar Groschen. Das reicht nie und nimmer. Ok, Taxi fällt also auch flach.

Sein Blick ging nach oben. Ein allerletztes Mal brummte und flackerte die Neonröhre über ihm auf, dann blieb sie dunkel.

Was Papa jetzt wohl macht? Hoffentlich hat er sich bei diesem Sturz nicht ernsthaft verletzt. Höchstwahrscheinlich macht er sich gerade Sorgen um mich und es tut ihm alles furchtbar leid. Oder nicht? Na ja, ich könnte ihn ja wenigstens anrufen und sagen, dass alles ok ist. Das mit dem spontanen Besuch war ja auch eine bescheuerte Idee! Bestimmt hat es Papa total überfordert, dass ich so kurzfristig hier reingeschneit bin, und deswegen ist der ganze Abend so aus dem Ruder gelaufen. Eigentlich bin ich selbst an allem schuld. Ja, ist doch so!

Er schnallte seinen Rucksack auf den Rücken, packte sich den Karton mit dem Plattenspieler unter den Arm und ging durch die Unterführung Richtung Ausgang. Hier war es dunkel und es stank nach Pisse, niemand war zu sehen. Ein bisschen mulmig war ihm schon zumute, so allein. Als Kind war er schon oft hier lang gegangen, aber da waren Mama, Papa und Christiane auch dabei. Und manchmal auch Dina.

Andi lächelte. Dina war so etwas wie ein fünftes Familienmitglied. Als sein Vater damals mit dem kleinen Bernhardinerwelpen nach Hause gekommen war, waren alle sofort verliebt in das Tier. Es gab so viele schöne und lustige Geschichten mit ihr. Aber vor allem war sie eine Freundin und aufmerksame Zuhörerin. Wie oft hatte er sich nachts zu ihr gesetzt und ihr alles erzählt, was ihn bedrückte. Er glaubte – nein, er wusste, dass sie ihn verstand.

Vor etwa einem Jahr hatte sein Vater sie von einem Tierarzt einschläfern lassen. Er sagte, sie hätte Rheuma gehabt, aber das glaubte er ihm nicht. Ein Leben ohne Dina – er hatte sich immer noch nicht daran gewöhnt.

»Ey, du!«

Andi schreckte auf und blieb abrupt stehen. Etwa zehn Meter vor ihm stand jemand am Ausgang der Unterführung. Sein Gesicht konnte er im Gegenlicht nicht erkennen.

»Was ist los? Redest du nicht mit jedem, hä?«

Oh Mann, was soll das denn jetzt wieder, fragte sich Andi.

»Du hast doch bestimmt 'n paar Mark für 'n Bier, oder?«

Der Typ kam näher. Andi schaute sich hektisch um, aber hinter ihm war alles dunkel. Eine Flucht nach hinten machte auch keinen Sinn, denn das war eine Sackgasse. Der Fremde torkelte leicht. Jetzt konnte Andi sein Gesicht erkennen. Es sah irgendwie *verschoben* aus. Mund, Nase und Augen – die Gesichtskomponenten schienen wahllos zusammengestellt und passten irgendwie nicht zusammen.

Ok, er ist betrunken. Vielleicht bin ich dadurch ein bisschen schneller. Ich muss nur versuchen, an ihm vorbeizukommen, ohne dass er mich festhalten kann.

Jetzt waren nur noch etwa zwei Meter zwischen ihnen.

»Ey Junge, wie sieht's aus? Hasse fünf Mark für mich?«

Jetzt! Andi nahm all seinen Mut zusammen, sprang ein paar flinke Sätze um den Betrunkenen herum und rannte dann, so schnell er konnte, zum Ausgang auf die Straße. Ein Auto fuhr dort gerade vorbei, und er fühlte sich allein deswegen schon erleichtert. Trotzdem rannte er weiter in Richtung Hauptstraße, wo er auf Passanten hoffte. Dort angekommen lief er langsamer und er versuchte, wieder zu Atem zu kommen. Er war zwar immer noch niemandem begegnet, aber wenigstens hatte es aufgehört zu regnen. Außerdem war diese Straße gut beleuchtet.

Langsam entspannte er sich wieder und ging nun mit einem mittleren Tempo in Richtung… *ja, wo geh ich eigentlich hin*, dachte Andi. Ohne darüber nachzudenken war er schon auf dem halben Weg zur Wohnung seines Vaters gelaufen. Er blieb stehen. War das gut, jetzt dorthin zu gehen?

Ein Stück weiter war eine Telefonzelle und er beschloss, seinen Vater anzurufen. Er sprang hinein und stellte fest, dass die Tür sich viel Zeit mit dem Schließen nahm. Ungeduldig zog er sie zu. Es machte einen dumpfen Knall.

Drinnen hing das typische Telefonzellenaroma: eine würzige Mischung aus Metall, Kunststoff und Zigarettenrauch. Die Telefonbücher waren aus ihren Halterungen gerissen, aber das stellte kein Problem dar. Die Nummer seines Vaters kannte er auswendig. Andi hob den Hörer ab und warf dreißig Pfennig in den Schlitz, das war der Mindestbetrag. Glücklicherweise hatte er genau noch drei Groschen. Die ersten zwei Münzen glitten anstandslos in den Apparat, aber die dritte rutschte immer wieder nach unten zum Münzauswurf durch. Er versuchte es mit dem Trick, sie am Strukturlack des Fernsprechers zu reiben. Schließlich hatten das schon einige vor ihm getan, den Schleifspuren nach zu urteilen. Ob sie damit tatsächlich Erfolg hatten, wusste Andi nicht, aber bei ihm funktionierte diese Masche – immerhin nach dem sechsten Versuch.

Er nahm den Hörer ans Ohr und horchte. Der Telefonhörer war eiskalt und stank abscheulich, aber das konnte er im Augenblick ganz gut ausblenden. Er hörte ein paar Klackergeräusche, dann kam ein Tonsignal.

»Tut – tut – tut – tut«

Andi wunderte sich. Besetzt? Telefonierte sein Vater etwa gerade? Versuchte er vielleicht in diesem Moment, die Polizei zu erreichen, um nach ihm fahnden zu lassen? Ok, noch mal. Hörer auflegen, Münzen rausnehmen, Hörer abnehmen, Münzen einwerfen, wählen.

»Tut – tut – tut – tut«

»Immer noch besetzt? Das gibt's doch nicht«, rief Andi jetzt laut. Er versuchte es wieder.

»Tut – tut – tut – tut«

»Oh Mann, Scheiße! Jetzt leg doch mal auf, Papa!«
Nochmal.

»*Tut – tut – tut – tut*«

»Scheiße! Scheiße!«

Andi knallte den Hörer zurück auf die Halterung und nahm sein Kleingeld. Er unterdrückte den Impuls, hier irgendwas kaputt zu treten oder herauszureißen, klemmte sich den Karton mit seinem Plattenspieler unter den Arm und verließ frustriert die Telefonzelle.

Die Wohnung seines Vaters war von hier nur noch etwa zehn Minuten entfernt, aber der Weg ging bergauf und war aufgrund des Gepäcks und seines Gehtempos eine sportliche Herausforderung. Sein Vater wohnte in der Breslauer Straße. *Hier drüben ging's doch nach rechts, oder?*

Schwer atmend kam er bei der Adresse seines Vaters an. Die ganze Gegend schien in einem tiefen Schlaf zu liegen; außer einem einzigen Auto begegnete er niemandem. Er drückte auf die Klingel mit der Aufschrift *Krammer* und wartete. Der Türöffner blieb stumm. Nochmal klingeln. Keine Reaktion.

Na ja, der schläft jetzt seinen Rausch aus, dachte Andi.

Wieder klingeln, diesmal dreimal kurz hintereinander. Warten. Nichts. Andi stöhnte.

»Mist, verdammt!«

Er ging ums Haus herum und suchte den Eingang zum zugehörigen Gartenstück. Das Gartentor ließ sich problemlos öffnen. Er stapfte behände durch das kniehohe nasse Gras bis zum Balkon seines Vaters. Da die Wohnung im Erdgeschoss lag, war es keine Schwierigkeit, dort hinaufzuklettern. Er musste nur leise sein, um niemanden aufzuwecken oder zu alarmieren.

Auf dem Balkon herrschte ein heilloses Durcheinander. Offenbar wurde dieser Bereich von seinem Vater vorwiegend als Bierkühlschrank und Stellplatz für Gerümpel genutzt. Hier stand hauptsächlich altes und kaputtes Zeug herum, höchstwahrscheinlich auch noch Müll vom Vormieter. Andi schirmte sein Sichtfeld mit beiden Händen ab und presste sie gegen die Fensterscheibe. Vielleicht schlief sein Vater ja auf der Couch, aber er konnte kaum etwas erkennen in der dunklen Wohnung. Er klopfte vorsichtig gegen das Fenster, und als er erkannte, dass es schräg gestellt war, rief er im Flüsterton ins Zimmer.

»Papa!«

Drinnen deutete nichts darauf hin, dass sein Rufen gehört wurde, also versuchte er es nochmal, diesmal lauter.

»Papa! Ich bin's. Machst du mir auf?«

Wieder nur Stille.

»Och Mann, so ein Scheiß, wach doch mal auf, Mensch!«, ärgerte er sich.

Er sah sich auf dem Balkon um. Vielleicht gab es hier irgendwas, womit er die Tür aufbekam. Er hatte zwar nicht die geringste Ahnung, wie ein Profi-Einbrecher in einem solchen Fall vorging, aber irgendwie musste es doch möglich sein, in diese blöde Wohnung zu kommen! Sein Blick fiel auf ein Handkehrgerät, das in der Ecke des Balkons stand. So ein blaues Ding mit einem Mechanismus aus Rundbürsten und einem dünnen Metallstiel. Er nahm das Gerät hinter einem Gartenstuhl und Spinnweben hervor und fand heraus, dass sich der Stiel abschrauben ließ. Er fädelte den Stiel vorsichtig durch das gekippte Fenster und versuchte, damit den Hebel der Balkontür hinunterzudrücken. Das schien zu funktionieren, doch auf halber Strecke rutschte der Türhebel vom Stiel und schnalzte laut zu. Andi hielt die Luft an. Er befürchtete, dass spätestens jetzt irgendwo im Haus das Licht angehen und er sich in Kürze auf einer Polizeistation befinden würde.

Er horchte, aber alles blieb still. Also nochmal. Diesmal gelang es ihm, den Hebel ganz umzulegen, und er betrat den Teppich des Wohnzimmers auf Zehenspitzen.

»Papa?«

Ihm fiel ein, dass er hier ja nicht mehr flüstern musste, und rief etwas lauter.

»Papa! … Papa?«

Stille.

»Papa, ich bin's.«

Sein Vater lag auf dem Fußboden. Immer noch!

»Papa? Schläfst du, oder was?«

Er näherte sich dem Körper, der dort in einer seltsam gekrümmten Position lag, und verstand nicht, warum er sich nicht bewegte. Er tippte ihm auf den Rücken, erst mit dem Finger, dann mit der flachen Hand.

Einen Toten zu berühren, gehört zu den befremdlichsten Erfahrungen, die man im Leben machen kann. Blankes Entsetzen erfasste ihn und er musste einen lauten Aufschrei unterdrücken. Halb flüsternd, halb weinend rief er:

»Mein Gott, Papa! Was ist…? Oh mein Gott!«

Wie paralysiert blieb er neben seinem toten Vater hocken und konnte nicht begreifen, was passiert war.

Kapitel 5

Es gab ziemlich viele Dinge, die Kriminalkommissar Martin Offergeld nicht leiden konnte. *Ganz besonders* konnte er es nicht leiden, mitten in der Nacht zu einem Einsatz aus dem Bett geklingelt zu werden. Wenn er zusätzlich noch der Meinung war, dass er überflüssigerweise irgendwohin gerufen wurde, konnte er ein sehr unsympathischer Zeitgenosse sein. Dementsprechend schlecht gelaunt stand er nun im Wohnzimmer von …

»… Herrn Matthias Krammer, der seit schätzungsweise …«

Offergeld schaute auf seine Armbanduhr.

»… der seit schätzungsweise ein bis zwei Stunden tot hier in seiner Wohnung in der Breslauer Straße 42 auf dem Teppichboden liegt.«

Er führte sein Aufnahmegerät wieder zum Mund und sprach weiter.

»Fremdeinwirkung ist dem ersten Anschein nach auszuschließen, es gibt keine Spuren eines Kampfes. Es ist wohl von einem Unfall in der eigenen Wohnung auszugehen. Sein Sohn …«

Er stoppte das Gerät.

»Wie heißt du noch mal, Junge?«

»Andreas Krammer.«

Offergeld drückte die Aufnahmetaste.

»Sein Sohn Andreas Krammer gibt an, seinen Vater nach einer kurzen und heftigen Auseinandersetzung gegen …«

Stopptaste.

»Wann hast du die Wohnung verlassen?«

»Ungefähr um zwanzig vor eins.«

Aufnahmeknopf.

»Gegen null Uhr vierzig verlassen zu haben. Der Sohn gibt weiter an, dass sein Vater bei dem Versuch, ihn am Verlassen der Wohnung zu hindern, gestürzt sei.«

Stopptaste.

»Ist das so weit korrekt?«

Andi nickte.

Kriminalkommissar Offergeld schaute Andi an. Dann betrachtete er den Toten.

»Du und dein Vater… ihr wart euch nicht besonders nah, oder?«

Andi schluckte und schaute einem Mitarbeiter der Spurensicherung nach, der gerade ins Schlafzimmer hineinging.

»Nein … ja … also nein.«

Aufnahmetaste.

»Der Sohn des Verstorbenen gibt weiterhin an, dass sie den Abend in der Gaststätte …«

Stopptaste.

»Wie hieß nochmal die Kneipe, in der ihr wart?«

»Laternchen.«

Aufnahmetaste.

»In der Gaststätte *Laternchen* verbrachten. Interne Notiz Start: Die Anschrift sollen bitte die Damen und Herren Kollegen vom Innendienst heraussuchen. Interne Notiz Ende. Sie trafen dort auf Herrn …«

Stopptaste.

»Wie hieß der Freund deines Vaters?«

»Eddy.«

Aufnahmetaste. Stopptaste.

»Eddy … und weiter?«

»Den Nachnamen kenne ich leider nicht.«

Aufnahmetaste.

»Sie trafen im *Laternchen* einen Freund des Vaters namens *Eddy*. Im Laufe des Abends hat der Verstorbene sehr viel Alkohol konsumiert, daher halfen sein Sohn Andreas Krammer und Herr … *Eddy* … «

Offergeld schüttelte den Kopf.

»… ihn nach Hause zu bringen. Kurz darauf verließ *Eddy* … Interne Notiz Start: Die Kollegen vom Innendienst sollen bitte noch den vollen Namen und die Adresse von diesem Eddy herausfinden. Fragt auch mal im *Laternchen* nach. Interne Notiz Ende … Kurz darauf verließ Eddy die Wohnung, und es kam zu besagtem Streit zwischen Vater und Sohn.«

Stopptaste.

»Ist dir sonst irgendwas Ungewöhnliches aufgefallen am Abend, Andi?«

Andi überlegte, aber ihm fiel nichts ein. Außer seiner Odyssee zum Bahnhof und der Begegnung mit dem Betrunkenen, aber das hatte er alles schon erzählt.

»Nein.«

»Gut. Also, ich sag dir mal was.«

Offergeld holte tief Luft und ließ sie mit einem langen »Ffffffff…« entweichen, als wollte er einen buddhistischen Mönch bei einer Kurzmeditation imitieren.

»So, wie ich das hier sehe, hat …«

Ein Mitarbeiter der Spurensicherung flüsterte dem Kommissar etwas ins Ohr. Offergeld biss sich auf die Lippen und antwortete gereizt und ironisch:

»Ja, *das* ist ja interessant! Das wäre mir jetzt ü-ber-haupt nicht aufgefallen! Vielen Dank für diese wertvolle Information, Herr …?«

»Greipel.«

»Vielen Dank, Herr Greipel!«

Und dann wieder freundlich zu Andi:

»Dein Vater hatte schon *sehr lange* ein Alkoholproblem, richtig?«

Er schaute sich im Wohnzimmer um, während Andi nickte.

»Außerdem hat er viel geraucht, richtig?«

Wieder Nicken.

»Also für mich stellt sich die Situation so dar: Du hast dich von deinem Vater im Streit losgerissen, dann ist er gestürzt und … infolge seines langjährigen exzessiven Trinkverhaltens hat sein Herz einfach mal aufgehört zu schlagen, sowas kommt vor. Genaueres werden wir *natürlich* noch aus dem Laborbericht erfahren, nicht wahr, Herr, äh …?«

»Greipel.«

Es klingelte. Vor dem Hauseingang warteten zwei Herren von einem Bestattungsinstitut inzwischen schon seit etwa einer halben Stunde, dass die den Leichnam abtransportieren durften.

»Herr Greipel, bitte sorgen Sie dafür, dass der Tote in die Rechtsmedizin gebracht wird, ok?«

»Geht klar.«

»Und schauen Sie bitte noch einmal überall nach, ob Sie nicht doch noch irgendwas Verdächtiges finden, ja?«

Und dann wieder zu Andi:

»Alles Routine, keine Sorge. Wie kann ich dich in den nächsten Tagen am besten erreichen?«

Andi hatte das Gefühl, sein Kopf wäre wie eine riesige menschenleere Kathedrale, in der immer wieder jemand mit voller Wucht gegen die große Turmglocke schlägt. Er war durcheinander, aufgewühlt, müde und traurig zugleich. Außerdem konnte er einfach nicht begreifen, was passiert war. Sein Vater war zwar betrunken gewesen, aber einfach so sterben? Das passte doch gar nicht zu ihm.

Andi schaute Kriminalkommissar Offergeld mit leeren Augen an und fragte:

»Darf ich bitte meine Mutter anrufen?«

Kapitel 6

Es war vormittags gegen acht Uhr dreißig, als Hildegard Pasbrig auf den Startknopf des Saba-Radiorecorders drückte, der auf dem Küchenregal stand. Eine geöffnete leere Kassettenhülle mit dem Titel »Schlagerjuwelen« lag neben dem Gerät. Hilde Pasbrig hatte gleich nach dem Kaffee ihren hellblau gemusterten Arbeitskittel angezogen und begann routinemäßig, die Wohnung aufzuräumen und zu putzen. Ihr Mann Eduard war in der Nacht wieder mal sehr spät nach Hause gekommen und schlief deshalb für gewöhnlich bis kurz vor Mittag. Da Eduard – oder *Eddy*, wie ihn seine Kumpels nannten – mit einem festen Schlaf gesegnet war, brauchte sie keine besondere Rücksicht auf ihn zu nehmen. Deshalb drehte sie den Lautstärkeknopf des Gerätes gegen Anschlag und rumpelte mit ihrem Staubsauger über Teppichböden, Fliesen und Fußleisten, wobei sie gut gelaunt einen alten Schlager von Conny Froboess mitsang:

»Eine Reise in den Süden ist für and´re schick und fein, doch zwei kleine Italiener möchten gern zu Hause sein.«

Den Instrumentalteil pfiff sie und sang dann weiter:

»Zwei kleine Italiener, die träumen von Napoli, von Tina und Marina, die warten schon lang auf sie … «

Hildegard Pasbrig war nicht allzu textsicher, daher begleitete sie den Rest des Liedes mit *,lalalalala …'*.

Als sie mit ihrem Staubsauger unten im Flur bei der Garderobe angekommen war, fiel ihr auf, dass die hellbraune Lederjacke ihres Mannes auf dem Boden lag. Kopfschüttelnd nahm sie die Jacke, um sie auf einen Bügel zu hängen, wobei die Geldbörse herausfiel. Sofort bemerkte sie, dass es eine fremde Geldbörse war, in der sich zudem eine beachtliche Menge Bargeld befand.

»Das ist ja komisch!«, raunte sie und nahm die Geldscheine heraus, um sie zu zählen.

»Achtzehn, neunzehn, zwanzig …«

Hilde Pasbrig hielt einen Stapel Geldscheine und einige Münzen in der Hand. Sie zählte einen Betrag von 1156 Mark und 38 Pfennig zusammen und grübelte. Als ihr Mann gestern Abend zu seiner Kneipentour aufgebrochen war, hatte er noch zu ihr gesagt, dass es sicherlich nicht allzu spät werden würde. *Na ja, nicht allzu spät, haha …*

»Was suchst du da?«

Hildegard Pasbrig fuhr erschrocken herum, ihr Mann stand direkt hinter ihr.

»Äh … das ist doch gar nicht deine Geldbörse!«

»Das geht dich nichts an!«

Eduard Pasbrig nahm ihr das Portemonnaie aus der Hand und zog sich seine Schuhe und die Lederjacke an.

»Wo willst du hin?«

»Ich sagte bereits: Das geht dich nichts an! Lass mich durch!«

»Aber du …«

»Lass mich durch!«

Er schubste seine Frau so grob zur Seite, dass sie mit ihrem Kopf und der Schulter hart gegen die Garderobe stieß, und stampfte mit einem lauten *Rumms* aus der Wohnung.

Hildegard Pasbrig schaute irritiert auf die Haustür. Dann spürte sie einen stechenden Schmerz.

Kapitel 7

Offergeld saß am Schreibtisch seines Dienstzimmers und studierte den Bericht der Rechtsmedizin. Das Lesen dieser Laborberichte gehörte zu den Dingen, die er in seinem Job hasste. Ein falscher Laborbericht hatte vor einigen Jahren dazu geführt, dass ein Unschuldiger wegen Raubmord hinter Gitter kam. Er hatte sich im zweiten Jahr seiner Haft in seiner Zelle erhängt. Die Wahrheit kam erst später per Zufall ans Licht. Seitdem war der Kriminalkommissar nicht besonders gut auf die Rechtsmedizin zu sprechen. Überhaupt war er der Meinung, dass sich jeder Kriminalfall auch ohne ein Labor lösen lassen müsste.

Noch besser wäre es natürlich, wenn es gar keine Kriminalfälle mehr geben würde. Dann wäre er zwar arbeitslos, aber die Welt ein schönerer Ort.

Du hast wieder zu wenig Schlaf gehabt, dachte er bei sich selbst. *Reiß dich mal zusammen!*

Was soll's? Im Grunde war die Untersuchung des Toten in seinen Augen sowieso unnötig. Nur weil letzte Nacht kein Arzt greifbar war, der eine Sterbeurkunde hätte ausstellen können, war er verpflichtet, den Toten dem Institut für Rechtsmedizin zuzuführen.

Der Bericht der sogenannten *äußeren Leichenschau* legte – wie schon vermutet – eine natürliche Todesursache nahe. Der Alkoholgehalt im Blut des Leichnams lag bei knapp unter drei Promille. Krammer war also sehr betrunken gewesen und überhaupt schon seit vielen Jahren alkoholabhängig. Außerdem ein Kettenraucher; das hatte er ja bereits selbst festgestellt. Die Blutuntersuchung wies im weiteren Verlauf auf eine Mangelerkrankung hin, besser bekannt als *Skorbut*[6].

Skorbut? Ihm kamen die alten Piraten- und Freibeuterfilme wie *Der Herr der sieben Meere* mit Errol Flynn in den Sinn, die er als junger Mann schon im Kino gesehen hatte. Dort hatte er zum ersten Mal von dieser Krankheit gehört. Matthias Krammer war also unterernährt – was bei starken Alkoholikern keine Seltenheit ist, da sie eher ungern zu frischem Obst oder Gemüse greifen. *Das bisschen, was wir essen, können wir auch trinken*, hatte Offergeld vor ein paar Jahren mal auf einer Toilettentür gelesen. Damals konnte er noch darüber lachen, aber jetzt? Er las laut weiter:

»Die äußere Leichenschau ergab … bla bla bla … Zahnfleischbluten und mehrere Wucherungen in der Mundhöhle, etliche Entzündungen und unverheilte Wunden am ganzen Körper, allesamt Symptome von Skorbut und so weiter bla bla bla.«

Er legte das Papier zur Seite. In seinen nun schon fast dreißig Dienstjahren hatte er schon vieles erlebt. Die permanente Beschäftigung mit Verbrechen und denen, die sie verübten, stumpften mit den Jahren ziemlich ab. Trotzdem hatte er seinen weichen Kern – auch wenn er ihn nur selten zeigte. In diesem Fall hatte er es mit einem jungen Mann im Alter von siebzehn Jahren zu tun, der eine seltsam ambivalente Beziehung zu seinem alkoholkranken Vater

---

[6] Im 15. bis 18. Jahrhundert war Skorbut eine Haupttodesursache bei Seeleuten; so verlor zum Beispiel das Schiff von Vasco da Gama auf einer Reise von 160 Mann Besatzung etwa 100 Mann durch Skorbut. Grund für das Auftreten von Skorbut auf See war die mangelhafte Ernährung, die hauptsächlich aus konservierter oder getrockneter Nahrung (Pökelfleisch und Schiffszwieback) bestand. (Quelle: Wikipedia)

hatte und sich allem Anschein nach auch noch für dessen Tod verantwortlich fühlte. Was für eine Tragik!

Er hatte für Andi noch in der Nacht ein Zimmer in der Pension
Wallmann besorgt, das die Stadt Bröhlheim für Notfälle reserviert
hielt. Für ihn war der Fall abgeschlossen und er würde sich wieder
richtigen Verbrechen zuwenden.

Kapitel 8

Lisa Wallmann klopfte zweimal an die Tür des neuen Gastes und horchte. Stille. Kurz darauf klopfte sie noch mal, was aufgrund des vollen Tabletts, das sie vor sich balancierte, etwas von einer Jonglage-Nummer hatte. Dann hörte sie von drinnen dumpf jemanden mit einer verschlafenen Stimme rufen:

»Äh … hallo?«

»Hallo, Entschuldigung!«, antwortete sie durch die Tür.

»Wer ist denn da?«

»Ich heiß´ Lisa.«

»Lisa wer?«

»Lisa Wallmann.«

Die junge Frau horchte wieder an der Tür. Stille.

»Hallo? Darf ich jetzt reinkommen?«

»Äh! Moment bitte!«

Zu hören war nun ein lautes Rumpeln, begleitet von ein paar unverständlichen Flüchen. Offenbar versuchte da drin jemand sehr hektisch, sich anzuziehen.

»Wo ist meine Hose, verdammt?«

Etwa eine weitere Minute verging, dann öffnete der Gast von innen die Tür. Er war mit einer Jogginghose und einem T-Shirt bekleidet, das er in der Eile falsch herum angezogen hatte. Der völlig verstrubbelte Andi Krammer schaute zuerst in Lisa Wallmanns Gesicht und dann auf das Tablett mit einer Glaskanne Kaffee und

Frühstück. Unter dem Tablett trug sie einen modischen Rock und weiße Turnschuhe.

»Oh!«

Andis Blick ging zurück in das Gesicht der jungen Frau mit den lockigen rötlich-blonden Haaren und starrte sie mit offenem Mund an. Dann wiederholte er sich: »Oh!«

»Ähm … darf ich reinkommen? Das Ding wird nämlich ziemlich schwer mit der Zeit.«

»Oh ja, natürlich, entschuldige bitte!«

Andi ging zur Seite und Lisa betrat das Zimmer. Dort blieb sie aber unschlüssig stehen und schaute sich um. Als Andi begriff, warum, eilte er zum kleinen Tischchen und nahm den Karton herunter, damit Lisa das Tablett dort abstellen konnte.

Er bemerkte ihren fragenden Blick.

Mit den Worten »Ist nur ein Plattenspieler« stellte er den Karton auf den Fußboden und kratzte sich verlegen am Nacken.

»Ich heiße Andi. Andi Krammer«, stellte er sich vor.

»Ich weiß«, antwortete Lisa und lächelte. »Die Mitarbeiterin von der Stadt hat uns deinen Namen mitgeteilt.«

»Ah«, gab Andi zurück und versuchte, seine Hände in die nicht vorhandenen hinteren Hosentaschen zu stecken.

Lisa schaute ihn mitleidsvoll an.

»Tut mir leid, was dir passiert ist gestern. Muss schlimm sein.«

Er nickte flüchtig. Offenbar war in diesem Haus schon jeder über alles informiert.

»Arbeitest du hier?«

»Na ja, also die Pension gehört meinen Eltern. Ich springe ab und zu für Frühstück und Co. ein. Oje, sorry – ich wollte dich nicht zuschwafeln, dein Kaffee wird ja kalt!«

»Hey, das ist total lieb mit dem Frühstück, Lisa! Vielen Dank! Ich fürchte nur, dass ich nix runterkrieg.«

»Das kann ich verstehen! Aber die Erdbeermarmelade würd´ ich mir an deiner Stelle nicht entgehen lassen, die hab ich nämlich selbst gemacht.«

Lisa zwinkerte Andi zu, der auf der Stelle rot anlief.

Wow!

»Herr Krammer?«

Lisas Mutter stand nun in der Tür, die ebenso offen stand wie Andis Mund. Frau Wallmann war etwa fünfzig, hatte eine schlanke Figur und trug ein weißes T-Shirt und Jeans. Sie hielt einen Telefonhörer in der Hand, aus dem eine kurze Antenne herausragte. So etwas hatte Andi noch nie gesehen.

»Für Sie, der Bürgermeister.«

Kapitel 9

Juli 1967

Matthias Krammer saß am Küchentisch und freute sich schon auf das deftige Mittagessen, das ihm seine Frau Barbara gerade zubereitete. Es gab dicke Bohnen mit Speck.

Seit einem halben Jahr war er nun mit ihr verheiratet und im Großen und Ganzen zufrieden mit ihren Kochkünsten. Bei seiner Mutter schmeckte es natürlich besser, aber sie würde das schon noch lernen. Er müsste seiner Frau nur klipp und klar sagen, was sie falsch machte. *So ist das mit den Frauen, sie brauchen klare Grenzen und eine strenge Führung*, dachte er.

Gleich nach der Hochzeit waren sie in eine kleine möblierte Zweizimmerwohnung am Stadtrand gezogen. Eine größere Wohnung konnten sie sich von dem Gesellenlohn, den er als Schriftsetzer bekam, nicht leisten. Aber vielleicht würde er es irgendwann von der Druckmaschine ins Büro schaffen. Dort war die Arbeit leichter, sauberer und wurde besser bezahlt.

Er beobachtete seine hochschwangere Frau am Herd. Der Topf mit den Kartoffeln drohte überzukochen, während sie eine Zwiebel in kleine Würfel schnitt. Sie wirkte gestresst und nervös. Sie wollte es ihrem Mann so gerne recht machen. Er sollte es doch gut haben bei ihr!

»Was machst du denn da so lange, hmm? Mein Gott, bist du ungeschickt!«

Barbara Krammer wollte ihren Ehemann nicht verärgern, deshalb sagte sie lieber nichts. Vor ein paar Wochen hatte er ihr im Streit gegen den Bauch geboxt, seitdem war sie vorsichtig. Ihre Mutter hatte ihr außerdem diesen einen Rat mit in die Ehe gegeben: »Erhebe nie das Wort gegen deinen Mann und es wird dir besser gehen!«, hatte sie gesagt.

»Bist du taub? Ich habe dich was gefragt. Oder hast du dicke Bohnen in den Ohren?«

Matthias Krammer lachte sich selbst über seine geistreiche Bemerkung kaputt. Barbara lachte nicht, stattdessen standen ihr Tränen in den Augen. Es war jedoch nicht ganz klar, ob ihr Gemütszustand oder die Zwiebel der Grund dafür war.

Das überkochende Kartoffelwasser lief laut zischend auf die Herdplatte und spritzte auf ihr grünes, ärmelloses Sommerkleid. Sie sprang zur Seite weg vom heißen Herd und hielt ihre Hände schützend über ihren Bauch. Im gleichen Augenblick spürte sie einen stechenden Schmerz dort. Die Geburt war seit mehreren Tagen überfällig, es konnte also jeden Moment losgehen. Erst gestern Morgen war die Fruchtblase geplatzt, glücklicherweise war sie da gerade auf der Toilette gewesen. Matthias hatte sie nichts davon gesagt, damit er sich nicht aufregt.

»Was ist denn jetzt schon wieder los? Ich habe Hunger, verdammt!«

Eine Autohupe ertönte auf der Straße.

»Matthias, ich muss …«

»Wer ist das denn?«

Er sprang auf und öffnete das Küchenfenster. Unten winkte sein Kumpel Eddy zu ihm hoch. Matthias war beeindruckt und rief:

»Hey Eddy, was ist *das* denn?«

Das war ein funkelnagelneuer BMW 1600-2.

»Die neue Karre von meinem Alten. Hat er mir ausgeliehen. Kleine Spritztour gefällig?«

Matthias drehte sich begeistert zu Barbara um.

»Hey, guck dir das mal an! Der Eddy ist doch ein verrückter Hund!«

»Matthias … ich glaub, es geht gleich los!«

»Ja, klar geht's gleich los, das sag ich dir, hahahaha!«

»Nein, ich meinte das Baby!«

»Was? Ach Mensch, du willst mir doch nicht etwa meine Spritztour versauen, oder?«

»Nein, natürlich nicht. Ich dachte nur, dass du wenigstens jetzt mal ein bisschen zu Hause bleiben könntest. Nur für den Notfall. Wenn das Kind mal da ist, kannst du doch immer noch deine Spritztouren machen, so oft du willst.«

»Ach Quatsch! Das Baby kommt schon nicht ausgerechnet jetzt, wenn ich mit meinem Kumpel Eddy losziehe!«

Er lehnte sich aus dem Küchenfenster und rief hinunter: »Zwei Minuten, bin gleich bei dir!«

»Und was ist mit dem Essen?«

»Vergiss es! Wenn du so langsam bist mit dem Kochen, verhungert man ja! Wir finden schon irgendwo 'ne Frittenbude, da schmeckt's sowieso besser!«

Er drückte ihr einen trockenen Schmatzer auf die Wange und ging zur Tür.

»Bis später, Schatz!«

Die Tür knallte zu und Barbara war allein.

Im Küchenradio lief *All You Need Is Love* von den Beatles. Jetzt weinte Barbara Krammer wirklich.

* * *

»Oh, hast du schon vorgeglüht?«, fragte Matthias seinen Kumpel Eddy beim Einsteigen. Allein die Luft im Innenraum des Wagens hätte von Rechts wegen auf der Stelle den Führerschein abgeben müssen.

»Wo geht's hin?«

»Eifel«, verkündete Eddy und zündete sich eine Zigarette an.

Er hielt seinem Freund die Schachtel hin: »Auch eine?«

Matthias nahm sich eine Zigarette aus der Schachtel. *Das wird aufregend,* dachte er. Er sollte recht behalten.

Die Fahrt begann mit quietschenden Reifen. Es war das erste Mal, dass Eddy dieses Auto fuhr. Er gab zu, dass sein Vater nichts von dieser *Leihgabe* wusste, aber das würde sich alles hinterher noch klären lassen. Und bis dahin konnten die beiden mal so richtig aufdrehen!

Ein paar Kilometer außerhalb der Stadt war freie Bahn auf der Landstraße. Eddy drückte das Gaspedal bis zum Anschlag durch und der BMW beschleunigte bis auf 115. Doch kurz darauf musste Eddy auch schon wieder runter vom Gas. Ein vor ihnen fahrender Kleinbus war der Spielverderber. Eddy fuhr in ausgiebigen Schlangenlinien bis auf zwei Meter Abstand auf, dann winkte ihm ein weißes Strickkleid zu.

»Wow, Matthias, guck mal, schicke Mädels! Hey, ihr Süßen! Winkewinke! Huhu!«

Der Bus war mit etwa 65 km/h unterwegs nach Bad Münstereifel und enthielt insgesamt zehn Schwesternschülerinnen. Drei von ihnen knieten auf der Rücksitzbank und klebten mit ihren Nasen an der Heckscheibe. Sie amüsierten sich über die beiden Casanovas im BMW und zwinkerten ihnen zu oder schickten Handküsschen.

Eddy vollführte mit seinem Imponiergehabe immer abenteuerlichere Schlangenlinien, bis er schließlich ausscherte und zum Überholen ansetzte. Er trat aufs Gas und der Wagen beschleunigte. Sie waren ungefähr zur Hälfte am Bus vorbei, als …

»Eddy …?«

Ein LKW kam ihnen entgegen. Das könnte knapp werden, fürchtete Eddy, und drückte das Gaspedal noch einen halben Zentimeter tiefer in den Autoteppich hinein.

»Eddy!«

»Ja doch!«

Eddys Hände krallten sich um das schwarze Kunststofflenkrad. Der LKW blinkte warnend mit dem Fernlicht auf, wurde aber nicht langsamer. Matthias hielt sich mit einer Hand am Halteriemen fest und mit der anderen stützte er sich gegen das Armaturenbrett. Jetzt erst erkannte der Busfahrer die Situation und bremste ab. Eddy riss das Steuer im letzten Moment nach rechts. Matthias schrie auf. Der BMW kreuzte den Bus vorne und flog dann auf einen Acker, wo er sich mehrfach überschlug und schließlich auf dem Dach liegen blieb.

»Oh mein Gott!«, rief Hilde und hielt die Hände vors Gesicht.

Die jungen Schwesternschülerinnen stiegen aus und liefen zum Autowrack, aus dessen Motorraum es dampfte und ein besorgniserregendes Zischen zu hören war. Hildegard hockte sich an die Fahrertür.

»Hallo?«, sprach sie Eddy an, der zwar noch an seinem Lenkrad, jedoch kopfüber dort saß. Er schien unverletzt, aber etwas benommen zu sein.

»Ja bitte?«

»Geht es Ihnen gut?«

Eddy schielte sie an und schien nachzudenken.

»Was machen Sie auf meinem Auto?«, fragte er verwirrt, weil er sich darüber wunderte, dass die junge Frau ihn über Kopf ansprach.

»Wir müssen schnellstens einen Krankenwagen rufen!«, rief eine ihrer Kolleginnen von der anderen Seite, und ihr Blick ließ nichts

Gutes erahnen. Der Fahrer gab den Frauen ein Handzeichen und lief zurück zum Bus, um in der nächsten Ortschaft einen Notarzt zu alarmieren.

»Darf ich Ihnen einen Prosecco anbieten?«, fragte Eddy die hübsche Frau in ihrem hellblauen Minikleid.

Mit dieser Frage hatte Hilde nicht unbedingt gerechnet, aber sie besann sich auf ihre Aufgabe als Ersthelferin.

»Gerne später. Brauchen Sie Hilfe beim Aussteigen?«

»Geht schon, danke! Ich heiße übrigens Eddy, und du?«

»Hildegard.«

Hildegard! Eddy war auf der Stelle verliebt. Wer auch immer diese Schönheit war, die auf seinem Auto lag … sie würde seine Frau werden!

Kapitel 10

Hildegard Pasbrig massierte sich die schmerzende Schulter und schaute in den Garderobenspiegel. Über ihrem Auge klaffte eine blutende Wunde. Sie hatte ein für alle Male genug von ihrem *Eddy*. All die Jahre hindurch hatte sie seine Kapriolen erduldet und gehofft, dass er irgendwann mal zur Vernunft käme. Von seinen Sauftouren und Bordellbesuchen wusste sie schon lange — und jetzt kam offenbar noch Diebstahl hinzu.

Sie dachte zurück an den Tag, als sie ihn kennenlernte. Sie war mit ihren Kolleginnen von der Schwesternschule in einem Kleinbus unterwegs zu einem Ausflug nach Bad Münstereifel gewesen. Auf einer Landstraße waren sie von einem Auto überholt worden, das sich dann auf einem Acker überschlagen hatte.

Als Hilde ihren Eddy zum ersten Mal sah, war es gleich um sie geschehen. Wie hilflos und drollig er doch war! Zum Glück war er unverletzt. Seinen Kumpel auf dem Beifahrersitz hatte es dagegen schlimmer erwischt; er wurde in ein Krankenhaus gebracht.

Eddy war ein echter Gentleman. Gleich am nächsten Tag führte er sie zum Essen aus und sechs Monate später zum Traualtar.

Doch ihr Glück war nur von kurzer Dauer. Da Hilde aus einem streng katholischen Elternhaus stammte, war Sex vor der Ehe tabu. Später bedauerte sie das, weil ihr Kinderwunsch aufgrund Eddys Impotenz unerfüllt blieb.

Ihre Eltern waren von Anfang an gegen diese Ehe. Doch je mehr sie versuchten, es ihr auszureden, desto sturer wurde sie.

Hildes Mutter versteckte jedes Mal all ihren Schmuck und das Silberbesteck, wenn sie zu Besuch kamen, weil sie Eddy keinen Meter über den Weg traute. Wie recht sie doch hatte!

Außerdem erwies sich ihr Mann als notorischer Gigolo, der alles anbaggerte, das mit zwei X-Chromosomen ausgestattet war.

»Du dumme Kuh, wie konntest du nur so naiv sein?« rief Hilde wütend ihrem verweinten Gesicht im Spiegel entgegen und hielt sich gleich wieder ihre Schulter vor Schmerz.

»Du hättest dich besser gleich vom Acker machen sollen!«, schimpfte sie bitter.

Erst zögerte sie noch ein wenig, aber dann gab sie sich einen Ruck. Sie nahm den Hörer ab und wählte die Nummer der Polizei.

»Hildegard Pasbrig. Ich möchte Anzeige erstatten!«

Kapitel 11

Eddy Pasbrig ärgerte sich darüber, dass er mit der Geldbörse so unvorsichtig gewesen war. Aber er war am späten Abend müde und betrunken nach Hause gekommen, weshalb er seine Klamotten unachtsam in der Wohnung verteilt hatte, bevor er ins Bett gefallen war.

Dann erinnerte er sich an den vergangenen Abend im *Laternchen*. Eddy lachte hämisch auf. Andis Toilettengang hatte er für einen geschickten Griff in die Jackentasche seines Freundes genutzt.

Matthias ist so ein Blödmann! Der war so besoffen, dass er nicht gemerkt hätte, wenn der Kölner Dom umgefallen wäre! Was muss der auch immer so rumprahlen mit seiner Kohle? Und warum in Gottes Namen hatte der Depp überhaupt so viel Bargeld dabei, fragte er sich.

»Der hätte doch eh die ganze Kohle versoffen!«, rief er laut, und ein Jogger, der ihm gerade auf dem Gehweg entgegenkam, sprang erschrocken ein Stück zur Seite.

Eddy Pasbrig blieb stehen. Direkt vor ihm befand sich die Fassade des Bröhlheimer Schlosses. Er spazierte sehr gerne an dem barocken Prachtbau vorbei durch die üppige Gartenanlage mit den kunstvoll geschwungenen Kieselsteinwegen und kitschigen Blumenbeeten. Dann stellte er sich immer vor, er wäre der Erzbischof Clemens August höchstpersönlich, der hier würdevoll durch den Garten seiner Lieblingsresidenz lustwandelt.

Pasbrig pfiff eine Melodie aus Bachs Brandenburgischen Konzerten[7] und schritt aristokratisch die Treppenstufen hinab.

Da kam ihm eine Idee:

Ich werde Hilde einfach sagen, dass ich die Geldbörse bei einem Spaziergang am Schloss gefunden habe und vorhatte, sie im Fundbüro abzugeben.

Eddy hüpfte die letzte Stufe hinab und war stolz über diesen genialen Einfall.

---

[7] Brandenburgisches Konzert Nr. 3 in G-Dur (BWV 1048), 1. Allegro

Kapitel 12

Ingrid Wallmann überreichte Andi das Telefon. Das *Sinus 11* war eines der ersten Schnurlostelefone überhaupt in Deutschland. Andi war fasziniert. Ein Telefon ohne Kabel. *Wahnsinn!* Zögernd nahm er den Apparat ans Ohr.

»Hallo?«

»Spreche ich mit Herrn Andreas Krammer?«, tönte es etwas kratzig aus dem Gerät.

»Ja.«

»Mein Name ist Wolters, ich bin der Bürgermeister der Stadt Bröhlheim. Zunächst einmal möchte ich Ihnen mein tief empfundenes Beileid ausdrücken.«

Andi nickte nur. Wolters redete weiter:

»Ich wurde gerade von der Polizei darüber informiert, dass der Leichnam Ihres Herrn Vaters voraussichtlich übermorgen zur Bestattung freigegeben wird. Sie sind ja nun seit … äh …«

Papier raschelte im Hintergrund.

»… seit heute volljährig und daher verpflichtet, sich um die Beisetzung und alle damit in … äh … also in Zusammenhang stehenden … äh … also, Sie müssen für die Kosten aufkommen, herzlichen Glückwunsch an dieser Stelle.«

»Danke«, sagte Andi mit leerem Blick in den Raum.

»Haben Sie sich schon mit einem bestimmten Bestattungsinstitut in Verbindung gesetzt?«

»Nein. Ich wohne bei meiner Mutter und meiner Schwester in Freudenberg und kenne hier leider kein Bestattungsunternehmen.«

»Ach so. Ja, in diesem Fall könnten wir auch für Sie eine Bestattungsfirma beauftragen. Dazu würden wir Ihnen aber dann eine Aufwandspauschale in Rechnung stellen. Wären Sie damit einverstanden?«

Andi blickte sich hilfesuchend um. Aber was sollten Frau Wallmann und Lisa schon dazu beitragen? Außerdem konnten sie eh nicht hören, was der Bürgermeister sagte.

»Also, ähm, ok. Wieviel kostet denn so eine Beerdigung bei Ihnen?«

Es entstand eine kurze Pause und es kratzte in der Leitung. Andi hörte Wolters in den Hörer schnaufen.

»Die Stadt Bröhlheim wird Ihnen nach der Beisetzung eine detaillierte Kostenaufstellung zukommen lassen. Die Grabgebühren auf dem Südfriedhof belaufen sich auf etwa zweitausend D-Mark. Hinzu kommen noch die Kosten des Bestattungsunternehmens, das sind … zirka eintausendfünfhundert D-Mark.

Die ärztliche Todesbescheinigung kostet … äh … etwa zweihundertfünfzig Mark, die Gebühren der Ordnungsbehörde … also, da kämen noch einmal zirka einhundert D-Mark hinzu, das macht dann …«

Herr Wolters schien eine riesige Rechenmaschine zu bedienen; jedenfalls hörte Andi jetzt laute Tastaturanschläge durch den Telefonhörer. Nach einer kurzen Wartezeit vernahm er wieder seine Stimme:

»Also, wir kämen da auf einen Gesamtbetrag von … viertausendachtundneunzig Mark und zweiundvierzig Pfennig. Diese Angabe ist jedoch unverbindlich, der endgültige Betrag kann sich noch erhöhen.«

Andi bekam ein flaues Gefühl in der Magengegend. Über die Kosten einer Beerdigung hatte er sich bisher noch nie Gedanken

gemacht. Was kann daran so teuer sein, einen Toten in einer Holzkiste zu vergraben? Und vor allem: Woher sollte er so viel Geld
nehmen? Nach seinem Schulabschluss hatte er bisher noch keine
Lehrstelle gefunden. Seine Schwester bekam zwanzig Mark Ta-
schengeld im Monat, und seine Mutter würde sich mit Händen und
Füßen wehren, auch nur einen Pfennig für ihren Ex-Mann auszu-
geben. Er würde wohl einen Kredit aufnehmen müssen. Andi sah
ein längerfristiges finanzielles Problem auf sich zukommen.

»Sind Sie noch dran, Herr Krammer?«

»Äh, ja, natürlich. Ja, ich bin einverstanden.«

»Gut. Dann kommen Sie doch bitte in Kürze hier vorbei, um die
entsprechenden Formulare zu unterschreiben. Ich wünsche Ihnen
noch einen schönen Tag. Auf Wiederhören.«

»Auf Wieder…« *klack*. Sein Gesprächspartner hatte aufgelegt.

Andi schaute auf das merkwürdige Telefon und dann zu Frau
Wallmann. Dann fragte er:

»Darf ich bitte noch meine Mutter anrufen?«

Kapitel 13

Eddy Pasbrig kam bestens gelaunt zu Hause an. Er war seine kleine Geschichte auf dem Heimweg etwa hundertmal von allen Seiten durchgegangen mit dem Ergebnis: alles wasserdicht.

Seine Lederjacke hängte er diesmal ordentlich an die Garderobe und bog schwungvoll ins Wohnzimmer ab.

»Hilde, ich …«

Das Bild, das sich ihm hier bot, war eine gelungene Überraschung. Ein Arzt war gerade dabei, die Schulter seiner Frau zu behandeln. Sie saß völlig aufgelöst im Sessel und hatte einen Verband um den Kopf.

»Was ist denn hier los?«, fragte Pasbrig verdutzt.

»Guten Tag, Herr Pasbrig. Offergeld von der Kriminalpolizei.«

Der Kommissar stand direkt hinter ihm in der Tür und versperrte den Fluchtweg.

»Schön, dass Sie da sind! Vor zwei Minuten habe ich mich erst mit Herrn Dr. Schmidt über den Gesundheitszustand Ihrer Frau unterhalten. Sie hat vermutlich einen Kapselriss in der Schulter als Folge äußerlicher Gewalteinwirkung. Außerdem hat sie eine blutende Wunde über dem Auge, die ebenfalls behandelt werden musste. Herr Pasbrig, ist es richtig, dass Sie Ihre Frau vor etwa zwei Stunden im Streit gegen die Garderobe gestoßen haben?«

»Nein, also ja, ich … hören Sie, das war doch nur ein kleiner Unfall! Eine Unachtsamkeit, weiter nichts!«

Er schaute sich hilflos um, aber es gab keine Möglichkeit, der Situation zu entkommen. Hilde hatte nicht nur einen Arzt gerufen, sondern auch die Polizei alarmiert. Wer kommt als Nächstes? Die Bundeswehr?

»Nächste Frage: Ist das Ihr Portemonnaie, Herr Pasbrig?«

»Woher haben Sie …? Äh, nein, das ist … die habe ich gestern Abend, äh, also gefunden, ja!«, stammelte er.

»Wo genau haben Sie diese Geldbörse gefunden, Herr Pasbrig?«

»Auf der Treppe vor dem Schloss. Ich wollte sie heute zum Fundbüro …«

»Auf der Treppe vor dem Schloss, aha. Dann schauen wir doch mal.«

Offergeld öffnete das Lederetui.

»Hui, das ist aber ein lohnender *Fund*, Herr Pasbrig, das muss ich schon sagen! Hier sind, wenn ich das richtig sehe … so um die tausend Mark drin. Ist das die Möglichkeit!«

»Ja, das habe ich auch schon gesehen, deshalb wollte ich sie ja auch sofort zurückgeben. Der Besitzer ist bestimmt schon ganz verzweifelt.«

»Ah, ja, genau, der Besitzer. Dann wollen wir doch mal nachsehen, vielleicht finden wir ja sogar heraus, wem diese Geldbörse gehört, was meinen Sie? Ganz schön spannend, nicht wahr?«

Offergeld zog einen zerknitterten Personalausweis heraus und blätterte das Heftchen auf. Als er den Namen las, war er selbst perplex und runzelte die Stirn.

»Herr … Pasbrig, wissen Sie, wem diese Brieftasche hier gehört?«

»Nein, keine Ahnung, wieso?«

»Diese Brieftasche gehört Herrn Matthias Krammer. Besser gesagt *gehörte*.«

»Was, Matthias? Oh, das ist ja ein Zufall!«

»Zufall, sagen Sie?«, fuhr Offergeld ihn an. »Matthias Krammer wurde gestern Nacht tot in seiner Wohnung aufgefunden! Können Sie uns dazu vielleicht etwas sagen, Herr Pasbrig?«

Eddy Pasbrig wurde blass. Matthias? Tot? Wie konnte das denn sein? Ok, er war ziemlich betrunken gewesen, als er ihn in der Nacht zu Hause abgeliefert hatte, aber tot? Pasbrig verstand die Welt nicht mehr.

»Ich hab keine Ahnung, was da …!«

»Eduard, was ist gestern Nacht passiert?«, fragte nun seine Frau.

Eddy sah ein, dass es keinen Sinn machte, weiter zu lügen. Er war verwirrt und das Gerüst um seine mickrige Geschichte war eingestürzt wie ein Kartenhaus. Er atmete tief ein und ließ dann seine Schultern und den Kopf hängen.

»Also gut, ich geb es ja zu. Gestern Abend war ich mit Matthias und seinem Sohn Andi im *Laternchen*. Wir waren ein paar Stunden dort und der Abend wurde ziemlich feucht – zumindest bei Matthias. Ein Bier nach dem anderen hat er getrunken und dann so richtig aufgedreht. Er hat rumgeprahlt mit seiner Kohle und den großen Zampano gespielt. Das war schon immer seine Art, einen auf dicke Hose machen, das war typisch.

Irgendwann ist sein Sohn dann zur Toilette gegangen, da hab ich ihm die Brieftasche abgenommen.«

»Was hast du?«, fragte seine Frau entsetzt.

»Der war so betrunken, der hat das eh nicht gemerkt! Ich bin einfach davon ausgegangen, dass er dann am nächsten Tag glaubt, er hätte die Brieftasche verloren. Aber ich hab heute ein schlechtes Gewissen bekommen und wollte sie ihm wieder zurückgeben, glaub mir!«

Offergeld schürzte die Lippen.

»Nach einem schlechten Gewissen haben Sie mir eben aber nicht ausgeschaut, Herr Pasbrig. Was passierte weiter?«

»Na ja, Matthias hat über seine Exfrau geschimpft, richtig peinlich war das. Da hab ich gedacht, es wäre besser, den Abend zu beenden.«

»Und dann?«

»Dann haben wir ihn nach Hause gebracht. Wir haben ihn in seiner Wohnung auf die Couch gesetzt und dann bin ich auch schon gegangen.«

»Wann war das genau?«

»Hmm, das war so kurz vor halb eins, denk ich.«

»Wohin sind Sie gegangen?«

»Ja, wohin wohl? Nach Hause! Nach Hause, verdammt!«

»Wie spät war es, als Sie zu Hause eintrafen, Herr Pasbrig?«

Eddy versuchte, sich zu erinnern. Dann fiel ihm ein, dass er noch einen Blick auf den Radiowecker geworfen hatte, als er im Bett lag.

»Es war null Uhr 46.«

»Das ist ja mal sehr genau. Können Sie das bestätigen, Frau Pasbrig?«

»Ja, das … das könnte sein«, gab Hildegard Pasbrig zu Protokoll.

Dr. Schmidt war jetzt fertig mit der Behandlung ihrer Schulter, klappte seine Arzttasche zu und verabschiedete sich. Ein Moment des Schweigens entstand, den Eddy unerträglich fand.

»Oh, das tut mir alles leid! Hilde, ich …«

»Herr Pasbrig, ich muss Sie leider bitten, Ihre Aussagen auf der Polizeidienststelle zu wiederholen. Da der Geschädigte verstorben ist, kann er Sie nicht mehr wegen Diebstahls anzeigen, das ist Ihr Glück! Allerdings hat Ihre Frau eine Anzeige wegen Körperverletzung gegen Sie erstattet, das wird Sie noch ein wenig beschäftigen in der nächsten Zeit. Bitte bleiben Sie in den kommenden Tagen für uns erreichbar, falls es noch weitere Fragen gibt, ja?«

»Ja, natürlich, Herr, äh …«

»Auf Wiedersehen!«

Martin Offergeld wedelte zum Abschied mit der Brieftasche und
verließ das Haus.

Eddy schaute zu seiner Hilde – und Hilde schaute zu ihrem
Eddy. Keiner von den beiden war in der Lage, etwas zu sagen.

Was ist bloß aus unserer Ehe geworden, dachten beide gleichzeitig.

Es war doch alles mal so schön. Früher …

»Tut mir leid«, sagte Eddy kleinlaut.

* * *

Als der Kommissar seinen Wagen startete, ging er im Kopf noch
einmal alles durch, was er eben gehört hatte.

*Komisch, das alles. Dieser Eddy ist zwar ein Halunke vor dem Herrn, aber
seine Geschichte ist leider ziemlich wasserdicht. Er hat Krammer zwar be-
klaut, aber wohl kaum hinterher umgebracht. Weil … verdammt, es war ja
auch kein Mord!*

Oder?

Kapitel 14

Andi gingen die Bilder der letzten Nacht nicht aus dem Kopf. In seinen Gedanken sah er immer wieder seinen Vater auf dem Wohnzimmerboden liegen, und er fragte sich, ob er seinen Tod nicht hätte verhindern können, wenn er dortgeblieben wäre.

»Ich habe ihn im Stich gelassen. Den eigenen Vater. Wegen mir ist er elendig verreckt. Was bin ich nur für ein verdammtes Arschloch!«

Mantrahaft wiederholte er seine Selbstvorwürfe. Alle Szenen und Bilder der Nacht verschmolzen immer wieder zu einem Klumpen, um sich anschließend in einer geänderten Reihenfolge auseinander zu fächern.

Irgendwann überwand er sich, wenigstens ein paar Bissen von Lisas liebevoll zusammengestelltem Frühstück zu essen. Die Erdbeermarmelade schmeckte tatsächlich gut. Da klopfte es an der Tür. Es war Lisas Mutter.

»Hallo, Herr Krammer … oder darf ich Andi sagen?«

Andi nickte.

»Ich heiße Ingrid. Du … ich wollte dir nur nochmal sagen, dass es uns sehr leidtut, was dir gestern passiert ist. Wenn du möchtest, kannst du gerne hier im Gästezimmer übernachten bis zur Beerdigung. Mach dir keine Gedanken wegen der Bezahlung, ich klär das mit der Stadt, das wird schon gehen.«

Andis Mutter hatte ihm eben am Telefon vorgeschlagen, sofort zu ihm zu kommen, aber das hatte er abgelehnt. Er wusste, wie viel Überwindung das alles für seine Mutter sein musste. Er hatte ihr gesagt, dass er noch ein paar Tage bis zur Beerdigung in Bröhlheim bleiben würde. Seine Mutter hatte ihm etwas Geld überwiesen, damit er etwas Bargeld abholen konnte. Gut! Und nun kam auch noch das nette Angebot von Frau Wallmann. Ein paar Sorgen weniger.

»Oh, vielen Dank!«

Ingrid Wallmann lächelte.

Sie schaute unter den Stuhl, wo seine Hose zerknittert auf dem Boden lag.

»Wenn du magst, schmeiß ich deine Jeans heute Abend in die Waschmaschine.«

So viel Fürsorge! Er mochte Frau Wallmann gleich auf Anhieb. Und ihre Tochter … also Lisa … die war ja auch sehr … nett.

»Haben Sie vielleicht einen Tipp für mich, wo ich mir eine Ersatzhose besorgen kann?«

»Oh, ja, natürlich. Da gehst du am besten zu Jeans Werner.«

Eine Fahrradklingel ertönte von unten und Frau Wallmann ging zum Fenster, das offen stand.

»Ach, Lisa, warte mal kurz! Könntest du unserem neuen Gast vielleicht den Weg zu Jeans Werner zeigen?«

Kapitel 15

Es war für diese Jahreszeit ungewöhnlich warm an diesem Tag, und Lisa trug ein pinkfarbenes T-Shirt und Jeans. Der Weg führte die beiden durch die Fußgängerzone, wo bereits einiges los war. Die Stadt hatte ihren Mittagspuls erreicht. Zuerst gingen sie nur schweigend nebeneinanderher, dann wollte Lisa etwas über Andis Leben hören, und so erzählte er ihr seine Geschichte in Stichpunkten:

Dass er in Bröhlheim geboren wurde und seine Schwester Christiane drei Jahre jünger ist als er, dass sie später nach Oberkassel gezogen seien und dass er dort gerade im vierten Schuljahr war, als seine Mutter ihm morgens früh gesagt hatte, dass sie noch am selben Tag nach Freudenberg umziehen würden. Zu dritt.

Drei Tage später hatte sich Andi in einem fremden Klassenzimmer einer fremden Schule mit fremden Mitschülern und fremden Lehrern befunden.

In der ersten Stunde war Mathe und Herr Zimmermann hatte während des Unterrichts immer wieder zu ihm rübergeschaut, bis er unvermittelt aufgestanden und zu ihm an den Tisch gekommen war. Er hatte ihn nach seinem Namen gefragt und ihn belehrt, dass es sich für einen neuen Schüler gehören würde, sich *vor* der Stunde bei ihm vorzustellen. Dann hatte er noch einen schlechten Witz auf seine Kosten gemacht, und die ganze Klasse hatte ihn ausgelacht. Seit diesem Moment hasste Andi diesen Lehrer, diese Schule und diese Stadt. Er hasste alles dort und wollte wieder nach Hause.

»Hast du Lust auf Crêpes?«, fragte Lisa.

»Hmm?«

»Ob du Crêpes magst. Hier drüben gibt's leckere.«

»Krebs? Weiß nicht, hab ich noch nie probiert.«

»Nicht Krebs. Ich meinte *Crêpes*!«

Achselzucken.

»Jetzt sag bloß, du hast noch nie was von Crêpes gehört!«

Achselzucken. Lisa griff nach Andis Ärmel.

»Mitkommen!«

Sie betraten ein kleines Café und kauften zwei dieser dünnen französischen Pfannkuchen mit Nutella. Andi aß den ersten Crêpe seines Lebens, und es schmeckte ihm viel besser, als Krebs jemals hätte schmecken können.

Aus einer Musikanlage erklang »Easy Lover«, ein aktueller Hit von Philip Bailey zusammen mit Phil Collins, der aber von den meisten Leuten Phil Collins allein zugesprochen wurde.

»Easy lover
She'll get a hold on you believe it
She's like no other
Before you know it, you'll be on your knees ...«

Lisa erzählte Andi, dass sie nach dem Abitur gerne Fotografie und Design in Köln studieren würde. Aber es gäbe aktuell wahnsinnig viele Bewerber und sie befürchtete, dass die Hochschule deshalb noch einen Numerus Clausus einführte.

»Das wär aber saublöd, denn mein Notendurchschnitt ist nicht so toll. Aber ich würd das so gern machen!«

»Vielleicht klappt es ja. Ich drück dir die Daumen!«

»Danke, lieb von dir. Und bei dir so?«

Andi schwieg einen Augenblick und verzog den Mund.

»Na ja, ich suche eine Lehrstelle. Auf Schule hab ich echt keinen Bock mehr. Ich will endlich mein eigenes Geld verdienen, aber es ist sauschwer, was zu finden. Inzwischen hab ich schon mehr als achtzig Bewerbungen geschrieben und nur Absagen bekommen.«

»Das ist aber echt scheiße! Was würdest du denn gerne machen?«

»Also was ich *wirklich* gerne machen würde, ist Musik. Aber ich hab leider keine Ahnung, wie ich das anstellen soll.«

»Musik? Kannst du denn ein Instrument spielen?«

»Na ja, also, mein Opa war hier in Bröhlheim Musiklehrer. Er hat mir das Klavier vererbt, als ich so zwölf war. Da hab ich mir das Klavierspielen selbst beigebracht.«

»Musiklehrer? Doch nicht etwa der Krammer in der Kölnstraße?«

»Ja, genau der!«

»Das ist ja witzig! Meine Freundin hat Geige bei ihm gelernt. Cool! Ich find das toll, wenn jemand ein Instrument spielen kann. Ich singe nur für mich allein ganz gerne. Also mehr so Dusch-Opern.«

Andi lächelte bescheiden und wippte mit dem Kopf.

»Na ja, *kann* ist übertrieben. Ich bin so … mittelgut.«

Jetzt erklang *Such A Shame* von Talk Talk aus dem Lautsprecher. Lisa grinste Andi feixend an und lenkte seinen Blick in die Richtung, aus der die Musik kam. Andi hatte keine Ahnung, was Lisa meinte. Dann sang sie den Refrain mit und schließlich fiel der Groschen. Er lachte kopfschüttelnd. *Schöne Stimme,* dachte er.

Dann machten sie sich wieder auf den Weg.

Kapitel 16

»… und dann bitte hier nochmal!«

Andi atmete tief ein und wieder aus und setzte seine Unterschrift an die Stelle, wo Herr Wolters mit seinem dicken Zeigefinger auf das Papier drückte. Er mochte den Bürgermeister nicht. Er hatte so eine arrogante Art ihm gegenüber. Seine gespielte Freundlichkeit war wenig überzeugend; ihm schien es nur darum zu gehen, dass auf dem Amt alles seinen geregelten Ablauf hatte. Seine Sekretärin hatte er eben wegen irgendwas angepflaumt, und ihn behandelte er wie einen kleinen Schuljungen.

Wolters Büro war geräumig und klassisch-elegant im Stil der Siebzigerjahre eingerichtet. Der dunkelbraune Mahagonischreibtisch war mit einer Glasplatte abgedeckt. Ansonsten befanden sich nur ein weißes Tastentelefon und ein Stempelkarussell darauf. Die Fensterbank neben ihm quoll förmlich über vor gelben Mappen, die dort abenteuerlich gestapelt waren und jederzeit herunterzufallen drohten. An der Wand hinter ihm hing ein Kunstdruck von Dürers Feldhasen. Außerdem gab es ein 2-Sitzer-Sofa mit einem nierenförmigen Tisch davor, was jedoch ausschließlich repräsentativen Zwecken zu dienen schien. Andi wurde das Gefühl nicht los, dass dieses Büro nur so *wirken* sollte, als würde hier viel gearbeitet.

»So, vielen Dank« – Er zog das Papier zu sich rüber und klammerte die Seiten mit einem batteriebetriebenen Klammergerät zusammen.

Dssss – pock machte es und Wolters grinste zufrieden.

»Das ist meine Ausfertigung, und diese hier …«

Dssss – pock »… ist für Sie, junger Mann.«

Er reichte Andi die Dokumente hinüber. Sie enthielten einen Auftrag an die Stadt Bröhlheim für die Beisetzung seines Vaters auf dem Südfriedhof mit angehängtem Kostenvoranschlag. Andi sagte, es sollte bitte nichts Großes werden, nur eine kleine Andacht mit Pfarrer und ein bisschen Orgelmusik vom Band.

Und ein anonymes Grab.

»Ich habe – Ihr Einverständnis vorausgesetzt – heute Vormittag bereits eine telefonische Kontoabfrage bei der Sparkasse getätigt. Glücklicherweise kenne ich den Regionaldirektor, Herrn Dr. Grisuleit, sehr gut. Leider beträgt der aktuelle Saldo Ihres verstorbenen Herrn Vaters nur einhundertzwanzig Mark und sechzehn Pfennig.«

Wolters schaute Andi jetzt übertrieben mitfühlend an.

»Den Großteil der entstehenden Kosten werden Sie also leider selbst begleichen müssen, Herr Krammer.«

Andi hatte einen Knoten im Hals und musste kräftig schlucken.

»Bevor ich's vergesse, Herr Krammer. Sie möchten bitte noch kurz bei Herrn Offergeld vorbeischauen. Sein Büro ist gleich hier am Ende des Flurs rechts.«

Wolters stand gut gelaunt auf und reichte Andi die Hand über den Schreibtisch hinweg.

»Also dann, auf Wiedersehen.«

Die Hand des Bürgermeisters war schlaff und ohne Gegendruck und fühlte sich an wie ein toter Fisch. Nach dem Händeschütteln setzte sich Wolters wieder hin und nahm sich wahllos eine der gelben Mappen von der Fensterbank.

»Auf Wiedersehen«, sagte Andi zu Herrn Wolters, aber der schaute nicht mehr hoch.

Auf dem Flur war kein Mensch. Er wandte sich nach links, wie Wolter es beschrieben hatte, und schlenderte vorbei an einer kleinen Teeküche. Andi hatte ein unwohles Gefühl in der Bauchgegend. Wie sollte er in Gottes Namen so viel Geld zusammenbekommen? Seine Mutter würde er jedenfalls nicht um Geld bitten.
An der Wand hing eine Fotografie von Kardinal Höffner. Oder sollte er vielleicht beten? Ach, Scheißidee, das hat auch noch nie geholfen!
Dann schnaubte er trotzig. Er würde es irgendwie schaffen!

Offergelds Büro war am Ende des Flures. Andi klopfte an und von drinnen erklang ein deutlich vernehmbares
»Ja, bitte?«

Kapitel 17

»Guten Tag, ich sollte mich bei Ihnen melden.«
»Ah, du bist es, Andi. Das ist schön. Bitte setz dich doch!«

Andi setzte sich hin und schaute sich um. Dieses Büro war völlig anders ausgestattet als das des Bürgermeisters. Abgesehen von einer Birkenfeige neben seinem Schreibtisch gab es hier keine schmückenden Objekte. Ob Telefon, Kalender oder Wandregal – jedes Element der schlichten Einrichtung schien nur aufgrund seines Zweckes dort zu sein. Und so gesehen diente die Zimmerpflanze in diesem Fall wahrscheinlich nicht der Verschönerung, sondern der Luftverbesserung.

Vor etwa zwei Jahren war das Gebäude der Polizei umfassend renoviert worden und Kommissar Offergeld musste vorübergehend in die Stadtverwaltung umziehen. Inzwischen hatte er sich aber schon so sehr an dieses Büro gewöhnt, dass er immer wieder andere Gründe vorgeschoben hatte, um nicht wieder zurück in die alte Dienststelle zu müssen. Hier hatte er seine Ruhe, hier konnte er nachdenken.

Andi schaute den Kommissar erwartungsvoll an.

»Ich habe was für dich. Das ist die Brieftasche deines Vaters.«

Er hielt Andi die Brieftasche hin, was dieser jedoch mit gerunzelten Augenbrauen und ungläubigem Blick erwiderte.

»Wir haben heute Morgen zufällig herausbekommen, dass Herr Eduard Pasbrig deinem Vater gestern Abend die Geldbörse gestohlen hat. Seine Frau hat uns den Hinweis gegeben.«

»Wer ist Eduard Pasbrig?«, fragte Andi verwirrt.

»Eduard *Eddy* Pasbrig«, antwortete Offergeld mit Betonung des Spitznamens.

»Was? Ich versteh nicht.«

»Eddy Pasbrig hat deinem Vater im *Laternchen* die Brieftasche abgenommen. Also – geklaut. Dazu hat er einen unbeobachteten Moment genutzt und zack.«

Andi dachte sofort an seinen peinlichen Toilettengang. Das war bestimmt Eddys *unbeobachteter Moment.*

»Er hat den Diebstahl uns gegenüber bereits zugegeben. Wenn du möchtest, kannst du Anzeige erstatten. Das steht dir als Erbe zu.«

Andi schlug die Geldbörse auf und staunte. So viel Geld hatte er bis dahin nur selten gesehen.

»Es gehört dir, Andi.«

Er betrachtete die Geldbörse und bekam ein seltsames Gefühl. Das Utensil stellte eine ungewohnte Nähe zwischen ihm und seinem Vater her. Einerseits freute er sich zwar über diesen überraschenden Geldsegen, andererseits … nun, sein Vater war neuerdings tot. An diesen Gedanken musste er sich erst noch gewöhnen.

Als Andi das Büro des Kommissars verließ, erblickte er Lisa, die auf einer Bank neben der Teeküche wartete. Sein Herz machte einen Hüpfer in der Brust.

»Hey, du bist ja noch da, das wusste ich gar nicht!«

»Na klar. Schließlich müssen wir dir jetzt eine Hose kaufen.«

Sie zwinkerte ihm lächelnd zu und sein Herz rutschte ein Stockwerk tiefer.

Der Besuch bei Jeans Werner dauerte nicht lang. Schon die dritte Hose, die Lisa ihm in die Kabine reichte, passte perfekt. Und weil er ja jetzt genug Bargeld dabeihatte, legte er gleich noch drei T-Shirts und ein Fünferpack Boxershorts obendrauf.

»Du solltest vielleicht noch was Passendes für die Beerdigung kaufen«, gab Lisa an der Kasse zu bedenken. Die Beerdigung; daran hatte er gar nicht mehr gedacht.

Etwa zehn Minuten später lagen noch ein weißes Hemd, eine schwarze Jeans und eine Lederkrawatte zusätzlich auf dem Stapel.

Auf dem Weg zurück durch die Fußgängerzone war Andi aber plötzlich sehr einsilbig, um nicht zu sagen schweigsam. Irgendwas schien ihn zu beschäftigen. Lisa fragte sich, was los war. Sie mochte den etwas schüchternen Kerl. Die Chemie zwischen ihnen stimmte, und Lisa hatte das Gefühl, dass sie beide sich schon ewig kennen würden. Deshalb wünschte sie sich so sehr, dass er endlich mal was Nettes zu ihr sagen würde.

Da blieb Andi abrupt stehen.

»Du, Lisa?«

»Jaaaa?«, fragte Lisa und strahlte erwartungsvoll.

»Ich glaube, mein Vater wurde ermordet.«

Kapitel 18

Der Nachmittag glitt langsam in den Abend hinüber und es dämmerte schon früh. Es hatte angefangen zu regnen. Andi wollte unbedingt noch einmal in die Wohnung seines Vaters, den Schlüssel hatte er bei sich. Vielleicht fanden sich dort irgendwelche Hinweise, wie sein Vater *wirklich* gestorben war. Je länger er darüber nachdachte, desto klarer wurde es ihm, dass ein natürlicher Tod sehr unwahrscheinlich war. Die Polizei war zwar zu einem anderen Ergebnis gekommen, aber irgendwas hatten sie bestimmt übersehen; da war er sich ganz sicher.

Lisa bestand darauf, ihn zu begleiten, obwohl er ihr die Wohnung seines Vaters eigentlich nicht zumuten wollte, aber er gab schließlich nach und sie machten sich unter einem Regenschirm gemeinsam auf den Weg. Es ging zunächst durch die lange Kaiserstraße, dann nach rechts in die Leipziger Straße und schließlich in die Breslauer Straße, wo sich den beiden ein dunkelbraunes Gemisch aus Regen und Schlamm auf dem Bürgersteig entgegenwälzte.

Ein Schlüssel drehte sich zweimal im Schloss, dann öffnete sich die Wohnungstür von Matthias Krammer. Drinnen war es dunkel. Jemand trat ein und schloss die Tür schnell, aber leise, wieder hinter sich. Das Licht ließ er lieber aus, um keine Aufmerksamkeit auf sich zu lenken. Er tastete sich durch den dunklen Vorraum mit der Küchenzeile, als er mit dem Fuß gegen etwas stieß und es laut schepperte. Eine Plastiktüte, in der sich ein Durcheinander aus Flaschen, Kram und Abfall befand, war umgefallen und hatte ihren Inhalt großzügig auf dem Boden verteilt. Leise fluchend betrat er das Wohnzimmer. Hier war alles unverändert – bis auf die Tatsache, dass der Tote nicht mehr dort war, aber damit hatte er gerechnet. Er schaute sich suchend um.

»Ah, da ist es ja«, raunte er erleichtert und griff nach dem Kissen, mit dem er in der Nacht zuvor einen Mord begangen hatte. Er ärgerte sich im Nachhinein über seine Nachlässigkeit, es einfach zurück auf die Couch geworfen zu haben. Erst nachdem er die Wohnung verlassen hatte, war ihm eingefallen, dass sich auf diesem Kissen ja Schweiß und Speichel des Toten befanden. Und sicher auch jede Menge Spuren von ihm selbst.

Er war letzte Nacht sofort wieder zurück in die Breslauer Straße geeilt, aber vor dem Haus hatte inzwischen bereits ein Leichenwagen gestanden. Deshalb war er gezwungen, es am nächsten Tag wieder zu versuchen. Zum Glück war es noch dort, und so schaute er beruhigt auf das rote Kissen in seiner Hand.

Er ließ seinen Blick noch einmal von der Couch hinüber zur Schrankwand gleiten und überlegte, ob er noch etwas vergessen hatte, was ihn verraten könnte. Nein, das Kissen war das Einzige, was er von hier wegbringen musste. Der Umstand, dass Krammer seinen Wohnungsschlüssel in dessen Schreibtischschublade bei Gesslers vergessen hatte, hatte das ganze Unterfangen kinderleicht gemacht. Die halb geöffnete Wohnungstür seines Exkollegen konnte er nur als Einladung verstehen. Wenn doch alles im Leben so einfach wär!

Zufrieden nickte er mit dem Kopf. Da hörte er einen Schlüssel in der Wohnungstür.

»Sorry für das Chaos. Sekunde, ich mach das Licht an. Vorsicht, hier liegt irgendwas!«

Andi machte das Licht an.

»Ach du Scheiße, was ist denn hier passiert?«

Andi überlegte, wer um alles in der Welt dieses Durcheinander im Flur angerichtet haben könnte. Er war es jedenfalls nicht.

»Hier geht's rein. Vorsicht, Bierflasche!«

Sie wateten durch den Müllhaufen und betraten das Wohnzimmer. Dort machte er ebenfalls Licht und blieb stehen. Er atmete tief ein und wieder aus. Lisa streichelte Andi tröstend über den Rücken.

»Geht schon«, sagte er und schaute sich um.

»Hmm … also, er hat mich am Arm gepackt, da bin ich panisch geworden. Ich wollte nur noch weg. Dann ist er gestürzt und ich bin raus auf die Straße gelaufen. Mein Vater war zwar betrunken, aber ansonsten völlig ok. Irgendwas stimmt da nicht, Lisa!«

Andi begann, die Schubladen zu durchsuchen. Er hatte zwar keine Ahnung, wonach er eigentlich suchte, aber er hoffte auf einen entscheidenden zufälligen Hinweis. Dann öffnete er die unteren Türen der Schrankwand und zog ein Fotoalbum mit einem dunkelblauen Stoffbezug heraus. Ein kleiner Briefumschlag fiel auf den Boden.

»Ups«, raunte Andi und hob das Kuvert auf.

»Was ist denn das?«, fragte Lisa.

Andi wusste noch ganz genau, was das war.

»Das, meine sehr verehrten Damen und Herren, ist …« er machte es spannend »… eine Originallocke vom kleinen Andi Krammer. Tadaaa!«

Seine Mutter hatte ihm als Baby eine blonde Haarlocke abgeschnitten und als Erinnerung in einen Briefumschlag gesteckt.

»Wow, sowas Tolles hab ich leider nicht von mir.«

Sie blätterten die Seiten des Fotoalbums um.

»Der ist ja süß, wer ist das denn?«

»Das ist Dina, unsere Bernhardinerdame. Auf dem Bild ist sie noch ein Welpe, aber schau mal hier! Das war ein paar Jahre später.«

»Oh wow, das ist aber ganz schön viel Hund!«

Andi lachte.

»Ah, das hatte ich ja ganz vergessen.«

Er zeigte auf ein unscharfes Foto, auf dem eine Hochzeitsgesellschaft am Rheinufer zu sehen war. Das Besondere an diesem Bild war, dass die Gruppe offenbar panisch auseinandersprang.

»Das sieht ja irre aus, was war denn da los?«

»Das Foto hab ich eigentlich aus Versehen gemacht. Wir waren mit Dina am Rhein spazieren. Sie ist wahnsinnig gerne im Rhein geschwommen. Auf einmal ist sie patschnass mitten in diese Hochzeitsgruppe gerannt, keine Ahnung, warum. Und dann alle so *Ach, wie süß!‘* – na ja, bis sie sich geschüttelt hat.«

Lisa lachte, als sie die entsetzten Gesichter der Leute anschaute.

Er mochte es, wenn Lisa lachte. Ihre Fröhlichkeit war so ansteckend und tat einfach gut.

»Ist aber schon ein bisschen komisch«, murmelte sie, nachdem sie die Seiten im Schnelldurchlauf vor- und zurückgeblättert hatte.

»Was denn?«

»Na ja, dein Vater ist auf keinem der Bilder zu sehen. Immer nur deine Mutter, deine Schwester und du. Und euer Hund.«

Andi schaute auf die Fotos. Lisa hatte recht.

»Das liegt wahrscheinlich daran, dass mein Vater nie dabei war, wenn wir was unternommen haben. Na ja, wie auch immer …«

Er legte den Umschlag mit der Babylocke wieder zurück ins Album.

»Und was ist das hier?«

Lisa hielt einen hellbraunen Stoffbeutel hoch.

»Hmm, keine Ahnung. Mal sehen.«

Er nahm den Beutel und leerte den Inhalt auf den Wohnzimmertisch. Eine alte Stromrechnung, vergilbte Kassenbons und ein brauner Umschlag lagen vor ihnen. Andi öffnete den Umschlag und zog ein Dokument heraus. Er las bruchstückhaft vor.

»Firma Gessler Verlagsdruck … hmm, von wann ist denn das … ah, das Schreiben ist zirka einen Monat alt … Herrn Matthias Krammer … Aufhebungsvertrag … die Parteien sind sich darüber einig, dass das Arbeitsverhältnis mit Ablauf … einvernehmlich enden wird … Freistellung … Belehrung … Abfindung … hier: wird Herrn Krammer eine mit Beendigung des Arbeitsverhältnisses fällige, aber jetzt schon entstandene und damit vererbliche Abfindung im Sinne des … Paragrafen bla bla bla … in Höhe von …«

Andi schaute Lisa ungläubig an.

»Was steht denn da?«, fragte Lisa neugierig.

»Hier steht, dass mein Vater von Gessler fünfzigtausend Mark Abfindung erhalten hat. «

»Uff, das ist ja krass!«

»Ja, find ich auch.« Andi schaute Lisa ausdruckslos an.

»Seltsam ist nur, dass das Geld nicht auf seinem Konto ist, das hat dieser Wolters mir heute gesagt. Und ein weiteres Konto gibt es nicht, soviel ich weiß.«

»Wo sollte es denn sonst sein?«

»Na ja, mein Vater hat sein Geld im Grunde immer lieber zu Hause in bar aufbewahrt. Das war früher auch schon so.«

»Warum das denn?«

»Er hat Banken grundsätzlich misstraut.«

»Glaubst du, dass er wirklich *so* viel Bargeld hier in der Wohnung aufbewahrt hat?«

»Also, wenn ich so drüber nachdenke … ja.«

Zeitgleich standen beide auf und begannen, alle Schubladen und Schränke zu durchsuchen.

Kapitel 19

Oktober 1977

Andi öffnete seine Augen. Das Gebrüll seines Vaters hatte ihn geweckt. Wieder einmal. Er schaute verschlafen auf seinen Radiowecker, dessen weiße Klappzahlen 2:30 Uhr anzeigten. Seine kleine Schwester weinte in ihrem Bett. Die *Zimmer* von seiner Schwester und ihm waren damals nur durch eine raumteilende grün-weiße Jugendzimmer-Schrankwand getrennt. Mit diesem Raumgestaltungs-Trick hatten die Geschwister wenigstens ein bisschen Privatsphäre.

Draußen peitschte der Wind immer wieder den Regen gegen das Fenster. Andi stand auf und streichelte seiner Schwester über die Stirn. Sie beruhigte sich etwas.

»Mach sofort die Tür auf, Barbara!«

Immer, wenn sein Vater so heftig brüllte, zuckte Andi vor Schreck zusammen. Seine Mutter war offenbar wieder einmal ins Wohnzimmer geflüchtet und hatte sich dort eingesperrt.

»Hau ab!«, hörten sie ihre Mutter rufen.

»Schhhh … alles gut, Christiane. Papa hat nur wieder Bier getrunken. Ist nicht so schlimm.«

Andi tat sein Möglichstes, um seine kleine Schwester zu beruhigen.

»Mach die Tür auf, du Fotze! Ich knall dir eine rein!«

»Hau ab! Lass mich in Ruhe!«

Und dann – beinahe flehentlich:

»Bitte!«

Sein Vater hämmerte wieder mit der Faust gegen die Wohnzimmertür …

… dann war es plötzlich still. Andi horchte gespannt im dunklen Kinderzimmer. Sie hörten Schritte draußen. Die Tür ging auf. Christina und Andi blinzelten mit den Augen. Sein Vater stand im Türrahmen und hatte das Licht angemacht. Er war sehr wütend und atmete schnell.

»Sag deiner Mutter, sie soll aufmachen!«

Er setzte sich auf Andis Bett und zog an seiner Zigarette. Im Kinderzimmer verteilte sich ein Gestank aus Schweiß, Bier und Zigarettenrauch.

»Lass sie doch, Papa! Sie will halt nicht aufmachen. Ist doch egal!«

Andi versuchte, die Situation an mehreren Stellen gleichzeitig zu deeskalieren und schaute in Richtung seiner Schwester, die sich die Bettdecke bis zur Nase übers Gesicht gezogen hatte. Sein Vater schlug mit der flachen Hand auf Andis Schreibtisch und verließ das Kinderzimmer wortlos.

Ein kurzes Trampelgeräusch aus dem Treppenhaus verriet Andi, dass sein Vater nun im Elternschlafzimmer war. Er machte das Fenster auf und der Zigarettenrauch verzog sich langsam wieder. Stille. Dann kam seine Mutter ins Kinderzimmer. Sie weinte. Alle drei setzten sich zusammen auf Andis Bett, hielten sich in den Armen und schwiegen.

Ein Knall – und sie zuckten erschrocken hoch.

»Was war das?«, fragte Andi.

Ihm fiel ein, dass sein Vater im Schlafzimmerschrank ein Gewehr aufbewahrte. Es war ihm streng verboten, es in die Hand zu nehmen, aber er hatte es sich schon oft angeschaut. Von dieser Waffe ging eine unheilige Faszination aus. Je nach Einsatzzweck konnte sie einen beschützen oder töten. Seine Mutter schaute ihn und seine Schwester jetzt sehr ernst an.

»Ihr bleibt hier! Egal, was passiert. Hört ihr?«

Sie stand auf und ging zum Telefon. Die Wählscheibe surrte zweimal kurz und einmal lang, und Andi wusste, dass seine Mutter die Polizei anrief.

Kapitel 20

»Ist was?«

»Hmm? … Nee.«

»Ich hab gesagt, wenn er wirklich das Geld bei sich in der Wohnung aufbewahrt hat, dann hat er es aber sehr gut versteckt.«

Inzwischen hatten sie alle möglichen Schränke und Kommoden durchsucht. Fünfzigtausend Mark, das waren schon eine Menge Geldscheine; sowas musste sich doch finden lassen!

»Am Abend im *Laternchen* hatte mein Vater etwa tausend Mark dabei. Ich kann mir deshalb nicht vorstellen, dass er das Geld hier irgendwo groß versteckt hat. Ich meine, er wohnte schließlich allein.«

»Tja. Und jetzt?«

Andi zuckte enttäuscht mit den Achseln und dachte nach.

Lisa versuchte, ihn zu trösten.

»Hey, es war einen Versuch wert. Dann lass uns lieber für heute abbrechen. Wir können ja morgen im Hellen weitersuchen.«

»Ja … hmm … du hast vielleicht recht«, erwiderte Andi enttäuscht.

»Lust auf einen Film? Meine Eltern haben einen Videorecorder.«

Andi fühlte sich matt und war unschlüssig.

»Nee, ich brauch mal ein bisschen Schlaf. Ein anderes Mal vielleicht?«

Warum ist er denn auf einmal so distanziert?, fragte sich Lisa.

Jetzt war Lisa ebenfalls enttäuscht, was Andi nicht entging. Ein paar Sekunden schwiegen sie sich an. Da platzte es aus ihm heraus:

»Hey, jetzt mal ehrlich. Wie stellst du dir das vor? Ich meine, ich fahre nächste Woche wieder nach Freudenberg, das sind über hundert Kilometer. Glaubst du im Ernst, ich lach mir da irgendein Mädel in Bröhlheim an?«

»Irgendein Mädel … oh, ja klar! Damit du's weißt: Ich wollte mich dir ganz bestimmt nicht aufdrängen, sondern nur helfen. Aber eigentlich geht mich der ganze Scheiß hier mit deinem dämlichen Vater auch überhaupt nichts an. Schönes Leben noch!«

Lisa zog sich die Jacke über und nahm ihre Tasche.

Was ist denn mit der los, spinnt die jetzt? fragte er sich nun.

»Soll ich dich …«

»Danke, ich geh lieber allein nach Hause.«

Sie drehte sich um und verließ die Wohnung.

»Na toll, was ist denn jetzt schon wieder?«, rief Andi ihr nach, aber da war die Tür bereits lautstark ins Schloss gefallen.

»Boah, echt jetzt!«, murmelte er sauer.

Verwirrt und verärgert schaute er sich im Wohnzimmer um. Er musste sich erst einmal beruhigen und konzentrieren.

Also, wie war das? Hier im Wohnzimmer und im kleinen Flur hatten sie schon alles gründlich durchsucht. Sein Blick ging zur Schlafzimmertür. Moment mal! Vielleicht hatte sein Vater das Geld im Schlafzimmer deponiert. Er griff nach der Türklinke und atmete tief ein …

»Ach, Scheiße!«, rief er laut und rannte nach draußen, um Lisa einzuholen.

Kapitel 21

Andi lag schon lange vor dem Weckerklingeln wach im Bett. In der Nacht hatte er kaum geschlafen. Heute war der Tag der Beerdigung seines Vaters und eine merkwürdige Traurigkeit hatte ihn überkommen. Allerdings konnte er sich das Gefühl beim besten Willen nicht erklären, denn so sehr er auch in der Vergangenheit danach suchte: Es gab kaum schöne Erinnerungen an seinen Vater. Solange er denken konnte, war sein Vater so etwas wie ein unheilvolles und bedrohliches Wesen in seinem Leben gewesen, das ihn sogar nach seinem Tod mit Erinnerungsfetzen aus Zigarettenqualm, Alkohol und Gebrüll quälte.

Er fragte sich ernsthaft, warum er ihn trotzdem nicht hassen konnte. Die Tatsache, dass er zur Hälfte auch dessen Erbanlagen besaß, bedrückte ihn. Aber er konnte sie sich schließlich nicht herausschneiden.

Oder ging es letztlich überhaupt nicht darum? War es nicht viel wichtiger, das Beste aus dem zu machen, was man nun einmal war? Sein Vater war ja auch irgendwann mal achtzehn, so wie er jetzt. Und er hatte die freie Wahl gehabt; schließlich hatte ihn keiner zum Trinken gezwungen.

Andi stand auf und zog sich die schwarze Jeans und das weiße Hemd an, das sie bei Jeans Werner gekauft hatten. Der Einkauf zusammen mit Lisa hatte Spaß gemacht. Aber seit drei Tagen war sie ihm aus dem Weg gegangen. Das fand er einerseits sehr schade, doch es gab ihm andererseits auch Zeit zum Nachdenken.

Er verzweifelte gerade an seiner schwarzen Lederkrawatte, als es an der Tür klopfte.

»Ja …?«

»Guten Morgen, Andi. Frühstück«, sagte Frau Wallmann und stellte das Tablett auf den kleinen Tisch. Lisas Mutter hatte den Frühstücksdienst für sie übernommen.

»Guten Morgen.«

»Wie geht es dir?« fragte sie besorgt.

»Na ja, geht schon, danke.«

»Frau Riemann von der Stadtverwaltung hat eben angerufen. Ich soll dir ausrichten, dass die Blumenkränze heute früh in die Kapelle gelegt wurden. Pfarrer Wiegand wird die Andacht halten. Ich mache gleich noch ein paar Wiener und Kartoffelsalat für die Sargträger. «

Andi nickte dankbar.

»Wundere dich bitte nicht über die Menüauswahl! Ich kenne die Herren, die mögen keinen Kuchen.«

Er fragte sich, wann er das letzte Mal auf einer Beerdigung war. Bei diesem Thema war er ein absoluter Anfänger und kannte sich überhaupt nicht aus. Hoffentlich würde der Pfarrer ihm ein wenig helfen.

Frau Wallmann rang sich ein Lächeln ab, um Andi ein bisschen aufzumuntern.

»Das ist bestimmt alles nicht leicht, Andi. Sag Bescheid, wenn du was brauchst!«

»Mach ich, vielen Dank.«

Andi trat unschlüssig von einem Bein aufs andere.

»Frau Wallmann?«

»Ja?«

»Wissen Sie, wie man eine Krawatte bindet?«

Kapitel 22

Der Südfriedhof lag etwas außerhalb der Innenstadt, war aber noch gut zu Fuß erreichbar. *Es ist schon ein seltsames Gefühl, auf dem Weg zur Beerdigung des eigenen Vaters zu sein,* fand Andi. Er versuchte dahinterzukommen, was er überhaupt fühlte. War es Trauer? Aber dann müsste er sich ja *sehr* traurig fühlen.

Nein, es war eher eine diffuse Traurigkeit über alles, was in all den Jahren schiefgelaufen war in seiner Familie. Er dachte an die Zeit zurück, als sie noch eine *richtige* Familie waren.

Es war schwer zu ertragen, dass das Leben seines Vaters nun vorbei war, nachdem er so viele Chancen ausgelassen hatte, etwas Wertvolles daraus zu machen. War er deswegen ein schlechter Mensch oder auf eine tragische Weise einfach nur sehr sehr dumm? Tatsache war: Hätte es seinen Vater nicht gegeben, dann hätte es auch Christiane und ihn nicht gegeben. Oder doch?

Andi stand vor dem Eingang des Friedhofs. Niemand war zu sehen. Anscheinend war er viel zu früh dran. Er ging nach rechts in Richtung der Trauerhalle. Der Herbst hatte schon ganze Arbeit geleistet und die Gehwegplatten vollständig mit bunten Blättern bedeckt. Der aufziehende kühle Wind überzeugte ihn, lieber jetzt schon in die Kapelle hineinzugehen.

Drinnen war es angenehm warm, aber auch hier war niemand. Die leeren Kirchenbänke standen in Reih und Glied und warteten auf die Besucher. Allzu viele würden es wohl nicht werden, dachte er. Seine Mutter und Christiane hatten dankend abgesagt, aber das war ihm vorher schon klar gewesen. Er ließ die Stille und die sakrale Atmosphäre auf sich wirken.

Ganz vorne in der Mitte stand der hellbraune, mit Blumen geschmückte Sarg, dahinter ein großes Kruzifix. Links und rechts daneben standen jeweils zwei schwere geschmiedete Kerzenständer, deren dicke weiße Kerzen bereits jemand angezündet hatte. Andi näherte sich zögernd dem Sarg und schluckte.

Da drin liegt Papa.

In diesem Moment drang ein lautes Scheppern aus der Sakristei.

»Ja Himmi Sakra, des gibt's ned! Des oide Drecksglump!«

Wer war das?

»Hallo?«

Ein älterer Mann um die sechzig schaute überrascht durch die Tür der Sakristei und zupfte wild an seinem Talar.

»Ah, servus, aso, da is scho wer! Des hob i ned g'merkt.«

»Wie bitte?«

Der Mann versuchte, seinen Satz auf hochdeutsch zu wiederholen, was ihm schwerfiel, weshalb er langsam und übertrieben betont sprach:

»Ich høbe gesøgt, døss ich es nicht gemerkt høbe, døss schon jemønd hereingekommen ist.«

»Ah. Ja, es ist ziemlich stürmisch draußen.«

Der Mann reichte Andi die Hand und redete in einem abenteuerlichen Dialektmix weiter.

»Franz Niedermeier, i bin do der Pfarrer. Na ja, ned von Bröhlheim, sondern vo Sechtem. Der Pfarrer Wiegand hod leider absogn miassen wegen Duachfoi, desweng bin i jetzat do.«

»Wegen … wegen was?«

»Duachfoi … d' Scheißerei … an *Durchfall* hod er.«

Andis Gesicht erhellte sich.

»Und Sie san … du bist …?«

»Andi … also Andreas Krammer. Ich bin der Sohn von …« Andi zeigte in Richtung des Sarges, weil er nicht wusste, wie er sich ausdrücken sollte.

»Ah, des duad ma leid. Gfreit mi, di kennazulerna, Andi. I bin der Franz.«

Normalerweise ärgerte es Andi immer, wenn Erwachsene ihn einfach so duzten. Schließlich war er jetzt volljährig. Aber in diesem Fall störte es ihn nicht, denn Pfarrer Niedermeier hatte eine herzerwärmend offene Art.

»Woaßt wos, Andi? I ziag mia no schnell a gscheids Gwand o, dann kimm i zruck, gell?«

Andi verstand kein Wort, aber er nickte. Franz Niedermeier hüpfte die zwei Stufen zum Altarraum mit einem Satz hinauf und wäre dabei fast gestolpert. Strauchelnd jonglierte er sich wieder aufrecht.

»Öha!«, rief er und lachte laut.

Jetzt war es wieder still in der Trauerhalle. Abgesehen von vereinzeltem Rumpeln aus der Sakristei.

Die Kränze und Blumengestecke waren liebevoll zusammengestellt und um den Sarg herum arrangiert. Auf der Schleife eines der Kränze stand *Ein letzter Gruß*, darunter die Namen seiner Mutter, von Christiane und ihm. Auf dem Kranz daneben stand *Leb wohl, mein Freund* und darunter Sabine und Bernd. Andi erinnerte sich. Bernd Müchler war wohl der älteste Freund seines Vaters und er kannte ihn und seine Frau Sabine schon, seit er denken konnte, weshalb er schon immer fälschlicherweise *Onkel* und *Tante* zu den beiden sagte. Wie abgesprochen öffnete sich in diesem Augenblick die Tür und Onkel Bernd und Tante Sabine kamen herein.

»Andi!«, rief Bernd gedämpft und kam mit schnellen Schritten auf ihn zu. Er drückte ihn.

»Mein Beileid.«

»Danke.«

Andi freute sich sehr über die beiden; er hatte überhaupt nicht damit gerechnet, sie zu sehen. Auch Bernds Frau Sabine drückte Andi und kondolierte. Sabine war anscheinend keinen Tag älter geworden. Sie war schon immer sehr schlank und wirkte neben ihrem Mann beinahe jugendlich. Bernd sah deutlich älter aus, als Andi ihn in Erinnerung hatte, allerdings tat dieser alles, um diesem Eindruck entgegenzuwirken. Seine Haare schimmerten unnatürlich blond, sein Gesicht war gebräunt wie ein Hawaiitoast und er trug ein weißes Taschentuch in der Anzugjacke.

Andis Mutter hatte ihm mal im Vertrauen erzählt, dass Bernd unter dem Künstlernamen *Marc Steele* in den 70er Jahren bei ein paar schlüpfrigen Videofilmen mitgespielt hatte, weswegen sie ihn ab und zu »Porno-Bernd« nannte, wenn sie von ihm sprach. Andi mochte den etwas großspurigen, aber ausgesprochen sympathischen Freund seines Vaters.

»Ah, servus, Griaß Gott!«

Pfarrer Niedermeier kam mit schwungvollen Schritten aus der Sakristei und begrüßte die beiden mit einem kräftigen Handschlag. Andi schaute nach unten. Der Pfarrer aus Bayern trug weiße Turnschuhe. So etwas hatte er bei einem Geistlichen noch nie gesehen. Niedermeier bemerkte Andis erstaunte Blicke.

»Ja woaßt, i hob meine Schuah dahoam vergessn. Der Herr sois verzeihn.«

Er schaute nach oben zur Decke und bekreuzigte sich. Dann zuckte er entschuldigend mit den Schultern und drehte sich um.

Klick!

Der Pfarrer hatte einen kleinen Kassettenrecorder angeschaltet, der auf dem Altar lag. Klassische Orgelmusik drang aus dem winzigen Lautsprecher. Der Klang des Gerätes war besser als erwartet.

»Wäre es vielleicht möglich, die hier zu nehmen?«

Andi hielt eine Kassette mit dem Titel »*Oldies & Evergreens*« in der Hand, die er extra für diesen Anlass einen Tag vorher in einem Plattengeschäft in der Innenstadt gekauft hatte.

»Ja, freilich«, stimmte Niedermeier zu und tauschte die Kassetten aus. Es erklang ein Klavier-Intro im 12/8-Rhythmus.

I found my thrill on Blueberry Hill
On Blueberry Hill where I found you
The moon stood still on Blueberry Hill
And lingered till my dreams came true

Auf dem Tape waren verschiedene Songs von den alten Lieblingsplatten seines Vaters wie *Blueberry Hill* von Fats Domino oder *Georgia On My Mind* von Ray Charles.

Georgia, Georgia
The whole day through
Just an old sweet song
Keeps Georgia on my mind

Der Pfarrer lauschte der Musik, schloss die Augen und nickte im Rhythmus. Sabine liefen die Tränen und Bernd streichelte ihr über den Arm. Nachdem der letzte Akkord von *Georgia On My Mind* verklungen war, machte Niedermeier eine einladende Geste mit beiden Armen und fragte in die Runde, ob vielleicht jemand ein paar persönliche Worte sagen wollte.

»Ja«, sagte Bernd.

Und weil sie nur zu viert waren, verzichtete Niedermeier auf die sonst übliche Choreografie und sie blieben einfach dort vor dem Sarg stehen.

»Matthias«, begann Bernd jetzt mit Blick auf den Sarg. »Wir kannten uns schon in der Schule und haben viel gemeinsam erlebt. Und wir haben auch eine Menge Mist gebaut, also, wir beide. Ich weiß nicht mehr, wer von uns immer der Anstifter war, aber weil du ja jetzt nicht mehr widersprechen kannst, sage ich einfach mal, du warst es.«

Niedermeier blinzelte zur Seite und lächelte. Andi grinste und Sabine schluchzte hemmungslos. Ihr Papiertaschentuch befand sich an seiner Kapazitätsgrenze und war kurz davor, sich zu ergeben.

»Matthias, wir wissen, dass du es nicht immer leicht gehabt hast. Aber du hast es uns im Gegenzug auch nicht leicht gemacht. Ich habe keine Ahnung, was dich damals zur Flasche getrieben hat. Aber wir sehen ja heute, dass sie dir kein Glück gebracht hat.

Du hattest eine wundervolle Familie, eine liebe und schöne Ehefrau und zwei tolle Kinder. Du hattest wirklich alles, was man im Leben braucht, um glücklich zu sein. Ich habe mich oft gefragt, ob dir das auch bewusst war.

Lieber Mattias, ich hoffe, du schaust jetzt auf uns und verstehst, was ich dir versuche zu sagen. Mach's gut!«

Der Pfarrer reichte Sabine ein frisches Päckchen Taschentücher. Sie nickte dankend und schnäuzte sich ausgiebig. Allen war klar, dass der Geistliche kein persönliches Wort zum Verstorbenen sagen konnte, weil er ihn nicht kannte. Matthias Krammer hatte so gut wie nie eine Kirche besucht. Deshalb freute sich Andi über Bernds Worte, die der kleinen Zeremonie eine persönliche Note verliehen.

Niedermeier kürzte die Liturgie auf das Notwendigste ab und tat damit allen einen großen Gefallen.

Eine Glocke bimmelte, die Flügel der breiten Seitentür wurden von außen geöffnet, und vier von der Stadtverwaltung gestellte Sargträger kamen mit andächtigen Schritten herein. Erst jetzt fiel Andi auf, dass der Sarg bereits auf einem fahrbaren Untersatz lag, an dem vier Zugbügel befestigt waren. Die Männer schoben das rollende Gefährt voraus, es folgte Pfarrer Niedermeier, und zum Schluss gingen Andi, Bernd und Sabine hinterher. Wortlos folgten sie einige Zeit dem Sargwagen und dem Pfarrer, und nur das Knistern der Gummiräder auf dem Kiesweg war zu hören.

Der Südfriedhof war groß, und nachdem sie inzwischen schon die dritte Kreuzung überquert hatten, drehten sich die Herren von der Stadtverwaltung fragend um. Sie hatten sich darauf verlassen, dass der Pfarrer ihnen den Weg ansagt, aber Niedermeier hatte keine Ahnung, wo der Sarg beigesetzt werden sollte.

Die Prozession stoppte und zwischen den Sargträgern entstand eine Debatte darüber, wer von ihnen sich diesbezüglich hätte vorbereiten müssen. Die Diskussion wurde lauter und drohte zu einer handfesten Auseinandersetzung zu eskalieren. Doch es half ja nichts, denn keiner der Anwesenden wusste, wo Krammers letzte Ruhestätte lag.

So standen sie ratlos an einer Kreuzung. Glücklicherweise kam nach einer Weile ein Friedhofsgärtner hinzu und beschrieb ihnen den Weg. Der Trauerzug machte eine komplette Kehrtwende. Sie gingen etwa zwanzig Meter zurück und bogen bei der ersten Wegkreuzung nach links ab.

»Nein nein – dort lang!«, gestikulierte der Friedhofsgärtner aus der Entfernung und die Gruppe drehte abermals um.

Als sie endlich am richtigen Erdloch ankamen, waren alle erleichtert.

Der Sarg wurde an seinen vier Ecken angehoben und auf Balken über dem Grab abgesetzt. Zwei Seile dienten zum Herablassen des

Sarges auf den Grund. Andi betete, dass zumindest dabei alles gut ginge.

»Der Preis der Lebendigkeit ist der Tod«, sprach Niedermeier nun bibelfest in passablem Hochdeutsch.

»Wir hoffen darauf, dass Matthias Krammer Frieden und ewige Ruhe bei Gott, unserem Schöpfer, findet.«

Er nahm eine kleine Schaufel aus einem Eimer mit Erde und schüttete diese auf den Sarg, während er sprach:

»Und der Friede Gottes, der höher ist als alle Vernunft, bewahre unsere Herzen und Sinne in Christus Jesus. Amen.«

Dann trat er zur Seite und übergab Andi die Schaufel. Vor diesem Moment hatte sich Andi am meisten gefürchtet. Er hätte so viel zu sagen gehabt, aber er brachte kein einziges Wort heraus. Die Schaufel mit der Erde zitterte in seiner Hand und er kämpfte mit den Tränen. Niedermeier legte seine Hand auf Andis Schulter.

»Papa … ich …«

Andi atmete tief ein.

»Ich finde den, der dir das angetan hat. Versprochen!«

Bernd schaute irritiert zum Pfarrer, der auch nur mit den Achseln zuckte.

Als sie wieder bei der Kapelle waren, wartete Frau Wallmann davor bereits mit warmen Würstchen und Kartoffelsalat auf sie. An Senf, Teller und Besteck hatte sie ebenfalls gedacht. Es schmeckte hervorragend und die winzige Trauergemeinde aß mit viel Appetit.

Andi knurrte der Magen. Er setzte sich etwas abseits auf eine Treppenstufe und biss in ein Würstchen. Die Sonne schaute für einen kurzen Moment zwischen den schweren, vom Herbstwind getriebenen Wolken hervor. Er sah nach oben und blinzelte. *Da war sein Vater also jetzt? Irgendwie schwer vorstellbar.*

Kapitel 23

»Wie meintest du das, Andi? Heute Mittag am Grab?«, fragte Bernd, während Sabine ihm Kaffee nachschenkte.

»Was denn? Danke, ich nehme lieber ein Glas Wasser.«

»Na ja, als du gesagt hast, dass du denjenigen finden willst, der Matthias das angetan hätte.«

»Ach so, *das*.«

Andi musste sich kurz sortieren, dann erzählte er Bernd und Sabine von dem Abend im *Laternchen* und was danach geschehen war.

»Oh, mein Gott, wie furchtbar!«, rief Sabine, als Andi schilderte, wie er seinen toten Vater gefunden hatte. Bernd hörte aufmerksam zu und stellte nur vereinzelt ein paar Verständnisfragen. Nachdem Andi fertig war, musste das bei den Müchlers erst einmal sacken.

»Aber warum denkst du denn, dass es ein Mord war? Ich meine, die Polizei hat das doch alles genau untersucht, oder?«

»Ja, das stimmt. Aber irgendwas müssen die übersehen haben. Papa war zwar betrunken, aber nicht so, dass er stirbt!«

»Na ja ... also vor einem Jahr etwa ... da hat es mal nicht gut ausgesehen bei Matthias. Gar nicht gut.«

»Warum denn?«

»Matthias rief bei uns an, das war Ende August. Zuerst hab ich seine Stimme gar nicht erkannt. Er sagte, dass es ihm nicht gut geht und bat mich, sofort zu ihm zu kommen. Als er die Tür aufmachte, bekam ich erst einmal einen Schock. Dein Vater sah schlimm aus, Andi! Richtig schlimm!

Ich hab sofort einen Krankenwagen gerufen und die haben ihn mit Blaulicht ins Marien[8] gefahren. Die Ärzte haben gemeint, es wäre schon fast zu spät gewesen. Eine Woche lang haben sie ihn aufgepäppelt, dann haben wir ihn nach Bonn in eine Spezialklinik für Suchtkranke gebracht. Du kannst dir das nicht vorstellen, Andi. Wir mussten Matthias mit dem Rollstuhl schieben, weil der überhaupt keine Kraft mehr in den Beinen hatte!«

»Und wie lange war er in dieser Klinik?«

Sabine wusste das noch sehr genau:

»Am 11. Oktober haben wir ihn wieder abgeholt, also genau an meinem Geburtstag. Und was soll ich sagen? Der war wieder fit wie ein Rehlein. Wahnsinn!«

»Ja, stimmt. Matthias war wie ausgewechselt. Es ging ihm richtig gut.«

»Hmm. Hat mein Papa irgendwas erzählt von der Klinik?«

»Nee, da hat er nicht viel drüber geredet. Er ist dann auch ziemlich bald danach wieder zur Arbeit gegangen. Aber … das war auch so eine Sache … «

»Wieso? Was denn?«

»Na ja, also, er war ja Korrektor bei dieser Druckerei in Köln … wie heißen die noch … ach ja, Gessler. Vor zwei, drei Jahren fingen die an, einen nach dem anderen zu entlassen. Da waren ja früher mal sechs Mann in der Abteilung, aber dann haben sie solche Computer angeschafft, die alles automatisch korrigieren können. Ja, und am Ende saß er nur noch alleine da. Und im Sommer haben

---

[8] Marienhospital

sie ihn schließlich auch noch entlassen, und er fing sofort wieder an zu trinken.«

Bernd schüttelte mit dem Kopf und sprach weiter:

»Wenigstens hat dein Vater eine gute Abfindung bekommen, das hat er uns erzählt. Ich glaub, es waren fünfzigtausend Mark oder so.«

»Das habe ich auch schon herausbekommen. Aber das Geld ist nicht mehr da.«

»Wie, das Geld ist nicht da? Matthias hatte doch sein ganzes Bargeld im Wohnzimmer aufbewahrt. Im Schrank.«

»Da war kein Geld drin.«

»Das kann doch gar nicht sein. Das war hundert Prozent da. Hat er mir selbst gezeigt. Wie oft hab ich ihm gesagt, er soll es lieber zur Bank bringen, aber er wollte das nicht. ‚Scheiß Gebühren‘ hat er immer geschimpft.« Bernd stutzte. »Und du glaubst, dass ihm jemand das Geld gestohlen und ihn ermordet hat?«

»Ich weiß nicht. Aber ist schon komisch alles.«

Bernds Filmografie war nicht sehr umfangreich, doch seine Fans liebten die von ihm erfundene Machofigur »*Marc Steele*«. Sein Spruch »*Hey, ihr Pralinen! Braucht ihr noch 'ne cremige Füllung?*« wurde zum geflügelten Wort bei vielen Softpornofans im deutschsprachigen Raum.

Ein paar Jahre lief es gut und in der Branche gab es einen regelrechten Hype um ihn. Aber nachdem die Streifen *Heiße Partynächte auf Helgoland* und *Edgar, lass das Lümmeln sein* floppten, zog sich »*Marc Steele*« aus dem Filmgeschäft zurück. Er war es leid, immer wieder den Stereotyp eines amerikanischen Playboys mit aufgesetztem Akzent zu mimen. Stattdessen stieg er als Geschäftsführer in den Betrieb seines Vaters ein, eine Firma für Fenster- und Türenbau.

Der Bungalow der Müchlers befand sich gleich neben der Werkshalle, wo ständig irgendwelche beladenen Paletten und Kartons in der Einfahrt herumstanden. Ein cremeweißer *Buick Riviera* war Bernds ganzer Stolz, welcher für alle Besucher gut sichtbar direkt vor dem Hauseingang parkte.

Andi schaute sich um. Im geräumigen Wohnzimmer stand ein Konzertflügel von Steinway, der jedoch nie gespielt wurde. Sein Blick blieb an einem Foto hängen, das hübsch eingerahmt an einer Wand hing. Die Aufnahme war offenbar an einem Filmset entstanden und zeigte Bernd umrahmt von zwei barbusigen Blondinen, lässig an die Motorhaube eines Alpha Spider gelehnt. Die Brustwarzen der Darstellerinnen waren mit Sternchen retuschiert, was Andi bedauerlich fand. Doch Moment mal! Jetzt hatte er es erst erkannt: Eine der Damen war ja Sabine! Sie sah auf dem Foto aus wie Twiggy, und Bernd trug einen beachtlichen Schnauzbart.

»Das ist aus *Zwei heiße Katzen in Saint Tropez*«, warf Sabine ein.

Andi wurde auf der Stelle rot. Offenbar hatte er sich etwas zu lang mit diesem Bild beschäftigt, was ihm jetzt peinlich war. Sabine und Bernd aber lächelten entspannt.

»Das waren drei ganz *formidable* Wochen in Südfrankreich«, sagte Bernd.

»Ja, das stimmt«, bestätigte Sabine. »Nur die Bouillabaisse war ungenießbar!«

Bernd verzog das Gesicht und rief: »Jo, wir hatten zwei Tage Durchfall!«

Gelöstes Lachen, Andi war erleichtert. Nach einer kurzen Pause wurde Bernd wieder ernst.

»Hast du mal mit der Polizei gesprochen?«

»Hmm. Dieser Kommissar ist immer so schlecht gelaunt und stoffelig. Und wie gesagt, die glauben ja an einen natürlichen Tod.«

»Na, trotzdem würde ich noch mal hingehen, wenn du was Handfestes hast. Du kannst ja auch mal in diese Klinik nach Bonn fahren. Vielleicht findest du dort ein paar Antworten. Ich glaub, da ist irgendwas vorgefallen, aber Matthias wollte nicht darüber reden.«

»Was meinst du damit?«

»Ich weiß auch nicht. Es gab, glaub ich, Ärger mit einem der Ärzte oder so. Aber frag mich nicht, ich hab keine Ahnung!«

»Kannst du mir sagen, wie der Arzt dort hieß?«

»Mensch, du stellst Fragen! Lass mich überlegen … Klein … Klarmann … Dr. Kollmann, ja, genau, so hieß der.«

Andi hatte das Gefühl, als hätte er eine riesige Kiste geöffnet, deren Inhalt wie ein großes schwarzes Loch war. Aber diese Suchtklinik in Bonn war definitiv die nächste Station seiner Recherche.

Kapitel 24

Für seine Nachforschungen benötigte Andi also noch mehr Zeit, soviel war klar. Jetzt musste er nur Frau Wallmann fragen, ob er das Zimmer noch etwas länger haben könnte. Aber er konnte ihr doch unmöglich sagen, dass er in einem Mordfall ermittelte. Eine Notlüge musste her!

Er konstruierte eine Geschichte, warum er seinen Aufenthalt hier verlängern wolle. Als er aber Frau Wallmann am nächsten Morgen darauf ansprach, sagte sie sofort »Ja, natürlich, kein Problem«, und Andi musste sie nicht anlügen.

Sie machte ihm sogar einen *Supersonderspezialpreis* für die Unterkunft plus Frühstück, und da Andi von den tausend Mark seines Vaters bisher noch fast nichts ausgegeben hatte, konnte er diese Sorge ebenfalls abhaken.

Am nächsten Morgen stieg Andi in den Zug nach Bonn und fuhr dort mit der Straßenbahn weiter in die Klinik. Die Fahrt ging am Stadthaus vorbei über den Wilhelmsplatz. In einer langgezogenen Kurve schrillten die Stahlräder der Bahn in den Schienen und alte Erinnerungen stiegen wie Seifenblasen in ihm hoch …

… sie machten leise *plopp*.

Kapitel 25

Mai 1975

»Und was kann man damit machen?«

Manuela hatte außer ihrem grünen Schlafanzug noch einen Chemiebaukasten mitgebracht. Sie war in erster Linie zwar Christianes Freundin, aber die Dreierkombination funktionierte meistens auch ganz gut. Zumindest *manchmal*. Vor dem Zubettgehen durften sie oben noch ein bisschen spielen. Die Eltern schauten derweil unten fern.

»Was man damit machen kann?«, fragte Manuela beleidigt. »Alles Mögliche kann man damit machen, du Dödel!«

»Ja, was denn zum Beispiel?«, hakte Andi hartnäckig nach.

»Na ja … alles halt …«.

Manuela fuchtelte mit den Händen in der Luft herum und griff schließlich nach der Anleitung. Sie blätterte und schaute auf die Bilder.

»Hier zum Beispiel: Zaubertinte.«

»Zauber … was?«

»**Zau – ber – tin – te**!«, buchstabierte Manuela und fügte hinzu: »Dödel!«

Christiane kicherte. Das war spannend!

»Ja wie, Zaubertinte? Was kann man denn mit Tinte zaubern?«

»Na, zum Beispiel, dass sie unsichtbar wird.«

»Unsichtbar?«

»Ja, unsichtbar, Dödel!«

Manuela rollte mit den Augen.

Christiane kicherte und wiederholte lispelnd: »Unsichtbar – Dödel«.

Dunkelblaue Tinte, die unsichtbar wird ... das wäre allerdings sehr spektakulär, dachte Andi.

»Ok, was müssen wir tun?«

Manuela blätterte in der Anleitung des Chemiebaukastens hin und her.

»Komisch«, sagte sie. »Hier fehlt eine Seite.«

Tatsächlich. Offenbar handelte es sich um einen Fehldruck, der die Seiten 14 und 15 vorenthielt. Nach der reißerischen Überschrift »DIE MAGIE DER ZAUBERTINTE« war nur ein kurzer einleitender Absatz zu finden, der das Wort *Cobaltchlorid* enthielt. Auf der nächsten Seite ging es dann in französisch weiter.

»Was ist Koba klori?«, fragte Christiane.

»Mal sehen, irgendwo hab ich das gelesen«, sagte Manuela und klang dabei fast wie eine richtige Wissenschaftlerin. Sie entnahm ein Kunststoffdöschen nach dem anderen aus dem Styroporeinsatz und studierte die jeweiligen Aufkleber.

»Ist es vielleicht das hier?«

Andi hielt ein Döschen hoch, das ihm aufgrund der blauen Farbe schon länger aufgefallen war. Er las die Aufschrift genüsslich vor.

»Bingo! Das ist es!«

Alle drei waren entzückt. Christiane klatschte in die Hände.

»Und was jetzt?«, lispelte sie.

»Na ja, das kann ja nicht so schwer sein. Am Ende wird immer alles vermischt und geschüttelt und fertig.«

»Mit was vermischen wir es denn?«, fragte Andi unsicher.

»Zum Beispiel mit dem hier.«

Manuela hatte ihrerseits Gefallen an einem Behälter mit weißem Inhalt gefunden, der je nach Licht ins Rosafarbene tendierte. Mangels einer qualifizierten Anleitung galt es zu improvisieren; das war allen klar. Aber das machte es andererseits auch viel spannender! Christiane klatschte aufgeregt in die Hände und rief: »Das wird toll!«

Vorsichtig löffelten sie ein wenig von dem blauen und dem weißen Pulver zusammen in eines der beiliegenden Reagenzgläser und schauten erwartungsvoll.

»Und jetzt?«, fragte Christiane.

»Na ja, es soll doch Zauber*tinte* sein. Hier ist nur Pulver drin. Da fehlt wohl noch ein bisschen Flüssigkeit«, gab Andi zu bedenken.

»Richtig!«, antwortete Manuela ernst und kippte etwas von einer klaren Flüssigkeit dazu, deren Aufkleber nicht lesbar war.

Die dunkelblaue Flüssigkeit im Reagenzglas blubberte. Es war faszinierend! Offenbar hatten sie auch ohne die Anleitung herausgefunden, wie man Zaubertinte macht. Sie verschlossen das Glasröhrchen mit einem Korken und liefen aufgeregt die Treppe hinunter ins Wohnzimmer, wo gerade die *ZDF-Hitparade* lief. Elke Best sang gerade ihren Neuvorstellungstitel »Fang mich!«, als die Wohnzimmertür aufflog und die drei Kinder aufgeregt »Zaubertinte!« riefen.

Der Druck im Reagenzglas muss enorm gewesen sein, denn der Korken schoss mit einem hellen *Plopp* nach oben, und im nächsten Augenblick war das Röhrchen leer.

»Zaubertinte!«, wiederholte Christiane baff und schaute ehrfürchtig auf das leere Reagenzglas. Alle anderen Blicke gingen jedoch hinauf zur Wohnzimmerdecke, wo nun ein riesiger blauer Fleck prangte.

Am nächsten Tag war ihre Mutter für längere Zeit zum Einkaufen unterwegs und die Geschwister waren mit ihrem Vater allein zu Hause. Er sah immer wieder zur Wohnzimmerdecke hinauf und sein Blick verfinsterte sich zusehends. Andi fühlte sich unwohl und bekam Angst. Doch dieses Mal war alles anders.

Es begann damit, dass sein Vater ihm befahl, sich in die Ecke zu stellen und sich zu schämen. Dabei sollte er mit dem Gesicht zur Wand gedreht die Augen mit den Händen abdecken. Nach ein paar Minuten des »Schämens« schaltete sich Christiane überraschend ein. Es war ihr großer Moment, und das sah Andi auch heute noch so:

»Ich will auch in die Ecke und mich schämen.«

Andi lugte irritiert durch seine Finger zurück zu Christiane, die ihm zuzwinkerte.

Hey, wie cool ist das denn, Schwesterchen? Ok, hab's kapiert ...

»Nein, jetzt bin *ich* hier. Du warst erst gestern!«

»Och Menno, das ist gemein! Lass mich jetzt mal!«, rief sie, zerrte ihren Bruder aus der Ecke und stellte sich nun selbst hinein. Gleiche Pose. Ihr Vater wurde zum staunenden Beobachter der Szene.

»So, jetzt will ich aber wieder!«, quengelte Andi nach etwa einer weiteren Minute und sie tauschten abermals die Plätze.

Dieses lustige Scharadespiel trieben sie so lange weiter, bis ihr Vater entnervt aufstand und das Wohnzimmer verließ.

Zum ersten Mal überhaupt hatten sie seine altbackenen Erziehungsversuche der Lächerlichkeit preisgegeben. Es war ein echter Moment der Befreiung!

Christiane, das war der Hammer!

Seine Mutter hatte unterdessen die teuersten Reinigungsmittel der Stadt besorgt. Sogar einen Eimer weiße Wandfarbe hatte sie mitgebracht. Aber es half alles nichts; der *Zaubertintenfleck* kam immer wieder zurück.

Kapitel 26

»Die Fahrausweise, bitte!«

Andi schreckte auf. Beinahe wäre er zu weit gefahren. Er verließ seinen Sitzplatz und sprang aus der Straßenbahn, bevor die Falttüren sich wieder schlossen.

Die Suchtklinik lag im Ortsteil Bonn Castell, unweit der Museumsmeile und des Beethovenhauses auf dem Gebiet eines früheren römischen Lagers. Gleich neben dem Klinikgebäude war ein Park mit ausgedehnten Wiesen und Wegen. Die gläserne Tür des Haupteingangs öffnete sich automatisch, und Andi befand sich in einem großen Foyer mit gepolstertem Sitzbereich in der Mitte. Auf einem Schild stand *Anmeldung*, und so versuchte er zunächst dort sein Glück.

»Ja, bitte?« fragte die Frau am Schalter freundlich.

»Guten Tag, mein Name ist Andreas Krammer. Mein Vater war letztes Jahr im Sommer hier, und ich habe ein paar Fragen an den behandelnden Arzt.«

Die Dame schaute nun ein bisschen weniger freundlich und ein bisschen mehr skeptisch.

»Wie ist denn der Name?«

»Andreas Krammer.«

»Nein, der Name ihres Vaters!«

Das Augenrollen der Dame entging Andi nicht.

»Ach so. Matthias Krammer.«

Sie zog eine sehr lange Schublade aus einem Metallschrank und blätterte.

»Krammer … Krammer … Krammer Matthias, hier ist es ja. Zimmer 114 im ersten Stock. Doktor Kollmann.«

Andi war erleichtert darüber, dass dieser Doktor Kollmann noch in der Klinik war. Er bedankte sich und nahm den Aufzug in den ersten Stock. Er hatte Glück und musste nicht lange warten. Als er das Arztzimmer 114 betrat, war er aber zunächst irritiert. Doktor Kollmann sah völlig anders aus, als Andi sich ihn vorgestellt hatte, was hauptsächlich daran lag, dass Dr. Kollmann eine Frau war.

»Oh, Entschuldigung.«

»Ja, bitte, kommen Sie doch rein!«

»Bin ich hier richtig bei Doktor Kollmann?«

»Ja, das bin ich, was kann ich für Sie tun?«

Frau Dr. Kollmann war so um die vierzig, schätzte Andi. Ihre dunkelbraunen Haare hatte sie zum Pferdeschwanz gebunden. Unter ihrem offenen Arztkittel trug sie eine dunkelrote Bluse und einen grauen, knielangen Rock. Eine auffällig große Brille betonte ihre charakteristische Erscheinung. Außerdem trug sie ein dezentes Make-up und schwarze Slingback-Pumps mit niedrigen Absätzen. Sie kam auf ihn zu und gab ihm die Hand zur Begrüßung. Im Gegensatz zu Bürgermeister Wolters hatte Dr. Kollmann einen angenehmen Händedruck. Gut, im Gegensatz zu Bürgermeister Wolters hatte wahrscheinlich *jeder* einen angenehmen Händedruck.

»Guten Tag, ich heiße Andreas Krammer. Mein … äh … Vater war bei Ihnen in Behandlung, vor etwa einem Jahr.«

»Wie heißt denn Ihr Vater?«

»Matthias Krammer.«

Die Ärztin hörte auf zu lächeln.

»Matthias … Krammer. Ihr Vater. Ah.«

»Stimmt was nicht?«

»Doch doch … es ist nur…«

Dr. Kollmann wirkte unentschlossen.

»Wie geht es ihm denn?«

»Er ist letzte Woche gestorben.«

»Oh, das … tut mir leid!«

Sie schaute Andi an und schien sich einen Ruck zu geben.

»Setzen Sie sich bitte!«

Die Ärztin nahm an ihrem Schreibtisch Platz und Andi setzte sich auf den Stuhl gegenüber.

»Als Ihr Vater hier ankam, war er in einem sehr schlechten Allgemeinzustand. Er hat bei uns einen sogenannten *warmen Entzug* durchgemacht, was für einen Suchtkranken absolute Schwerstarbeit ist. Wir Ärzte können dabei nur mit Medikamenten und psychischer Betreuung unterstützen, aber die Hauptarbeit muss dabei der Patient leisten. Die Symptome, unter denen der Patient bei einem Entzug leidet, sind vielfältig: Zittern, Schweißausbrüche, Angstzustände, Kreislaufstörungen, Schmerzen, Durchfall – um nur ein paar zu nennen.

Ihr Vater hatte sich fest vorgenommen, es zu schaffen. Ihm war bewusst, dass er sprichwörtlich am Boden angekommen war. Am ersten Tag lief alles noch gut, aber am nächsten Tag hatte er schwere Entzugserscheinungen, ein sogenanntes *Alkohol-Entzugsdelir*[9]. Er hatte heftige Krampfanfälle und sein Zustand war lebensbedrohlich. Aber nach einer veränderten Einstellung der Medikation ging es ihm dann von Tag zu Tag immer besser. Er kam pünktlich zu den Behandlungen und Therapiestunden und wurde so etwas wie ein Musterpatient. Er war beliebt und – na ja, Ihr Vater konnte ein richtiger Gentleman sein.«

Sie lächelte kurz und wurde dann wieder ernst.

---

[9] Fachbegriff: Delirium tremens

»Das Problem bei ihm war – und das hatte ich zuerst auch nicht richtig erkannt – dass er offenbar sehr schnell reizbar war und zu Gewaltausbrüchen neigte. Vielleicht wissen Sie, was ich meine.«

Andi nickte.

Frau Dr. Kollmann atmete langsam aus und suchte offenbar nach den richtigen Worten.

»Ihr Vater hat … nun, es kam zu einer handgreiflichen Auseinandersetzung mit einem seiner Gäste. Normalerweise gibt es in unserer Klinik keine Besuchsmöglichkeit, aber wir – beziehungsweise ich – habe eine Ausnahme gemacht, weil es sich um einen befreundeten Kollegen von ihm handelte. Sie gingen hier unten im Park spazieren, ich habe die beiden zufällig aus meinem Fenster gesehen. Leider konnte ich nicht hören, worum es ging, aber sie hatten offenbar einen Streit.«

Dr. Kollmann machte eine Pause.

»Und dann?«, fragte Andi.

»Dann hat Ihr Vater völlig unvermittelt zugeschlagen und es kam zu einer Schlägerei, bei der am Ende auch noch zwei Kollegen und drei Patienten verletzt wurden, die versucht haben, dazwischen zu gehen. Einer meiner Kollegen hatte einen Zahn verloren und ein Veilchen am Auge.«

Sie machte eine kurze Pause und fügte hinzu: »Na ja, verdient hatte er es schon … wie auch immer.«

Sie schloss ihre Augen für einen Moment und atmete jetzt ruhiger.

»Wir haben von einer Anzeige abgesehen, weil … na ja, es ist ja zum Glück relativ glimpflich ausgegangen. Ich mache mir selbst viel größere Vorwürfe als Ihrem Vater, weil ich die Situation an diesem Tag nicht richtig eingeschätzt hatte.«

Sie machte eine Pause und fixierte einen Punkt auf ihrem Schreibtisch.

»Aber er musste die Klinik sofort verlassen. Unsere Leitung tat alles, um zu verhindern, dass die Geschichte an die Öffentlichkeit kommt.«

»Verstehe«, sagte Andi und fragte sich im selben Moment, ob er wirklich verstand.

Dr. Marlies Kollmann schaute auf ihre Armbanduhr und Andi wollte sie nicht länger aufhalten.

Sein Vater hatte also eine Schlägerei in einer Suchtklinik angezettelt. Er hatte das Gefühl, dass er hier mehr über ihn erfahren hatte, als ihm lieb war. Sie verabschiedeten sich, und als er die Sprechzimmertür von außen schließen wollte, sagte sie:

»Herr Krammer, das mit Ihrem Vater ... es tut mir leid!«

»Danke«. Andi verstand genau, wie sie es meinte.

Kapitel 27

Herbst 1973

»Hier muss noch mehr Kleber drauf!«

Andi drückte vorsichtig auf die Tube und Klebstoff quoll heraus. Er versuchte, ihn gleichmäßig auf dem riesigen Holzrahmen zu verteilen, musste sich dabei aber auch beeilen, weil er sonst zu früh antrocknete. Seine Mutter hatte zwei große Bögen Transparentpapier ausgeschnitten, einen roten und einen blauen. Diese galt es nun auf die Holzleisten aufzukleben und an den Kanten umzuklappen.

In einer Ausgabe der Bastelsendung »Hobbythek« im WDR hatte Jean Pütz[10] den Zuschauern erklärt, wie man mit ein paar Holzleisten, Bastelpapier, Leim und Klebstoff einen tollen Drachen selber bauen kann. Andis Vater hatte dies spontan und zur Überraschung aller zum gemeinsamen Familienprojekt erklärt und sich selbst dabei die Fertigungsleitung übertragen. Um der Aktion noch eins draufzusetzen, zog er sich sogar einen grauen Meisterkittel an. Andi war begeistert. Das hatte es tatsächlich noch nie gegeben, dass er mit seinem Vater zusammen etwas bauen durfte.

---

[10] Legendär: »Ich hab da mal was vorbereitet.«

»Tleber.«

Andis Schwester Christiane war noch zu klein zum Helfen. Sie hantierte zwischenzeitlich lieber mit einer Tube Holzleim herum.

»Ja, genau, so ist es richtig. Warte, ich mach das dann von dort!« Sein Vater stand auf und klappte das farbige Papier von der Gegenseite um.

»Tleber.«

Was bei Jean Pütz im Fernseher so einfach aussah, stellte sich im Wohnzimmer der Krammers als ziemlich verzwickt heraus. Entweder war das Papier auf der linken Seite zu kurz oder auf der rechten. Oder oben oder unten. Sie mussten es mehrmals wieder abnehmen und ganz von vorne beginnen.

»Du hast das zu klein ausgeschnitten, Barbara. Das passt vorne und hinten nicht!« beschwerte sich Matthias Krammer im Spaß bei seiner Frau.

»Stimmt nicht. Hinten passt es ja. Nur halt vorne nicht«, erwiderte Andis Mutter und lachte.

»Tleber.«

Das Hauptproblem bestand wohl darin, dass sein Vater beschlossen hatte, den Drachen doppelt so groß zu bauen wie in der Bastelanleitung des WDR.

»Vielleicht hast du ja den Maßstab falsch umgerechnet, Matthias.«

»Ach papperlapapp! Halt lieber mal hier fest!«

Mit viel Geduld und vereinten Kräften schafften sie es dann schließlich, und ein riesiger, rechteckiger blauroter Drachen lag vor ihnen auf dem Wohnzimmerteppich. Andis Mutter griff zur Pocketkamera[11], die auf dem Tisch lag, und knipste ein Foto.

»Tleber!«

---

[11] Agfamatic 508. Besser bekannt als »Ritschratsch-Klick«.

»Oh mein Gott, Christiane!« rief seine Mutter, und jetzt sahen sie das Malheur. Seine Schwester hatte es geschafft, die Tube zu öffnen, und sich den Leim gleichmäßig auf ihre Hände und Arme verteilt. Gerade hatte sie damit begonnen, sich auch noch das Gesicht damit einzucremen. Seine Mutter sprang auf, schnappte sich Christiane auf den Arm und lief mit ihr ins Badezimmer.

Während die beiden dort eine ganze Weile beschäftigt waren, befestigte Andi mit seinem Vater die Drachenschnur. Zu diesem Zweck hatten sie am Nachmittag die größte Rolle Drachenschnur gekauft, die es gab, und diese dann noch einmal mit einer weiteren Rolle verlängert. Ihre Spindel enthielt am Ende mehrere hundert Meter Schnur. Ihr Drachen war bereit für seinen Jungfernflug; jetzt musste nur noch das Wetter mitspielen.

Die kommenden Tage waren für den Herbst zu warm, und der Wind hätte noch nicht einmal zum Auspusten eines Streichholzes gereicht. Andi wartete ungeduldig. Jeden Tag hoffte er aufs Neue auf einen schönen kräftigen Herbstwind. Und der kam schließlich auch …

Kapitel 28

Als Andi am späten Nachmittag zur Pension Wallmann zurückkam, traf er am Eingang auf Lisa, die gerade dabei war, ihr Fahrrad abzuschließen. Er blieb abrupt stehen. Es war schon unverschämt, wie gut sie in dieser Jeans aussah.

Das macht sie doch mit Absicht, dachte er.

»Hi!«, rief er ihr zu.

»Hi«, antwortete sie beiläufig, drehte sich zum Hauseingang und ging los.

»Hey Lisa, jetzt warte doch mal!«

»Was denn?«

Sie klang genervt und abweisend.

»Tut mir leid, ich hab das nicht so gemeint.«

»Ich aber.«

»Äh – was denn genau?«

»Als ich gesagt hab, dass mich das mit deinem Vater nichts angeht.«

Andi dachte an seinen toten Vater, an diesen Offergeld von der Polizei und daran, dass ihm der ganze Mist jetzt schon über den Kopf wuchs. Und dabei hatte er noch kein einziges Indiz in der Hand, womit er die Polizei dazu bewegen konnte, Ermittlungen überhaupt in Betracht zu ziehen.

»Ich ... ich könnte deine Hilfe gebrauchen.«

Er lächelte vorsichtig.

Lisas Körperhaltung entspannte sich. Wie er dort stand, so süß und unbeholfen. Ihre Andi-Schutzmauer zerbröselte in einer Sekunde.

Das macht er doch mit Absicht, dachte sie.

»Aha. Wobei denn genau?«

Sie kam einen Schritt auf Andi zu und grinste süffisant.

»Ja, beim … also …«, stammelte Andi.

Noch einen Schritt.

»Ich … wir müssen …«

»Was müssen wir denn, hmm?«

Jetzt stand Lisa direkt vor ihm und schaute Andi an, der tomatenrot angelaufen war.

»Lisa, es tut mir leid, dass ich so blöd war zu dir! Ich … ich hab dich vermisst.« Und dann fügte er schnell hinzu: »Ein bisschen!«

»Aha«, gab sie gespielt schnippisch zurück und umarmte ihn sanft. »Und was würdest du sagen, wenn es mir genauso geht? Ein bisschen.«

Was? Andi fragte sich in diesem Augenblick, ob es ihm jemals möglich sein würde, diese seltsamen Wesen namens *Frauen* zu verstehen.

Ihre Gesichter waren nun nur noch Zentimeter voneinander getrennt. Andi atmete Lisas Duft ein und spürte ihre Körperwärme. Er stand in Flammen und die Welt um ihn herum drehte sich schneller und schneller. Dann berührten sich ihre Lippen. Erst sachte, dann immer konkreter. Lisa drückte Andi an sich und streichelte seinen Rücken. So fühlt es sich also an, dachte er. Er wünschte sich, dass dieser Moment niemals aufhören solle.

»Ich glaube, der ist für Sie.«

Der siebte Himmel riss auf und die beiden plumpsten hart auf die Erde. Mehrere Geigen lagen zerbrochen neben ihnen und verpufften zu rosa Wölkchen.

»Was?«

Herr Lehmann vom Nachbarhaus hielt einen Brief in der Hand.

»Hier steht *Herrn Andreas Krammer* … ich glaube, der ist für Sie.«

Andi nahm das Schreiben entgegen und schaute nach dem Absender.

»Der Bürgermeister der Stadt Bröhlheim … ich glaub, ich weiß, was das ist. Danke schön!«

Lisa öffnete die Haustür, die gegen einen Werkzeugkasten stieß.

»Was ist denn hier los, Papa?«, fragte Lisa.

»Ah, Lisa! Du kommst gerade richtig. Könntest du das hier mal bitte festhalten?«

Im Flur war Herr Wallmann gerade dabei, die Anschlussleitungen einer Videoüberwachungskamera zu verlöten.

Theo Wallmann war ein ausgesprochener Technikfreak. Seit seiner Lehre zum Fernmeldemechaniker bei der Deutschen Bundespost hatte er unzählige Elektrogeräte angeschafft, auseinandergebaut, repariert und manchmal auch modifiziert. Inzwischen hatte er seinen Job gekündigt und eine kleine Firma für Objektschutz namens »WaWa-Wachdienst Wallmann« gegründet, die darauf spezialisiert war, in den Abendstunden auf diversen Firmengeländen nach dem Rechten zu sehen. Zu diesem Zweck hatte er im Keller eine CB-Funkzentrale eingerichtet. Abgesehen davon war der Pensionsbesitzer unzählige Stunden damit beschäftigt, elektrischen Strom von A nach B zu schicken und ihn auf seinem Weg interessante Dinge machen zu lassen.

»Ich mach das schon, Herr Wallmann«, bot Andi hilfsbereit an.

Lisas Vater schaute von der Trittleiter über den Rand seiner Lesebrille hinunter zu den beiden.

»Ah, da ist ja noch jemand. Du bist unser Feriengast, richtig? Also gut, dann komm mal von der anderen Seite hoch!«

Andi kletterte die Stufen der Trittleiter auf der Gegenseite hoch und schaute auf das viereckige Loch in der Wand. Kabel in allen Farben hingen heraus. Ratlos schaute er rüber zu Herrn Wallmann.

»Das Wichtigste ist, Ruhe zu bewahren und konzentriert zu arbeiten, mein Junge. Elektrischer Strom ist ein gerissener Sauwatz, der immer darauf aus ist, dir eine zu wischen«, sprach er gut gelaunt. »Und wenn er es schafft, dann hat er einen Heidenspaß, hihi. Halt das mal, bitte!«

Theodor Wallmann reichte Andi einen heißen Lötkolben und verzwirbelte zwei Kabelenden.

»So, und jetzt verlöten, bitte schön! Ich mach in der Zeit die Augen zu, hihi!«

Andi schaute zuerst auf seinen Lötkolben und dann zu Herrn Wallmann, der seine Augen tatsächlich geschlossen hatte. Er hatte keine Ahnung, was er jetzt genau machen sollte. Theo Wallmann blinzelte und bemerkte die Unsicherheit seines Lehrlings. Dann lächelte er freundlich und ohne Häme.

»Ah, der junge Mann benötigt einen Lötkurs. Kein Problem, dann zeig ich dir das mal. Schau gut zu, ja?«

Herr Wallmann zog ein paar Zentimeter Lötzinn von einer Rolle, drückte die verzwirbelten Kabelenden in ein Döschen Lötfett und hielt schließlich Lötdraht, Lötkolben und Kabel so zusammen, dass das flüssige Metall auf die Kabel lief und innerhalb von einer Sekunde wieder erstarrte. Dabei qualmte es kurz und es roch eigenartig würzig.

Andi schaute fasziniert zu. Herr Wallmann kannte sich offenbar gut aus mit solchen Sachen. Die frische Lötstelle wurde nun noch mit Isolierband umwickelt. Danach zwirbelte er zwei schwarze Kabel zusammen.

»Und jetzt du.«

Andi war überrascht über die Selbstverständlichkeit, mit der Lisas Vater ihm diese Arbeit anvertraute und ihm ruhig erklärte, was er zu tun hatte. Mit seinem Vater hatte es eine vergleichbare Situation nur einmal gegeben, als sie den Drachen gebaut hatten. Nicht davor und nicht mehr danach. Das war das einzige Mal, dass sein Vater ihn wie einen Sohn behandelt hatte.

Andi verlötete die schwarzen Kabel und Herr Wallmann schaute zufrieden. Dann verlötete er die gelben, die grünen und die weißen. Als sie den Deckel der Abzweigdose aufgesetzt hatten und sie wieder festen Boden unter den Füßen hatten, sagte Herr Wallmann: »Da scheint aber einer ein geborener Elektriker zu sein. Gut gemacht!«, und klopfte Andi auf die Schulter.

Das Gefühl, etwas Nützliches getan zu haben und dafür am Ende auch noch gelobt zu werden, war Andi bis dahin völlig unbekannt.

Als er später gähnend im Bett lag, war er erschöpft, aber glücklich. Und bis über beide Ohren verliebt. Was für ein Tag!

Kapitel 29

»Was steht denn in dem Brief von der Stadt?«, fragte Lisa mit vollem Mund und biss wieder in ihr Marmeladenbrot.

An diesem Morgen hatte sie wieder das Frühstück gebracht und sich wie selbstverständlich einfach zu Andi an den Frühstückstisch gesetzt. Andi nahm den Brief von der Fensterbank.

»Ach, den hab ich noch gar nicht aufgemacht. Ist wahrscheinlich nicht so wichtig.«

Mit dem Stiel seines Teelöffels riss er den Umschlag auf. Er las laut, während er kaute.

»… erlauben wir uns hiermit, Ihnen den Betrag von … das gibt's ja nicht!«, rief Andi und setzte sich hustend auf.

»Wieso, was ist denn?«

»Hier, lies selbst!«

Lisa nahm das Papier und überflog die Rechnung.

»Was?«

Sie schaute Andi ungläubig an.

»Elftausendneunhundertfünfundsiebzig Mark und sechsundachtzig Pfennig? Ja, spinnen die jetzt ganz?«

»Hast du die Einzelaufstellung auf der Rückseite gesehen? Da stehen allein achthundertfünfzig Mark für einen Organisten drauf. Da war aber kein Organist. Wir haben Musik von Kassette gehört! Und dann hier … Grabstein … Marmorplatte … das ist ein einfaches, anonymes Grab auf einer Wiese. Nix Grabstein, nix Marmorplatte!«

»An deiner Stelle würde ich gleich mal zum Bürgermeister gehen und das klären, Andi!«

»Da kannst du dich drauf verlassen!«

Sie leerten synchron ihre Kaffeetassen und standen auf. Andi überlegte.

»Ich würde nur gerne vorher noch mal in die Wohnung meines Vaters schauen. Möchtest du mitkommen?«

Lisa hakte sich bei ihm ein und zwinkerte.

»Worauf warten wir?«

Graue Wolken hatten sich misanthropisch über den Himmel der Stadt geschoben und drohten unübersehbar mit Regenschauern. Bei Tageslicht wirkte die Wohnung seines Vaters sogar noch schäbiger als bei Dunkelheit. Sie standen im Wohnzimmer und schauten sich um. Andi ging zum Fenster und sah hinaus. Das Gerümpel auf dem Balkon und der ungepflegte Garten, das alles sah so erbärmlich aus.

»Irgendwas müssen wir übersehen haben, Lisa.«

Sein Blick blieb auf der Couch hängen, auf der zwei Kissen lagen.

»Hey, Moment mal. Da waren doch *drei* Kissen!«

»Was?«

»Als ich meinen Vater besucht habe, lagen auf der Couch drei Kissen, das weiß ich noch ganz genau.«

»Drei Kissen?«

»Ja, drei. Da eins, da eins und da eins. Zwei rote und ein blaues. Ein rotes Kissen fehlt.«

Andi öffnete die Schlafzimmertür und schaute hinein. Das Bett war zerwühlt, aber auch dort war kein rotes Sofakissen.

»Was hat das zu bedeuten?«

»Ich weiß auch nicht, aber irgendwas ist hier oberfaul. Halt!«

Lisa wollte gerade ins Schlafzimmer hineingehen und blieb erschreckt stehen.

»Siehst du das da?«

Andi zeigte auf den Teppichboden vor der Schlafzimmertür. Dort konnte man deutlich mehrere dunkelbraune Abdrücke von Schuhsohlen erkennen. Sie hielt sich erschrocken die Hand vor den Mund.

»Ich glaube, jetzt haben wir eine Spur, Lisa!«

Kapitel 30

Andi und Lisa kamen verschwitzt und mit Seitenstechen bei der Stadtverwaltung an. Sie waren die knapp zwei Kilometer von Kierberg bis in die Innenstadt gelaufen, so schnell sie konnten. Andi riss die Eingangstür auf und lief voraus durch den Gang zu Offergelds Büro.

»Hier lang!«, rief er laut.

Da öffnete sich die Tür vom Bürgermeisterbüro und Andi stieß mit Wolters zusammen.

»Was zum …« Der Bürgermeister rückte sich die Brille zurecht.

»Entschuldigung, aber ich muss dringend zu Kommissar Offergeld.«

»Jetzt mal mit der Ruhe, die Herrschaften. Die Stadtverwaltung ist keine Turnhalle! Sie kommen am besten morgen wieder, wenn Sie sich beruhigt haben.«

»Hören Sie, Herr Bürgermeister! Wir müssen dringend zu Kommissar Offergeld. Sofort!«

»Nicht in diesem Ton, junger Mann! Was glauben Sie denn, wer Sie sind?«

Andi war kurz davor zu explodieren.

»Erklären *Sie* mir lieber mal, was *das* hier ist!«

Er klatschte Wolters den Brief mit der Rechnung in die Hand.

»Organist? Grabstein? Marmorplatte?«

Wolters sah nicht auf die Rechnung, schien aber ganz genau zu wissen, wovon Andi sprach.

»Oh, ja … nun … ähm … das wird sich um eine Verwechslung gehandelt haben. Fräulein Riemann?«

Jetzt öffneten sich zeitgleich zwei Bürotüren. Aus der einen kam eine junge Frau und aus der anderen Offergeld. Der Bürgermeister übergab der jungen Dame den Brief und zwinkerte ihr zu, was Andi bemerkte. Dann wurde er laut und theatralisch:

»Wie konnte das passieren? Sie haben unserem lieben Herrn Krammer eine falsche Rechnung zukommen lassen, Frau Riemann!«

Ursula Riemann schaute konsterniert und verstand die Welt nicht mehr.

»Aber Herr Wolters. Sie haben mich doch selbst gebeten …«

»Ach, immer nur Ausreden, Ausreden, Ausreden! Ich erwarte gewissenhaftes Arbeiten von meinen Angestellten.«

Frau Riemann stand der Mund offen.

»Kann mir bitte mal einer sagen, was hier los ist?«, schaltete sich nun auch Offergeld laut in die hitzige Diskussion mit ein. Sein autoritärer Ton sorgte für Ruhe im Flur. Alle Blicke waren nun auf Andi gerichtet.

»Ich möchte bitte einen Mord melden.«

Kapitel 31

»So, und jetzt alles nochmal langsam und der Reihe nach!«

Kommissar Offergeld rieb sich das Gesicht. Die Vorstellung, dass es innerhalb der Behörde unter seiner Regie eine fundamentale Fehleinschätzung gegeben haben könnte, war ihm äußerst unangenehm.

Seit seine Frau ihn vor drei Jahren wegen eines Schwimmlehrers verlassen hatte, gab es für ihn nur noch die Ermittlungsarbeit der Kriminalpolizei. Er stellte hohe Ansprüche – sowohl an sich selbst als auch an seine Mitarbeiter.

Andi erzählte dem Kommissar noch einmal ganz genau, was er und Lisa gesehen hatten, was ihnen aufgefallen oder verdächtig vorgekommen war. Hier und da ergänzte oder präzisierte Lisa seine Ausführungen.

»Gut, dann schlage ich vor, wir fahren jetzt alle zusammen nochmal in die Wohnung deines Vaters.«

Diesmal forderte Offergeld zusätzlich zu seinem Kollegen Greipel auch noch das sogenannte »A-Team« von der Spurensicherung Köln an. Seiner Einschätzung nach konnten die fraglichen Spuren zwar erst nach dem Abtransport der Leiche dort aufgebracht worden sein, aber diesmal ging er lieber auf Nummer sicher. Das war auch der Grund, warum Andi und Lisa draußen warten mussten:

Offergeld wollte vermeiden, dass zusätzliche Spuren in der Wohnung verteilt wurden.

Inzwischen wurde es allmählich schon dunkel, und Andi und Lisa waren durchgefroren. Sie rieb sich die Hände und er trat von einem Bein auf das andere.

»Hey, du kannst doch nach Hause gehen, Lisa. Ich komm schon allein hier klar«, sagte Andi und küsste sie auf die Stirn.

»Spinner! Glaubst du wirklich, ich lass dich hier allein mit diesen Freaks?«

Ein weißer Schutzanzug kam aus dem Haus und sprach mit einem Kollegen.

Andi ging zu den beiden Männern hinüber. Lisa schaute ihm nach; er schien sie etwas zu fragen. Kurze Zeit später legte Andi ihr eine warme Decke um, die sich in einem der Einsatzfahrzeuge befunden hatte. Die Beamten winkten zu ihnen rüber und lächelten. Endlich kam dann auch Kommissar Offergeld nach draußen.

»So, ich denke, wir haben nun alles, was wir brauchen. Die Spuren auf dem Teppich im Schlafzimmer sind nach der Mordnacht dort hinterlassen worden und definitiv keiner bisher bekannten Person zuzuordnen.«

Der Kommissar hatte tatsächlich *Mordnacht* gesagt. Er ging also jetzt auch von einem Mord aus. Andi fiel ein Stein vom Herzen. Der Gedanke, dass er selbst verantwortlich für den Tod seines Vaters sein könnte, hatte ihn immer wieder gequält.

»Also, wie geht's jetzt weiter? Die gesicherten Spuren werden in den nächsten Tagen im Labor untersucht. Aber letzte Gewissheit wird nur eine Exhumierung bringen.«

»Eine was?« Lisa war entsetzt. »Sie wollen den Sarg aufmachen?«

»Tja, willkommen im unangenehmen Teil meiner Arbeit. Eine Exhumierung können wir allerdings nicht selbst anordnen, sondern nur die Staatsanwaltschaft. Ich denke, dazu wissen wir morgen mehr.«

»Ist das wirklich nötig? Ich meine, mein Vater wurde doch bereits obduziert«, wandte Andi ein.

»Na ja, das war lediglich eine sogenannte *äußere Leichenschau*. Vereinfacht gesagt: Es wurde nur oberflächlich geschaut, weil es zu diesem Zeitpunkt keine Hinweise für einen gewaltsamen Tod gab. Und so gesehen dürfen wir hier auch von einer Ermittlungspanne sprechen. Wir werden leider nicht drumrumkommen, noch einmal genauer hinzusehen.«

Andi war unschlüssig. Ihm war unwohl bei der Vorstellung, dass sein Vater auf einem Metalltisch aufgesägt werden sollte. Schließlich war er schon beerdigt und hatte seine Ruhe verdient.

»Können Sie denn schon etwas zur Todesursache sagen?«, fragte Lisa nun den Kommissar.

»Ich will euch nicht mit Vermutungen und Spekulationen aufregen. Ich schlage stattdessen vor, wir warten auf die Untersuchungsergebnisse, ok?«

Lisa nickte und hoffte, dass Andi ihre Frage nicht als vorlaut empfunden hatte. Der schreckliche Tod seines Vaters ging ihr nahe, auch wenn Andi ihn anscheinend nicht gemocht hatte. Aber ein Vater ist nun mal ein Vater.

Außerdem hatte sie inzwischen das Gefühl, dass es sie sehr wohl etwas anging.

Andi legte einen Arm um sie.

»Hattest du nicht gesagt, dass ihr einen Videorecorder habt?«

Kapitel 32

Lisa hielt Andi drei Videokassetten hin. Er hatte die Wahl zwischen *James Bond – Octopussy*, *Die Rückkehr der Jedi-Ritter* und *Die Glücksritter* mit Eddy Murphy. Andi mochte zwar Star-Wars-Filme und James Bond fand er ebenfalls gut, aber so etwas konnte man sich nicht mit einem Mädchen anschauen. Vor seinem inneren Auge sah er sich schon in hitzige Diskussionen mit Lisa verwickelt, warum diese oder jene Szene im Film *doch völlig unlogisch* wäre. Nein, darauf verzichtete er gern. Seine kluge Wahl fiel deshalb auf *Die Glücksritter*.

Sie hatten viel Spaß, vor allem in der Szene, in der der ehemalige Bettler Billy Ray Valentine zum ersten Mal in seinem Leben in einer Whirlpool-Badewanne sitzt.

Butler Coleman: »Wollen Sie's mit Blasen?«

Billy Ray: »Ich hab gewusst, dass ihr ein schwuler Verein seid. Ich lass' mir von keinem von euch einen blasen!«

Butler Coleman: »Das ist ein Whirlpool-Bad, Sir. Ich bin sicher, es wird ihnen gefallen.«

Billy Ray: »Hey! Hey Luftblasen! Weißt du, Mann, wie ich klein war, hab ich, wenn ich Luftblasen beim Baden wollte, einfach in die Wanne gefurzt. Das ist echt Spitze!«

Die beiden hatten irgendwann Bauchweh und Tränen in den Augen vor Lachen. *Mit Lisa zusammen einen Film anschauen, fühlt sich gut an,* dachte er.

Als in der Schlussszene Louis, Ophelia, Billy Ray und Coleman unter Palmen ihren neuen Reichtum genossen, fiel Lisas Kopf auf seine Schulter und sie schlief lächelnd ein. Er legte sie vorsichtig auf die Couch und deckte sie mit der gehäkelten Sofadecke zu. Dann setzte er sich auf einen Sessel und schlief ebenfalls ein …

… und erwachte nur einen Augenblick später in seinem Kinderzimmer. Es war Weißer Sonntag im April 1976, seine Heilige Kommunion.

Seine Mutter hatte am Abend vorher seinen Anzug, der extra für diesen Tag gekauft worden war, akkurat über einen Bügel gehängt. Er betrachtete das gute Stück missmutig. Es war ein schöner Anzug, ohne Zweifel. Aber das war auch das Mindeste, was man verlangen konnte; schließlich war sein ganzes Erspartes dafür draufgegangen.

Und überhaupt … Kommunion. Wofür sollte das gut sein? Ein Jahr lang war er jetzt jeden Dienstagnachmittag zum Kommunionsunterricht gegangen und hatte bis heute keine zufriedenstellende Antwort auf diese Frage erhalten.

Die Zimmertür ging auf.

»Guten Morgen, Andi. Guck mal, die sind alle für dich!«

Seine Mutter hielt einen dicken Stapel mit Briefumschlägen hoch.

»Und das war bestimmt nur der erste Schwung.«

»Boah!«, er wusste nicht, was er sagen sollte, so überwältigt war er. Noch nie hatte er so viele Briefe auf einmal bekommen. Er setzte sich im Bett auf und öffnete den ersten Umschlag. Eine Glückwunschkarte einer Nachbarin, deren Namen er nicht kannte, und ein 20-Mark-Schein. Das fing ja schon mal gut an und der ungeliebte Tag der Kommunion stieg prompt in seiner Wert-

schätzung. Er öffnete den nächsten Brief. Nochmal 20 Mark …
dann 10 Mark, 20 Mark, 20 Mark, 50 Mark … *oh* … manche Karten enthielten leider keinen Geldschein, sondern nur Glückwünsche. So wie diese hier.

»Mama, wer ist *Gerald Kugler?*«

»Gerald Kugler … hmm, keine Ahnung, wer das ist«, antwortete
seine Mutter achselzuckend. »Dann leg den Umschlag mal zur
Seite, wir finden das schon noch raus.«

Der Vormittag war genauestens durchgetaktet. Um zehn Uhr war
die Heilige Messe. In einem großen Tross zogen die Kommunionkinder zusammen mit den Eltern und dem Priester in die Kirche,
deren Eingangsbereich festlich geschmückt war. Andi ging neben
seinem Freund Jochen in der fünften Reihe der Entourage. Priester Winkelmann, der mit vier Messdienern vorausging, trug eine
rote, mit gotischen Ornamenten bestickte Kasel[12] und eine Stola
um die Schultern. Jochen machte andauernd Witzchen über seine
blaue Nase. Entweder war es dem Gottesmann kalt, oder er hatte
am Abend vorher wieder zu viel Messwein getrunken. Nach einem
Jahr Kommunionsunterricht wussten Andi und Jochen allerdings,
dass es mit Sicherheit der Messwein war, denn immer dann, wenn
sie den Ablauf der Eucharistie übten, konnten die Kinder deutlich
Winkelmanns weingetränkten Atem riechen. Seine Messdiener waren von ihm instruiert, beim Eingießen des Rieslings in den Kelch
nicht sparsam zu sein, wohingegen er beim Einfüllen des Wassers
immer sofort die Hand darüber hielt und »Stopp« zischte.

Die Messe verlief nach Plan und steuerte schließlich auf ihren
Höhepunkt, die Erstkommunion, zu. Von der Chorempore erklang gedämpfte Orgelmusik zur feierlichen Untermalung der Zeremonie. Die Kommunionkinder standen jeweils zu zweit in Reih

---

[12] Messgewand

und Glied und nahmen vom Priester die kleine runde Hostie entgegen, die das letzte Abendmahl symbolisierte.

Andi fragte sich, ob es damals in Jerusalem bei Jesus und seinen zwölf Aposteln auch nur Esspapier zum Abendessen gab. Er hoffte nicht, denn diese Oblaten blieben immer am Gaumen kleben und machten einen trockenen Mund. Oft hatte er sich deshalb gewünscht, wenigstens einen kleinen Schluck aus dem Kelch trinken zu dürfen, aber der Messwein blieb nur dem Priester vorbehalten.

Torsten und Hartmut waren vor ihnen an der Reihe. Priester Winkelmann hielt eine Hostie hoch und sprach: »Der Leib Christi«.

»Amen«, gab Torsten seine einstudierte Antwort. Brav öffnete er den Mund und ließ den Priester die Oblate auf seine Zunge legen. Er bekreuzigte sich, machte einen Diener und ging demütig zur Seite weg. Jetzt waren Jochen und Andi an der Reihe. Ein paar Stufen weiter oben schwenkte einer der Messdiener laut rasselnd ein Weihrauchfass an Ketten, dessen Inhalt, eine glimmende Harzmischung, allmählich die ganze Pfarrkirche zuqualmte.

In diesem Moment fuhr Andi ein heftiges Kitzeln in die Nase und er musste gegen einen schier übermächtigen Niesreiz ankämpfen. Tränen schossen ihm in die Augen und er konnte mit einem Mal nur noch verschwommene Umrisse im Weihrauch erkennen.

»Der Leib Christi«

»Danke«, sagte Jochen und machte »Aaaah«. Er sagte tatsächlich laut »Aaaah«, sodass Winkelmann irritiert den Kopf schüttelte und ihm die Hostie auf die Zunge legte. Andi hatte das Gefühl, dass seine Nase jeden Augenblick explodieren müsste, so sehr versuchte er, jetzt auf keinen Fall zu niesen.

»Der Leib Christi«

»HA-TSCHUUUUUUU!«

Alles war plötzlich still. Selbst der Organist hatte vor lauter Schreck aufgehört zu spielen. Andis Niesen hallte lange nach. Sehr lange. Normalerweise mochte er diesen unvergleichbaren Hall, den man so tatsächlich nur in großen Gotteshäusern erleben konnte, doch in diesem Moment hätte er sich gewünscht, die Kirche wäre ein bisschen kleiner gewesen.

Von der Empore hörte man es rascheln, offenbar waren ein paar Notenblätter vom Pult heruntergefallen und hatten sich auf dem Boden unter der Orgel verteilt. Ein Opa räusperte sich verärgert, aus verschiedenen Richtungen hörte man Kichern, einige Kinder lachten. Mit Entsetzen bemerkte Andi, dass am Gewand des Priesters jetzt ein stattlicher Nasenpopel klebte. Was sollte er jetzt tun, um Himmels Willen? Er suchte verzweifelt den Blickkontakt zu seinen Eltern, die in einer der vorderen Reihen saßen und unsicher ihre Sitznachbarn anlächelten.

Winkelmann war sauer.

»Hau ab, du!«

Er kickte Andis Hostie, die ihm vor Schreck zu Boden gefallen war, mit dem Schuhabsatz zur Seite und winkte hastig die nächsten beiden Kinder herbei.

Bei der restlichen Eucharistie gab es zwar keine Zwischenfälle mehr, aber der Geistliche schaute regelmäßig finster zu Andi hinüber, was der Gemeinde nicht verborgen blieb. Getuschel flackerte immer wieder auf, und die Blicke der Gemeinde lagen mehrheitlich auf Andi. Dann entdeckte der Priester den riesigen Popel an seiner Kasel.

»Großer Gott!«, rief er laut und die Gemeinde verstummte abermals vor Schreck. Alle Blicke waren nun wieder auf Winkelmann gerichtet. Er wirkte etwas mitgenommen und schaute hilfesuchend nach oben.

»Großer … Gott – wir loben dich! Lied dreihundertachtzig, eins bis fünf.«

Auf *Großer Gott, wir loben dich* war der Kantor zu diesem Zeitpunkt allerdings nicht vorbereitet, weshalb er gezwungen war, das Lied zu improvisieren. Gleichzeitig versuchte er verzweifelt, mit seinen Füßen die übrigen losen Notenblätter von den Basspedalen herunterzuschieben, was ihn in der Summe eindeutig überforderte. Hätte jemand in diesem Augenblick nichtsahnend die Kirche betreten, hätte er wohl gedacht, versehentlich einem Free-Jazz-Konzert beizuwohnen.

Am liebsten hätte sich Andi gleich nach der Messe aus dem Staub gemacht und den gemeinsamen Fototermin am Kirchenportal ausgelassen, aber dieser Wunsch wurde leider nicht erhört. Immerhin kam es nicht zu einer direkten Konfrontation mit Winkelmann, was Andi auf ein Stoßgebet zurückführte.

Auf der anschließenden Feier mit Kaffee, Kuchen und üppigem Buffet fehlte niemand aus der Verwandtschaft. Es wurde gegessen, getrunken, geraucht und erzählt bis in den späten Abend hinein.

Nachdem das Buffet bereits zur Hälfte abserviert war, fing Onkel Herrmann mit einem Mal heftig an zu husten und zu röcheln. Er hatte sich an einem Lammkotelettknochen verschluckt und hielt sich mit beiden Fäusten verkrampft an der Tischdecke fest. Sein Gesicht war schon ganz blau angelaufen und von seiner Glatze lief der Schweiß. Erst durch den beherzten Einsatz eines Kellners[13] konnte Onkel Herrmann den verkeilten Brocken aushusten und sein Kotelett weiter essen.

Tante Renate hatte – für die Anwesenden kaum überraschend – wieder mal ein Gedicht vorbereitet. Sie stand für ihren Vortrag auf und schlug mit einem Messer auf ein Weinglas ein, bis es am Tisch ruhig war. Das elfstrophige Werk handelte von einem *Pferdchen*, das

---

[13] Er wendete den berühmten »Heimlich-Griff« an.

über Stock und Stein galoppierte. Es hatte weder einen Bezug zur Kommunionsfeier noch irgendeinen erkennbaren Sinn. Trotzdem gab es viel Applaus für Tante Renate, als es endlich vorbei war.

Auf dem Nachhauseweg half seine Mutter seinem Vater beim Gehen. Einige Male musste er sich am Straßenrand übergeben, aber das taten andere Väter bestimmt auch, vermutete Andi.

Schließlich lag er wieder in seinem Bett und betrachtete den Stapel Briefe, die er bekommen hatte. Mehrfach hatte er die Geldscheine gezählt, sortiert und ordentlich gestapelt. Er genoss seinen unerwarteten Geldsegen und wusste schon genau, was er sich davon kaufen würde. Herzenswünsche hatte er schon immer, aber jetzt waren sie erfüllbar. Er schloss die Augen und freute sich.

Wahrscheinlich hätte er sich in diesem Moment weniger gefreut, wenn er gewusst hätte, dass sein Vater das Geld für die Rechnung vom Restaurant verwenden und den Rest behalten würde.

Andis Zimmertür öffnete sich und sein Vater stand im Türrahmen. Es war dunkel, deswegen konnte Andi nur seine Umrisse erkennen. Dann schlurfte er kaum hörbar hinüber zu Andis Bett und beugte sich wie in Zeitlupe über seinen Sohn. Andi konnte die Bartstoppeln in seinem Gesicht spüren und den Biergeruch seines Atems riechen. Dann sprach sein Vater ihm sehr deutlich ins Ohr.

DU MUSST NACH OBERKASSEL KOMMEN, HÖRST DU? DU MUSST!

»Hey du…!«

» … ?«

»Hey.«

»Was ist denn?«

»Du hast im Schlaf geredet, Andi. Geht's dir gut?«

Lisa stand gleich neben ihm und er lag immer noch genauso im Sessel, wie er nach den *Glücksrittern* eingeschlafen war. Sie hatte nur ein weißes Spaghettiträger-Top und einen Slip an. Andi war verwirrt und brauchte einen Moment, um wieder in der Realität anzukommen.

»Was dagegen, wenn ich …«, fragte Lisa und zeigte auf die Sessellehne neben ihm.

»Hmm? Oh … nein. Überhaupt nicht!«

Sie lächelte, rutschte neben ihn und schmiegte sich an. Andi streichelte zögernd ihren Arm und sein Herzschlag raste. Er fühlte sich immer noch sehr durcheinander. Lisa küsste seinen Hals und flüsterte: »Willst du denn gar nicht wissen, was du im Schlaf gesagt hast?«

»Äh … doch, natürlich!«

»Du hast immer wieder gesagt:… *nach Oberkassel, ich muss nach Oberkassel …!*‘«.

»Oh. Echt?«

»Also, wenn das so ist – dann komm ich gerne mit!«

Kapitel 33

Ein VW-Transporter vom städtischen Bauamt hielt am Eingangstor des Südfriedhofs. Auf dem Anhänger befand sich ein orangefarbener Bagger. Klaus Lohmeier ließ den Motor laufen, denn es war sehr kühl an diesem frühen Morgen. Sein Kollege Mehmet Özkan war ausgestiegen, um das Friedhofstor zu öffnen. Im Autoradio lief der Schlagersender WDR4. Zu hören waren *The Tokens* mit *The Lion Sleeps Tonight*:

> *»Awimbawe awimbawe, awimbawe, awimbawe*
> *Near the village, the peaceful village*
> *the lion sleeps tonight*
> *Near the village, the quiet village*
> *the lion sleeps tonight*
> *Wee heeheehee weeoh wimbawe …«*

Lohmeier drehte das Radio leiser und nahm noch einen Schluck Kaffee aus seiner Thermoskanne. Es klopfte an der Fahrertür und Lohmeier kurbelte die Scheibe runter.

»Hier guckstu, Herr Lohmeier, is kaputt!«

»Was ist kaputt, hmm?«

»Ja guckstu hier, Kollege! Schloss kaputt, Tor kaputt, alles kaputt!«

»Ach, Mehmet, was hast du denn schon wieder?«

Klaus Lohmeier stieg genervt aus. Der Lichtschein des Transporters strahlte direkt auf das Vorhängeschloss des Friedhofstores. Jetzt sah Lohmeier es auch: Das Schloss war aufgebrochen worden, das Tor selbst war ebenfalls zerkratzt. Außerdem waren frische Reifenspuren im Kies.

»Das gibt's ja nicht! Was ist das denn?«

»Ich weiß ja auch nicht, Kollege, aba nix gut!«

»Ja, nix gut, da geb ich dir recht, Mehmet! Hier ist heute Nacht einer durchgefahren. Guck mal, die Reifenspuren!«

Sie öffneten das Tor vollständig, stiegen wieder ein und fuhren langsam auf das Friedhofsgelände. Die Spuren im Kies waren im Lichtschein des Transporters deutlich sichtbar. Teilweise waren die Kieselsteine weitläufig verteilt, und an manchen Stellen verliefen die Spuren am Wegrand und sogar über der Wiese.

»Da hat es aber einer eilig gehabt, was?«

»Ja, eilig. Nix gut! Bessa Polizei rufen!«

»Ah, jetzt wollen wir doch erst mal nachsehen, was hier los ist.«

Der Transporter rollte mit seinem Anhänger und dem kleinen Bagger in Schrittgeschwindigkeit in Richtung der anonymen Gräber auf der Nordseite. Die beiden hatten den Auftrag, ein Grab auszuheben, in dem erst vor etwa zwei Wochen jemand beigesetzt worden war. Lohmeier schaute auf seine Digitaluhr: 6:15 Uhr zeigte sie an; sie waren also noch früh genug dran.

Zwei Experten vom Landeskriminalamt waren für etwa acht Uhr angekündigt. Auf einem Telefax, das Özkan in der Hand hielt, war der Lageort des betreffenden Grabes genau beschrieben und gelb markiert.

»Hier musstu links, Kollege!«

»Ja, das denk ich mir. Seltsam alles, wirklich seltsam!«

Was Lohmeier meinte, war der Umstand, dass sie genau den Reifenspuren folgten, die noch sehr frisch aussahen. Jemand war offenbar vor ihnen schon hier gewesen. Und er hatte wohl dasselbe Ziel gehabt wie sie.

»Bessa Polizei rufen, Kollege!«

»Ja, du bist lustig, Mehmet, und wie soll das bitte schön gehen? Oder hast du etwa ein Telefon dabei?«

»Aah, Telefon dabei, Kollege … hahaha!«

Die Vorstellung, ein Telefon mit sich herumzutragen, fanden beide sehr witzig und sie stachelten sich beim Lachen gegenseitig auf.

»Ja, Telefon … dabei, Mehmet. Hahahahaha!«

»Telefon dabei … in der Hosentasche … hahahahahahaaaa!«

»Hahahahahahahaaaaa!«

Der Transporter bremste scharf ab und ein dumpfes Bremsgeräusch erklang. Die fragliche Grabstätte lag nun genau vor ihnen.

Özkan und Lohmeier hörten augenblicklich auf zu lachen. Sie stiegen aus dem Fahrzeug und näherten sich langsam dem …

»Loch! Kollege, da ist Loch!«

»Seh ich selbst, Mehmet! Ey, was ist das denn für 'ne Scheiße hier?«

»Loch nix gut, Chef. Bessa Polizei rufen!«

Lohmeier leuchtete mit einer Taschenlampe in das etwa zwei Meter tiefe Grab in der Wiese und seine Vermutung wurde bestätigt. Es war leer. Neben der frischen Ausgrabungsstelle lag der passende Erdaushub. Ihr Bagger wurde an diesem Morgen allem Anschein nach nicht mehr gebraucht. Ein Grabräuber hatte seinen Beruf anscheinend etwas zu wörtlich genommen.

Kapitel 34

Hans-Ulrich Kugler lenkte den Transporter auf einen Parkplatz an der Landstraße 194, unweit des Freizeitparks *Traumland*. Er zitterte.

»Reiß dich zusammen! Da vorne rechts!«

Offenbar kannte sich sein Vater hier gut aus. Er fragte sich, wie er nur in diese furchtbare Situation hineingeraten war. Sein Vater hatte ihn morgens auf der Werft angerufen und gesagt, er solle bei der Stadt Bröhlheim nach der genauen Beisetzungsstelle des Grabes von *Matthias Krammer* fragen und sich für einen alten Freund ausgeben. Das war schon sehr merkwürdig gewesen.

Als er seinen Vater anschließend zurückgerufen und ihm von dem Telefonat erzählt hatte, war der auf einmal sehr nervös geworden und hatte ihm in knappen Worten Anweisungen erteilt: Er solle *sofort* einen Transporter mit Ladefläche sowie einen mittelgroßen Bagger und Seile *beschaffen* und damit um zwei Uhr nachts zum Südfriedhof kommen, wo sein Vater auf ihn warten würde.

Mit einem Bolzenschneider hatten sie das Tor aufgebrochen, dann war es in einer wilden Irrfahrt über den Friedhof gegangen, bis sie am fraglichen Grab angekommen waren. Der Aushub selbst war schnell erledigt; Hans-Ulrich Kugler war sehr geschickt im Umgang mit Baufahrzeugen aller Art. Aber das Herausheben des Sarges hatte sich schwieriger als gedacht gestaltet, weil die Drahtseile immer wieder an der feuchten Erde verrutscht waren. Sie mussten sich beeilen, deshalb manövrierten sie die Holzkiste mit dem Toten, so schnell es ging, auf die Ladefläche des Transporters, deckten sie mit einer grünen Folie ab und verluden den Bagger wieder auf den Anhänger. Beim Verstauen der Seile hatte Kugler bemerkt, dass ein Teil fehlte, aber sein Vater hatte befohlen, sofort aufzubrechen.

Auf der anschließenden Vollgasfahrt in Richtung der Bornheimer Villewälder hatten sie sich gegenseitig angebrüllt und gestritten. Aber Hans-Ulrich »*Uli*« Kugler wusste, dass er gegen seinen Vater sowieso keine Chance hatte. Der war ihm einfach in allem überlegen und hatte immer recht. Und wenn nicht, dann war er lauter.

Gerald Kugler griff vom Beifahrersitz aus ins Steuer.

»Da rein, du Depp!«

Kugler zeigte auf einen Weg, der vom Parkplatz aus in den Wald führte, und wies seinen Sohn an, dort hineinzufahren.

»Licht aus! Oder willst du etwa, dass wir gesehen werden?«

Hans-Ulrich schluckte und versuchte, sich auf den Weg zu konzentrieren. Er war zwar breit genug für ihr Gespann, aber zu diesem Zeitpunkt mochte er noch nicht daran denken, wie sie mit ihrem langen Anhänger samt Bagger hier wieder herauskommen sollten.

Ok, alles zu seiner Zeit, dachte er und fokussierte sich auf die bevorstehende Aufgabe. Sie mussten einen Sarg im Wald vergraben. Und das am besten so, dass er für immer dortbliebe. Meinte sein Vater.

»Ich seh nix, verdammt!«

»Halt's Maul! Und hör auf zu meckern! Halt!«

Die Räder blockierten und rutschten bis zum Stillstand. Gerald Kugler drehte den Zündschlüssel herum und horchte. Er schaute sich nach allen Seiten um.

»Hier müsste es gehen. Aussteigen!«

Sie stiegen aus und zogen die Abdeckplane vom Sarg. Als Hans-Ulrich Kugler den erdverschmutzten Sarg ansah, lief ihm ein kalter Schauer über den Rücken.

»Jetzt mach, wir wollen hier nicht ewig bleiben!«

Sie zogen die Holzkiste nach hinten von der Ladefläche und hoben sie ein Stück an. In diesem Moment fuhr ein Auto auf den Parkplatz hinter ihnen.

»Verflixt!«, fluchte Gerald Kugler leise und schob den Sarg wieder zurück. Sie warteten ein paar Minuten und hofften, dass das Fahrzeug den Parkplatz bald wieder verließe. Doch stattdessen hörten sie jetzt laute Musik. Es handelte sich um eine Stretch-Limousine, die sich längs vor die Einfahrt des Waldweges gestellt hatte. Die Fenster waren schwarz abgetönt. Eine Tür ging auf und ein Mischmasch aus Musik und Gejohle ertönte.

»Ich schubs die Enten aus dem Verkehr, ich jag die Opels vor mir her. Ich mach Spaß! Ich mach Spaß, ich mach Spaß! Und kost Benzin auch drei Mark zehn, scheißegal, es wird schon geh'n, ich will fahr'n …«

»Nein! Nein! NEIN! Das darf doch nicht wahr sein, verdammt!«, schimpfte Gerald Kugler.

Hans-Ulrich starrte nur ausdruckslos in Richtung der Party-Limousine. Sein Vater hatte recht. Das durfte doch alles nicht wahr sein. Gestern war er noch froh, dass es endlich mit einem Job bei der Luxemburg -Werft geklappt hatte. Ok, es war nur ein Hilfsjob, aber immerhin. Wenn er sich geschickt anstellte, konnte er vielleicht auf eine Festanstellung hoffen. Und jetzt *das* hier. Diesen Schlamassel hätte er sich nicht schlimmer ausmalen können. Er blickte fragend zu seinem Vater, aber der deutete nur mit seinem Zeigefinger zurück ins Führerhaus und sie stiegen wieder ein.

»Was machen wir denn jetzt?«, fragte Hans-Ulrich.

»Ruhe, ich muss nachdenken!«

»Papa, ich muss um sechs Uhr in der Firma sein!«

»Du kannst mich am Arsch lecken mit deiner Scheißfirma!«

»Und wenn wir geradeaus weiterfahren?«

»Das ist eine verdammte Sackgasse, der Weg hört da vorne irgendwo auf!«

»Woher weißt du das …?«

»Halt's Maul!«

Sie schwiegen eine Weile.

»Gib mir mal 'ne Zigarette!«

»Sind im Handschuhfach!«

Kugler öffnete das Handschuhfach vor sich und griff nach der Schachtel Marlboro, die dort lag. Es klopfte an der Beifahrertür.

»Scheiße!«, stieß Uli Kugler aus. Sie schauten beide regungslos nach vorne.

»Wer ist das?«, flüsterte Uli.

»Woher soll ich das wissen, verdammt?«

Nach dem ersten Schrecken öffnete sein Vater vorsichtig die Beifahrertür. Eine etwa fünfzigjährige Frau mit verwischtem Make-Up und völlig zerzauster Frisur schaute ins Führerhaus. Ihr Nylon-Top mit Leopardenmuster verhüllte nur unzureichend ihren ausladenden Oberkörper. Unterhalb ihres Bauchnabels begann ein schwarzer Lederrock, der lediglich den intimsten Bereich einer Netzstrumpfhose bedeckte.

»Kannich auch eine … ham?«, fragte sie krächzend in die Runde, und augenblicklich roch der ganze Innenraum nach Whisky. Eine künstliche Wimper, die nur noch an einem Zipfel hing, fiel herunter.

Die beiden Kuglers starrten die Dame mit einer Mischung aus Faszination und Entsetzen an. Ulis Vater hielt ihr wortlos die Schachtel Marlboro hin und sie bediente sich.

»Habtihr auch Feuer?«

Uli zog ein Feuerzeug aus seiner Hosentasche und zippte es an. Sie beugte sich mit der Zigarette im Mund über Gerald Kuglers Beine und zündete sie an der Flamme an.

»Danke! Ihr swei seid super!«

Vater und Sohn Kugler schauten sich wortlos an.

»Ich heiß Lilo … und ihr?«

»Ich heiße …!«

»Schnauze!«, fiel Gerald seinem Sohn ins Wort.

Lilo verzog beeindruckt ihren Mund.

»Indressant. Son Namen habich auch nochnich gehört. Hicks.« Schweigen.

»Hey, is in Ordnung, wir müssen nich reden! Also hundert für jeden, aber nacheinander und nich in' Po, da hab ich heute schon.«

»Papa, ich …«

»Sei still, lass mich reden!«

Er drehte sich freundlich zu Lilo um und fragte: »Woher des Weges, verehrte Dame?«

»Ha, der war gut!«

Lilo musste herzhaft lachen und fing gleichzeitig fürchterlich an zu husten. Dann zog sie an der Zigarette, die bei ihr offenbar eine hustenstillende Wirkung hatte.

»Na ja, ich war auf so 'ner Party gebucht. Weiße Stretchlimo, alles superschick mit bling-bling! Dann musste ich mal Pipi, bin kurz raus und die Arschlöcher sin einfach weggefahrn … und bezahlt hammse mich auch nich, die Schweine!«

Die Karre ist weg. Verdammt!

Lilo rieb sich die Oberarme.

»Hee Jungs, es is scheißkalt hier draußen!«

Gerald Kugler schnaubte genervt und ließ Lilo in ihre Mitte klettern. Jetzt erst bemerkten sie die riesigen Brüste der Dame. Aufgrund ihres alkoholisierten Zustands und der Enge in der Fahrerkabine gestaltete sich ihr Einzug schwieriger als gedacht. Beim Hinsetzen entwich ihr ein Furz und sie rief: »Uupsi!«

Vater und Sohn schauten sich nur an. Als sie sich nach vorne beugte, um ihre schlammverschmierten Stilettos auszuziehen, gestikulierten die beiden wild hinter ihrem Rücken, was ein bisschen an Gebärdensprache erinnerte. In Worten übersetzt verlief diese Konversation ungefähr so:

Uli: »Was machen wir denn jetzt, o Gott o Gott!«
Gerald: »Woher soll ich das wissen, du Blödmann?«
Uli: »Aber ich muss doch um sechs auf der Arbeit sein!«
Gerald: »Wenn du noch einmal mit deiner beschissenen Arbeit anfängst, hau ich dir eine rein!«
Uli. »Aber …!«

Lilo kam wieder nach oben.

»Sagtma, ihr swei seid schon ne heiße Truppe! Was habtihr denn einglich mittn inner Nacht hier im Wald mit'm Bagger vor?«

Vater Kugler schaute warnend zu seinem Sohn, weil der schon wieder antworten wollte.

»Verehrte Dame, es hat uns wirklich sehr gefreut, Ihre Bekanntschaft zu machen. Aber ich denke, wir werden sie nun leider bitten müssen, wieder zu gehen.«

»Was? Spinnstu? Weißtu wie weit das is?«

»Wo wohnen Sie denn, Frau Lilo?«, fragte Uli.

»Ich wohn in Lechenich.«

»Ach du Scheiße!« – Das kam von Vater und Sohn gleichzeitig.

Gerald Kugler stöhnte und schüttelte den Kopf. Dann schaute er zu Uli und sagte: »Mach den Motor an!«

»Aber …!«

»Ruhe! Motor an!«

»Ihr swei seid super!«

Kapitel 35

Kommissar Martin Offergeld schaute in das leere Grab. Er war extrem schlecht gelaunt an diesem Morgen. Nach einer anstrengenden Spätschicht hatte er gehofft, endlich mal richtig ausschlafen zu können. Leider hoffte er nur bis etwa 6:30 Uhr, als sein Telefon klingelte und er zum Südfriedhof gerufen wurde.

»So, also, was haben wir?«, fragte Offergeld einen Kollegen von der Spurensicherung, der gerade dabei war, ein Stück Reifenspur mit einer speziellen Gipsmischung auszugießen.

»Das ist leider noch schwer zu sagen. Müssen wir auswerten lassen.«

»Irgendein Arschloch hat das Grab heute Nacht ausgehoben und den Sarg geklaut. Höchstwahrscheinlich, um irgendwelche Spuren zu verwischen. Und wir müssen das erst mal alles auswerten lassen? Im Labor? Herr … äh?«

»Greipel.«

»Ah ja, genau, Greipel. Sowas kotzt mich an!«

»Aber ich kann doch auch nichts …«

Das stimmt. Dafür kann der arme Greipel wirklich nichts, dachte der Kommissar.

»Entschuldigen Sie bitte.«

Offergeld machte eine beschwichtigende Geste.

»Tut mir leid, es war ein langer Tag. Bitte machen Sie einfach Ihre Arbeit … hat jemand zufällig Kaffee dabei?«

Mehmet Özkan reichte ihm seine Thermoskanne mit Plastikbecher. Offergeld nickte dankend und goss sich Kaffee in den Becker.

»Die Sache mit diesem Krammer wird immer verrückter. Irgendwas ist hier oberfaul. Und warum merkt eigentlich in dieser Scheißstadt niemand, wenn hier einer einen Sarg ausbuddelt und damit in der Gegend herumfährt?«, dachte Offergeld laut und nahm einen kräftigen Schluck Kaffee. Anton Greipel näherte sich ihm vorsichtig.

»Herr Offergeld?«

»Ja?«

»Es waren zwei.«

»Wie kommen sie darauf?«

»Hier, schauen Sie!«

Greipel zeigte auf einige Fußabdrücke in der Erde.

»Das hier sind die Fußspuren unserer beiden Kollegen vom Bauhof, Herr Lohmeier und Herr Özkan. Aber die übrigen …«

Greipel zeigte nun auf die anderen umliegenden Fußabdrücke.

»Das sind zwei andere Muster.«

Offergeld dachte nach.

»Ok, da sind also zwei Typen mit einem Bagger gekommen, haben das Grab ausgebuddelt, den Sarg rausgeholt … warte mal! So einen Sarg holt man doch nicht einfach mal so aus zwei Metern hoch, wie soll das denn gehen?«

»Na ja …«, Klaus Lohmeier schaltete sich nun ins Gespräch ein.

»Das geht schon«, sagte er. »Mit einem Bagger und ein paar Stahlseilen kann man auch einen Sarg hochheben.«

Lohmeier zeigte in das Erdloch hinunter. Dort lag ein U-förmiger Schäkel[14], den man zum Beispiel an einem Kran im Schiffs- oder Maschinenbau verwenden würde. Wahrscheinlich war er dem Täter heruntergefallen und wurde dort vergessen.

»Bitte sichern Sie alles, was Sie finden!«

»Mach ich, Herr Kommissar.«

»Und ... gute Arbeit!«

Dieses Lob galt sowohl Greipel als auch Lohmeier und Özkan.

Ein jüngerer Kollege in Uniform kam erschöpft und außer Atem hinzu. Er war den Weg vom Parkplatz am Eingang bis hierhin gerannt und hielt sich keuchend die Seite.

»So sportlich unterwegs am frühen Morgen ... was gibt's, Herr Kollege?«

»Kommissar Offergeld?«

»Ja.«

»Es gibt Neuigkeiten.«

---

[14] Mit einem Schraubbolzen verschließbarer Metallbügel zum Verbinden zweier Teile

Kapitel 36

Hans-Ulrich und Gerald Kugler hatten eine anstrengende Nacht hinter sich. Nachdem sie in aller Herrgottsfrüh die betrunkene Lilo vor ihrem Hauseingang abgesetzt hatten, wurde es bereits hell und der Berufsverkehr ging los. Gerald Kugler entschied, den Transporter mit dem Bagger in einem Schuppen auf dem stillgelegten Werksgelände einer ehemaligen Behälterbaufirma im Stadtteil Vochem unterzustellen.

Sie schoben anschließend das große Holztor wieder zu und blickten zeitgleich auf ihre Armbanduhren. Es war 7:15 Uhr.

»Mist, ich bin viel zu spät auf der Arbeit, das gibt Ärger!«

»Meld dich halt krank, du Idiot!«

»So einfach ist das nicht, Papa. Wenn ich dann wirklich mal krank werde, hab ich zu viele Fehltage und dann wird mein Vertrag nicht verlängert.«

»Sag mal, kannst du mal aufhören, immer von deinem dämlichen Hiwi-Job zu quatschen? Guck dir mal die Scheiße an hier! Und dieser Junior-Krammer wird auch immer neugieriger! Wir haben hier andere Probleme!«

»*Du* hast andere Probleme«, sagte Uli leise.

Gerald Kugler schürzte die Lippen.

»Was war das gerade?«

Gerald Kugler griff seinen Sohn am Nacken und kam mit dem Gesicht ganz nah.

»Jetzt hör mal gut zu, Freundchen! Ich hab bis jetzt immer viel Geduld mit dir gehabt. Sehr viel. Aber wenn du jetzt noch ein Wort von deiner Scheißarbeit verlierst, dann ticke ich aus, hast du mich verstanden?«

»Ja.«

»WAS HAST DU GESAGT?«, brüllte Kugler.

»JA, PAPA!«

Er stieß seinen Sohn von sich.

»Na also. Und jetzt verpiss dich und schlaf dich aus!«

»Ja.«

Kugler schaute seinen Sohn verächtlich an. Von seinen strubbeligen Haaren herab bis zu seinen schlammverdreckten Turnschuhen.

»Und wasch dich mal, du stinkst wie ein Iltis. Treffpunkt 19:00 Uhr hier, verstanden?«

Uli nickte nur und ging durch die Werkseinfahrt hinunter zur Straße. Von da waren es noch ein paar hundert Meter bis zur nächsten Bushaltestelle. Er dachte daran, wie es war, als seine Mutter noch lebte. Seine Erinnerungen an sie waren nur bruchstückhaft, aber sehr schön.

Einmal war er mit seinem kleinen Bonanza-Fahrrad in Brennnesseln gestürzt. Er war völlig verheult nach Hause gerannt und sie hatte ihn gleich in die Arme genommen und getröstet, bis es nicht mehr wehtat.

Uli Kugler lächelte und wischte sich die Augen schnell trocken, weil der Bus kam.

Kapitel 37

Ursula Riemann war den Tränen nah. Die Sekretärin des Bürgermeisters hatte am Vortag einen Anruf erhalten, von dem sie dachte, er wäre völlig harmlos. Der Mann am Telefon hatte gesagt, dass er ein alter Schulfreund des verstorbenen Matthias Krammer wäre und sein Grab besuchen wolle. Sie drückte dem Unbekannten ihr Beileid aus und beschrieb ihm wunschgemäß die Stelle von Krammers letzter Ruhestätte.

Da die Beisetzung erst zwei Wochen her war, konnte er davon ausgehen, dass die Stelle noch leicht zu finden sei. Schließlich fügte sie hinzu, dass er sich beeilen müsse, denn eine Exhumierung wäre von der Staatsanwaltschaft angeordnet worden und stand kurz bevor.

Und jetzt hatte sich herausgestellt, dass der unbekannte Anrufer wahrscheinlich der Mörder von Matthias Krammer war, der sie als Informationsquelle benutzt hatte. Ihr war die Sache unendlich peinlich.

Ursel Riemann schnäuzte sich ausgiebig in ein Papiertaschentuch, und Offergeld wartete geduldig, bis sie fertig war.

»Ist Ihnen denn irgendetwas aufgefallen, Frau Riemann? Also, vielleicht an der Stimme, oder hatte der Anrufer einen bestimmten Akzent?«

»Nein, einen bestimmten Akzent hatte der nicht. Er klang ganz normal.«

»Was heißt denn *normal*? Wie war denn die Stimme? Auffallend tief oder vielleicht eine hohe, piepsige?«

»Nein, eher so mittel.«

Offergeld ließ seinen Kopf resigniert nach vorne fallen.

»Also *eher so mittel mit einem normalen Akzent*«, wiederholte er langsam. »Na, das grenzt den Kreis der Verdächtigen ja schon mal stark ein, Fräulein Riemann!«

Ursula Riemann fing wieder an zu weinen.

»Ja, ich weiß es ja auch nicht! Aber der Mann war so schwer zu verstehen.«

»Warum das?«

»Na ja, es war so laut im Hintergrund. So Baustellenlärm.«

Offergeld wurde hellhörig.

»Baustellenlärm? Können Sie das näher beschreiben?«

»Ich war vor ein paar Jahren mal mit ein paar Kollegen bei einem Firmenausflug in einer Schiffswerft. So ungefähr hat sich das angehört. Aber wenn ich gewusst hätte, dass …«

Die Tränen liefen ihr wieder übers Gesicht.

»Na, ist schon gut«, versuchte er sie zu trösten und tätschelte sie am Oberarm. Die Tür ging auf und Bürgermeister Wolters platzte herein.

»Was ist denn hier … ach, hier sind Sie, Fräulein Riemann. Ich habe Sie schon überall gesucht.«

Er schaute den Kommissar und seine Angestellte fragend an.

»Findet hier gerade ein Verhör statt, oder was?«

»Nein«, flunkerte Offergeld. »Fräulein Riemann hat mir nur bei der Einrichtung des Telefaxgerätes geholfen.«

Der Bürgermeister kniff die Augen zusammen und schaute ungläubig.

»Haben Sie etwa geweint?«

»Nein, Frau Riemann ist nur so ergriffen von dieser großartigen neuen Technik, wissen Sie.«

»Ah, das Telefaxgerät. Ja, ein Wunder der Technik, nicht wahr? Man schreibt etwas auf ein Blatt Papier und schwupp – fliegt es durchs Telefonkabel zu meiner Mutter.«

»Ja, genau, ein Wunder der Technik«, gab Offergeld zurück und übernahm unterstützend Wolters Begeisterung. Er hätte auch erwidern können: »Warum schicken Sie Ihrer Mutter Faxe? Sie wohnen doch noch bei ihr«, aber das ließ er lieber bleiben.

»Äh, Fräulein Riemann, wenn Sie hier fertig sind, kommen Sie doch bitte zu mir! Ich hätte noch ein paar Schreiben, die unbedingt heute noch raus müssen.«

Wolters glotzte tief in ihren Ausschnitt, als er das sagte.

»Ja, natürlich, Herr Wolters.«

Offergeld zwinkerte ihr zu, ohne dass es Wolters sehen konnte. Dann drehte er sich zum Bürgermeister und sagte: »Ich denke, wir sind hier schon fertig. Vielen Dank, Frau Riemann, Sie waren mir eine große Hilfe!«

Als die beiden den Raum verlassen hatten, griff er sofort zum Telefon und wählte eine Nummer.

»Herr Greipel? Offergeld hier. Kommen Sie doch bitte mal rüber in mein Büro. Ich glaube, unser Mörder hat einen Fehler gemacht.«

Kapitel 38

»Für dich, Andi.«

F rau Wallmann überreichte Andi das schnurlose Telefon, an
das er sich inzwischen schon fast gewöhnt hatte. Er fand es
zwar immer noch sehr exotisch und spannend, dass das Gerät ganz
ohne Kabel auskam, aber praktisch war das ja schon!

Nur, wer konnte das jetzt sein?

»Andi Krammer?«, meldete er sich mit einem hörbaren Fragezei-
chen am Ende.

»Hallo Andi, hier ist die Mama.«

Auweia! Wie konnte er nur seine Mutter vergessen? Wegen der
Ereignisse der letzten Tage hatte er überhaupt nicht mehr daran
gedacht, dass er ein Zuhause, eine Mutter und eine Schwester
hatte. Schlagartig bekam er ein schlechtes Gewissen.

»Ich wollte nur mal hören, wie's dir so geht«, sprach sie weiter.

»Danke, gut.«

Mehr brachte er in diesem Moment nicht heraus. Er hätte so viel
zu erzählen gehabt, aber er wusste beim besten Willen nicht, wo er
hätte beginnen sollen. Stattdessen fragte er nur: »Und wie geht es
euch?«

Es entstand eine kurze Pause.

»Uns geht's gut, mein Lieber, danke! «

»Schön!«

Wieder Pause. *Bedrückte sie etwas?*

»Du, Andi … ich wollte dir nur sagen, dass es mir leidtut.«

»Was denn?«

»Dass ich … na, dass ich dich mit dem ganzen Kram so allein gelassen hab.«

Ihre Stimme brach am Satzende ab und Andi hörte, dass sie die Muschel mit der Hand abdeckte. Weinte sie etwa? Es stimmte schon – er war enttäuscht, dass er so wenig Unterstützung von zu Hause hatte, aber andererseits … er konnte seine Mutter verstehen.

»Nicht schlimm, Mama. Ich hab hier so weit alles ganz gut im Griff, und außerdem …« Andi schaute zu Frau Wallmann und Lisa, als er weitersprach: »… sind die Wallmanns sehr nett.«

Frau Wallmann grinste breit und verließ augenzwinkernd das Zimmer.

»Wie war denn die Beerdigung?«

»Ach, die war ganz ok. Ich soll dich von Sabine und Bernd grüßen.«

»Oh, danke, das ist lieb!«

Er überlegte kurz, ob er ihr schnell noch erzählen sollte, dass sein Vater in Wirklichkeit ermordet worden war und dass er mitten in einer aufregenden Geschichte steckte. Aber dann verwarf er diesen Gedanken. Es würde genug Zeit geben, alles zu erzählen. Die Vorstellung, wieder nach Hause fahren zu müssen, fühlte sich in diesem Moment unangenehm an. Und was würde dann aus ihm und Lisa …?

»Weißt du denn eigentlich schon, wann du wieder nach Hause kommst?«

Erwischt!

»Noch nicht so ganz genau, Mama. Es gibt hier noch so einiges zu erledigen. Erzähl ich dir dann alles.«

»Ok … na ja, da bin ich mal gespannt. Du hast bestimmt viel zu erzählen, wenn du wieder da bist. Ach, übrigens, ich hab Susanne beim Einkaufen getroffen. Sie hat gefragt, wie's dir geht und was du noch so machst. Ich soll dich lieb grüßen.«

Andi schluckte. Susanne. Ganz schwieriges Thema …

»Danke!«, sagte er nur und beließ es dabei.

»Ja, dann …«, Andi wartete einen Augenblick, aber seine Mutter sprach nicht weiter.

»Ja, dann …«, antwortete er.

»Dann mach's mal gut!«

»Du auch. Ihr auch!«

»Ja, danke.«

»Tschüss.«

»Tschüss.«

Es knackste im Hörer, seine Mutter hatte aufgelegt. Andi fühlte sich ein wenig bedrückt. Es tat ihm leid, dass er sie in den letzten Tagen so vernachlässigt hatte.

»Hey«, sagte Lisa und streichelte ihm über die Haare. »Sie kann das bestimmt verstehen.«

Sie umarmte ihn und küsste ihn auf die Nase.

»Weißt du was?«, fragte sie in einem aufmunternden Tonfall.

»Hmm?«

»Ich bin ganz froh darüber, dass du noch *so einiges* hier zu erledigen hast.«

Andi beschloss, lieber erst mal nichts von Susanne zu erzählen.

Kapitel 39

Ursula Riemann schaltete die Schreibtischlampe aus, stand auf und griff nach ihrem Mantel an der Garderobe. Sie hatte Überstunden gemacht, weil Wolters ihr noch einen ganzen Haufen Arbeit übertragen hatte. Sie ging ein paar Schritte Richtung Tür, dann kehrte sie zu ihrem Schreibtisch zurück und schaltete ihre elektrische Schreibmaschine aus. Vor ein paar Wochen wurden in der Stadtverwaltung die alten mechanischen Schreibmaschinen gegen elektrische ausgetauscht.

Bei dem Gerät mit orange-schwarzem Plastikgehäuse handelte es sich um eine Brother *Electric 3600*. Im Vergleich zu ihrer alten Schreibmaschine, einer *Gabriele 10* von Adler, verfügte dieses Gerät über Ziffern von 1 bis 0, was bedeutete, dass sie für eine Null nicht immer ein großes O verwenden musste. Außerdem reichte ein kurzes Antippen der Taste, und die Typen flogen mit immer der gleichen Kraft auf das Papier, was für ein gleichmäßiges Schriftbild sorgte.

Trotzdem: Sie mochte ihre *Gabriele* und konnte sich mit der neuen Technik nicht so recht anfreunden. Außerdem war die Bedienungsanleitung auf Japanisch, obwohl es sich ihrer Meinung nach bei *Brother* doch um eine englische Marke handeln musste.

Wolters hatte immer wieder betont, dass elektrische Schreibmaschinen die Zukunft seien und kein Weg daran vorbei ginge.

Einmal hatte sie vergessen, sie abends auszuschalten, was dazu führte, dass der eingebaute Transformator überhitzte und ausgetauscht werden musste. Es gab einen Riesenärger und eine zweiwöchige Gehaltskürzung.

Sie schaltete das Licht in ihrem Büro aus und ging auf den Flur. Offenbar war niemand mehr da. Nur die Tür von Wolters´ Büro stand offen.

»Ah, Fräulein Riemann, Sie sind ja noch da!«

Ursula Riemann zuckte zusammen; sie hatte nicht damit gerechnet, dass ihr Chef noch anwesend war.

»Äh … ja. Ich wollte gerade gehen. Auf Wiedersehen, Herr …«

»Hätten Sie vielleicht noch einen kurzen Moment für mich, Fräulein Riemann?«

»Ja … schon. Ich müsste allerdings noch dringend …«

»Bitte! Kommen Sie doch herein!«

Ursula Riemann betrat zögernd das Büro ihres Vorgesetzten und war gespannt, was er von ihr wollte.

»Setzen Sie sich doch bitte, Fräulein Riemann. Oder darf ich Ursula sagen?«

Wolters tänzelte hinüber zu seiner Angestellten und nahm ihr den Mantel ab. Sie war irritiert und wusste nicht, wie sie sich verhalten sollte.

»Wissen Sie … äh … weißt du, Ursula, es gibt ja Situationen im Leben, da muss man Entscheidungen treffen, nicht wahr?«

»Herr Wolters, ich …«

»Heinz. Bitte sag Heinz zu mir, Ursula!«

Ursula Riemann fühlte sich unbehaglich. Ihr Chef konnte zwar ein ausgesprochenes Ekel sein, aber bisher hatte er sich noch nie so merkwürdig verhalten.

»Jetzt setz dich doch bitte!«

Wolters zeigte auf das kleine Zweier-Sofa, das an der Wand stand. *Vielleicht geht es ja um eine Beförderung,* dachte die junge Frau und setzte sich unsicher auf das Sofa. Wolters pflückte eine Flasche Prosecco und zwei Gläser aus seinem Schreibtisch und setzte sich neben sie.

Mit einem lauten *Fffump* knallte der Sektkorken an die Bürodecke, und bevor der Schaum aus der Flasche überlaufen konnte, schenkte er das Getränk in beide Gläser ein.

»Hier, bitte sehr!«, sagte Wolters gut gelaunt und reichte ihr ein Glas. »Auf unsere hervorragende Zusammenarbeit, liebe Ursula!«

Seine Sekretärin lächelte höflich und nippte am Glas. Dann stellte sie es auf dem kleinen Tisch vor sich ab.

»Was genau meinten Sie denn mit *Entscheidungen*, Herr Wolters?«

»Ja, also, es ist so«, er räusperte sich.

»Sie sind … du bist ja nun schon einige Jahre hier und … ich habe mich gefragt, ob wir unsere Zusammenarbeit in Zukunft nicht lieber noch etwas … vertiefen sollten.«

»Wie meinen Sie das?«

»Sag doch bitte Heinz! Ja, also, es ist doch so …"«

Wolters berührte mit seinem rechten Bein das linke Bein seiner Mitarbeiterin und streichelte mit dem Zeigefinger über ihre Strumpfhose. Ursula Riemann erstarrte und traute sich nicht, sich zu bewegen oder etwas zu sagen, als Wolters Blick ihre Brüste fixierte.

»Ich will es mal so ausdrücken, Ursula: Ich könnte deine Position hier im Amt deutlich verbessern, das ließe sich leicht einrichten. Schließlich bin ich der Bürgermeister, wenn du verstehst, was ich meine.«

Er drehte sich nun ganz zu ihr und krabbelte mit seiner Hand unter ihren Rock. Sie fühlte sich kalt an, doch sein Gesicht schwitzte und er atmete schwer. Dann zupfte er ungeschickt am Bund ihres Slips. Sie drückte sich immer tiefer nach hinten in die Polsterung, als sie spürte, wie seine Finger unter ihrem Rock immer zudringlicher wurden.

»Aber ich … Herr Wolters!«

Sie brachte keinen Satz zustande und war damit beschäftigt, seine plumpen Annäherungsversuche abzuwehren. Einfach aufzustehen und wegzulaufen, das kam irgendwie nicht infrage. Sie wollte lieber versuchen, der Situation geschickter zu entkommen, denn sie sah ihren Job in Gefahr.

Er kippte sein Glas Prosecco mit einem Schluck hinunter, stellte es mit der Faust auf den Tisch und schnaufte nun wie ein notgeiler Primat.

»Schätzchen, jetzt zier dich doch nicht so! Du willst das doch auch!«

Dann packte er die junge Frau mit beiden Händen und versuchte gleichzeitig, ihr die Bluse aufzureißen. Sie schrie auf, aber der Schrei erstickte im Nichts. Da kam ihr ein Gedanke: War der Kommissar vielleicht noch in seinem Büro? Das konnte die Rettung sein, wenn sie nur laut genug kreischen würde!

Doch Wolters schien ihre Gedanken zu lesen und hielt ihr mit der flachen Hand den Mund zu.

»Halt bloß dein Maul! Du machst jetzt, was ich dir sage!«

Wolters war außer sich vor Erregung. Er riss seinen Gürtel auf und versuchte, seine Hose zu öffnen und ihre Bluse aufzuknöpfen, während er gleichzeitig seine Angestellte fixieren und ruhigstellen musste. Das war mindestens eine Hand zu wenig! *Warum ist das so kompliziert,* dachte er. *Es muss doch irgendwie gehen!*

»Scheiße, verdammt! Jetzt mach endlich, du Miststück!«

Ursula Riemann nahm all ihren Mut zusammen und riss sich aus seiner Umklammerung. Sie sprang vom Sofa hoch und versuchte, auf der anderen Seite am Couchtisch an ihm vorbeizukommen. Doch er war schneller und bekam sie wieder zu packen. Dabei knickte sie mit einem Fuß um, so dass der Absatz eines ihrer Pumps abriss und unter die Couch geschleudert wurde. Wolters presste seine Hand wieder auf ihr Gesicht, um ihr Geschrei abzudämpfen. In ihrer Not biss sie zu, so fest sie konnte. Der Bürgermeister heulte vor Schmerz auf und ließ sie los. Er wollte hinter ihr herlaufen, aber ein Wadenkrampf lähmte sein Bein.

Weinend rannte sie zur Tür hinaus auf den Flur. Weil ihr linker Pumps keinen Absatz mehr hatte, rutschte sie auf dem spiegelglatten Holzboden im Flur immer wieder aus. Ihre Bluse war zur Hälfte aufgerissen und blutverschmiert, aber das war jetzt egal.

»Hilfe! Hilfe!«, rief sie schrill und ihre Stimme hallte von den Wänden zurück. Sie stemmte sich gegen die Tür von Kommissar Offergelds Büro, doch die war verschlossen.

»Oh nein!«, jammerte sie verzweifelt und rannte wieder zurück Richtung Ausgang. Wolters Bürotür stand immer noch offen, aber er war nirgends zu sehen. Gottseidank!

Sie humpelte noch ein paar Schritte weiter und griff hektisch nach der Türklinke des rettenden Ausgangs. Entsetzt stellte sie jedoch fest, dass dort ebenfalls abgesperrt war. Die Stadtverwaltung war eine verdammte Falle! Sie schrie ein letztes Mal auf, als sie zwei kalte Hände von hinten an ihrem Hals spürte.

»Jetzt halt doch dein blödes Maul, du …!«

Ihr Kopf wurde ein paarmal hart gegen die Wand geschlagen. Dann war es still.

Kurz darauf glotzte der Bürgermeister mit weit aufgerissenen Augen auf seine zitternden Hände.

Was ist passiert? Was ist über mich gekommen? Oh mein Gott! Oh Scheiße!

Wolters wimmerte leise. Die Riemann hätte ihn verraten, soviel war klar. Sein Leben wäre vorbei gewesen, soviel war klar. Warum hatte sie nicht einfach getan, was er von ihr verlangt hatte? Dann wäre doch alles gut. Er dachte nach. Nein, gar nichts wäre gut! Er musste irgendwas tun. Jetzt.

Kapitel 40

»Da steht kein Name an der Klingel.«
»Was? Das gibt's doch nicht. Wohnt da etwa niemand?«

Lisa zuckte mit den Schultern. Andi drückte mehrmals auf den Klingelknopf, aber es rührte sich nichts. Jetzt ärgerte er sich, dass sie erst so spät in Bröhlheim losgefahren waren. Die Dämmerung war bereits hereingebrochen und die Straßenlaternen schalteten sich klimpernd ein. Es war so gut wie kein Verkehr auf der Straße.

Schon komisch, dachte Andi. Früher war ihm diese Straße viel breiter vorgekommen.

Er versuchte, irgendwas durch das Fenster im Erdgeschoss zu erkennen, wo früher mal ihr Esszimmer gewesen war, aber die Jalousien waren blickdicht heruntergezogen. Er schaute Lisa zu, die sich gerade gebückt hatte, um durch den Briefschlitz in den Flur zu schauen.

»Vielleicht von hinten!«, rief Andi aufgeregt.

Lisa fuhr erschrocken herum.

»Bitte?«

Andi wurde seine doppeldeutige Formulierung schlagartig bewusst und er räusperte sich.

»Ich meine, vielleicht können wir von hinten irgendwas sehen. Es gibt dort ein kleines Gässchen, komm mit!«

Sie liefen etwa hundert Meter bis zu einer Straßenkreuzung, bogen dort nach links ab und kamen nach weiteren rund fünfzig Metern an einem Gässchen an, dessen Eingang fast komplett von einem Gebüsch zugewachsen war.

Der Weg verlief etwa siebzig Meter parallel zur S-Bahn und bot Zugang zu einigen Gartenanlagen der Anwohner sowie zu einem Barackenkomplex, der früher einmal einem Kaninchenzüchter gehört hatte. Inzwischen waren die Wände der Holzbaracken komplett verwittert beziehungsweise überhaupt nicht mehr vorhanden. Der Weg war nicht beleuchtet und Lisa fürchtete sich, weil es so dunkel und eng dort war. Aber Andi nahm ihre Hand und sagte: »Voilà – wir sind schon da.«

Lisa schaute durch das verrostete Gartentor, das nur noch an einem einzigen Scharnier hing. Links führte ein schmaler Plattenweg hoch zum Haus und auf der rechten Seite war wohl früher mal eine Wiese gewesen. So genau konnte sie das aber nicht beurteilen, weil dort praktisch alles wild überwuchert war. Außerdem versperrten die hohen Pflanzen und Büsche den größten Teil der Sicht auf das Haus, das aus dieser Perspektive … gruselig aussah.

»Lass uns wieder gehen, ja?«, sagte Lisa zu Andi und zog an seinem Arm.

»Jetzt warte doch mal! Hier – guck dir das an!«

Andi drückte mit seinem Zeigefinger gegen eine Ecke des Gartentores, das daraufhin diagonal zur Seite wippte.

»Das war leicht«, Andi ging gebückt durch das Tor ein paar Schritte in den Garten. Lisa gestikulierte aufgeregt.

»Spinnst du? Du kannst doch nicht einfach da reingehen!«

»Warum denn nicht? Ich hab hier mal gewohnt.«

»Aber jetzt nicht mehr! Komm, lass uns bitte gehen!«

»Lisa, ich will hier mal nachsehen. Das ist wirklich sehr wichtig!«

»Oh mein Gott. Ich hab Angst, Andi!«

»Jetzt komm schon, ist doch nicht schlimm! Ich bin ja bei dir, es kann nichts passieren.«

Sie schlichen den schmalen Gartenweg hinauf Richtung Haus. Als sie oben waren, konnten sie erkennen, dass hier offenbar schon länger niemand mehr gewohnt hatte. Am Küchenfenster erkannte er die alten Vorhänge. Allerdings war die Gardinenstange auf einer Seite heruntergefallen und hing schief. Andi wurschtelte an einem Blumentopf mit einer verwelkten Petunie herum.

»Kannst du mir bitte mal sagen, was …?«

»Tadaaa!«, rief er und hielt einen rostigen Schlüssel in der Hand, der in der Blumenerde versteckt war.

»Super Versteck, oder?«

»Ganz toll! Andi, ich will hier nicht sein! Ich hab Angst!«

»Bitte, Lisa! Ich muss es herausfinden. Ich hab das Gefühl, dass es wirklich sehr wichtig ist. Und außerdem … wo ist denn dein Sinn für Abenteuer?«

Er zwinkerte ihr lächelnd zu.

»Sehr witzig, Schlaumeier!«

Kapitel 41

Heinz Wolters zitterte am ganzen Körper und kalter Schweiß stand ihm auf der Stirn.

Er wirkte wie ein gejagtes Tier und schaute hektisch bei jeder roten Ampel aus dem Fenster seines hellgrünen VW Passat Variant. Erst allmählich wurde ihm bewusst, was geschehen war – was er getan hatte. Er blickte nach hinten auf die Ladefläche. Mit einer blauen Autodecke hatte er die Tote notdürftig abgedeckt, doch bei jeder Erschütterung wurde ein Stück mehr von seiner Ex-Angestellten sichtbar. Ein Fernlicht blendete auf und er riss das Steuer im letzten Augenblick nach rechts. Beinahe wäre er mit einem Golf zusammengestoßen; im Vorbeifahren hörte er dessen Hupe im Dopplereffekt.

Wolters´ Gedanken rasten. Was um Himmels willen sollte er jetzt mit der Leiche machen? Sie musste verschwinden, aber wohin? Zum Glück hatte er einen Klappspaten aus seinem Gartenhäuschen im Auto. Nur, wo konnte man in den frühen Abendstunden einen toten Körper vergraben?

Er kam an einem großen Hinweisschild mit der Aufschrift *Traumland* vorbei. Ja, natürlich! In dieser waldreichen Region am südlichen Rand der Stadt müsste es doch irgendwo einen geeigneten Ablageort geben!

Wolters fuhr auf der Traumlandstraße am Vergnügungspark vorbei in Richtung der Villewälder. Hier war nur wenig Verkehr und er konnte langsamer fahren, als er musste. Er hielt Ausschau nach einem Weg, der in den Wald hineinführte. Eine Sirene schreckte ihn auf. Im Rückspiegel sah er ein Polizeiauto, das sich mit Blaulicht näherte. Seine Hände verkrampften sich und er zog das Steuer nach rechts Richtung Straßenrand. Der Polizeiwagen überholte und fuhr weiter.

Wolters machte eine Vollbremsung. Direkt vor ihm stand ein Schild, auf dem »Parkplatz Rahmbusch« stand. Ein Wanderparkplatz, das passte gut! Er setzte den Blinker und fuhr nach rechts auf den leeren Platz. Neben einer großen Wandertafel führte ein Weg in den Wald, der auch für den Forstverkehr genutzt wurde, was die tiefen Furchen im Matsch verrieten. Er schaltete das Licht aus und rollte in den Waldweg hinein. Hier war es schon dunkel und er musste sich konzentrieren, um nicht versehentlich im Graben zu landen.

Nicht auszumalen …

Nach einigen hundert Metern blieb er stehen, schaltete den Motor aus und schaute in den Rückspiegel. Niemand zu sehen. Gerade wollte er aussteigen, als er ein leises Stöhnen hörte. Sein Blut gefror, als er auf die Ladefläche schaute. Die Decke bewegte sich.

»Scheiße! Scheiße! Scheiße!«, brüllte er. *Warum ist die blöde Kuh noch nicht tot? Das darf doch alles nicht wahr sein, verdammt!*

Entsetzt und wütend zugleich stieß er die Fahrertür auf, rannte um sein Auto herum und riss die Heckklappe auf. Hektisch griff er nach dem Klappspaten und holte aus … dann zögerte er. Die Autodecke lag ruhig auf der Toten. Er horchte, aber es war völlig still. Vorsichtig klappte er die Decke ein Stück zur Seite um und zog seine Hand schnell wieder weg. Mit der rechten Hand holte er wieder mit dem Klappspaten aus und mit der linken stupste er gegen Ursula Riemanns Knöchel. Wolters atmete erleichtert aus. Alles gut. Nur ein kleiner Streich seines Gehirns.

Er zog die Tote zur Hälfte aus seinem Kombi heraus und setzte ihre Füße auf dem Waldweg ab. Dann beugte er sich ins Wageninnere und hob ihren Oberkörper an. Als ihm schlagartig bewusst wurde, *was* er da gerade machte, stieß er einen dumpfen Schrei aus und sprang nach hinten weg.

»Oh mein Gott! Scheiße, Scheiße, Scheiße, verdammt!«

Er schaute sich um. War da ein Geräusch? Nein, nur das Rascheln eines Vogels im Blattwerk. Er musste seinen Kopf ausschalten, anders würde es nicht gehen.

»Reiß dich zusammen, verdammt!«, wies er sich selbst zurecht und unternahm einen zweiten Versuch. Er wuchtete die Tote auf seine Schultern und stapfte wankend und schwer atmend in den Wald. Nach etwa zwanzig Metern musste er eine Pause machen. Er konnte nicht mehr. Er ließ Ursel Riemann zu Boden gleiten und schnappte nach Luft. *Früher war ich auch mal sportlicher,* dachte er. Er sollte mal wieder zum Tennisspielen gehen. Seine Sporttasche müsste doch auch noch irgendwo sein. Wahrscheinlich oben auf dem Dachboden. Zumindest hatte er sie dort zum letzten Mal …

Konzentrier dich, du Trottel! Du hast hier eine Aufgabe!

Aber ich hab so was noch nie gemacht, was muss ich tun?

Du Weichei! Du Versager! Versteck sie!

Aber wie denn? Ich kann das nicht!

Er schaute verzweifelt hinunter auf den Körper der toten Frau und senkte die Schultern. Dann nahm er ein paar Äste und Blätter und legte sie halbherzig auf die Leiche. Als er selbst der Meinung war, dass es reichte, erhob er sich und lief erleichtert zurück zum Auto. *Jetzt nur noch raus aus diesem Wald, dann wird alles gut!*

Wolters ging zu seinem Auto und bemerkte, dass die Heckklappe noch offenstand. *Hoffentlich ist niemand in der Zwischenzeit hier vorbeigegangen und hat Verdacht geschöpft,* betete er und zog die Klappe schnell herunter.

Als er sich umdrehte, fuhr er vor Schreck zusammen. Auf dem Weg hinter ihm stand ein Auto.

Kapitel 42

Der Schlüssel drehte sich zweimal, dann ließ sich die Hintertür öffnen. Andi und Lisa befanden sich nun in der alten Waschküche im Keller. An der Wand stand ein massives Holzpodest. Früher hatte hier einmal ein großer Emaille-Zuber draufgestanden, mit dem man – beziehungsweise Frau – die Wäsche waschen konnte. Ein Wäschestampfer mit Holzstiel und einem seltsam geformten Kopf aus Zink stand daneben. An den Wänden bröckelte der Putz und die Luft roch modrig. Es wurde schlagartig hell.

»Hey, hier geht ja noch das Licht! Ja, Wahnsinn!«

Andi öffnete eine alte Holztür, die zu einem weiteren Kellerraum führte, wo die Treppe war. Auch hier funktionierte das Licht noch.

»Guck dir DAS an!«

Andi zeigte auf ein Regal, auf dem bestimmt mehr als hundert etikettierte Einmachgläser standen.

»Das ist Brombeermarmelade. Die Brombeeren haben wir – also meine Mutter, meine Schwester und ich – damals eimerweise gepflückt und meine Mutter hat daraus Marmelade gemacht. Die ganzen Sommerferien sind dabei draufgegangen, aber es hat Spaß gemacht.«

»Brombeermarmelade, sagst du?«

Lisa hielt ein Glas ins Licht. Der Inhalt hatte eine grauweiße Färbung. Andi schaute enttäuscht.

»Oh. Schade drum. Die war sehr lecker, glaub mir!«

Da schrie Lisa plötzlich laut auf und klammerte sich zitternd an Andis Arm fest. Sie starrte entsetzt auf eine Ecke unter dem Regal mit den Einmachgläsern. Eine halb skelettierte Katze lag dort mit ihren zwei Jungen, die ebenfalls tot neben ihrer Mutter lagen. Offenbar hatte das Tier die Jungen dort zur Welt gebracht und war dann nach ein paar Tagen gestorben. Die Kätzchen hatten keine Chance. Sie waren bei ihrer Mutter geblieben und elendig verhungert.

Andi nahm Lisa in den Arm und streichelte ihr über den Rücken.

»Sie sind hiergeblieben und zugrundegegangen. Das Gleiche hätte uns auch passieren können«, murmelte er leise und mehr zu sich selbst. Er küsste Lisas Nacken.

»Schau nicht da hin, komm mit!«

Er nahm ihre Hand und ging voraus, die Treppe hinauf. Dort oben gab es wieder eine Tür. Jetzt waren sie im Erdgeschoss. Lisa zeigte auf die Haustür und Andi nickte. Erst vor wenigen Minuten hatten sie sich dort noch auf der anderen Seite befunden. Vom steingefliesten Hausflur führte eine Holztreppe nach oben. Im Erdgeschoss waren früher die Küche und das Esszimmer, das ab und zu von seinen Eltern auch als Partyraum genutzt wurde.

Die Stufen der Holztreppe knarzten laut. Auf halber Höhe war ein Treppenabsatz, von wo aus es rechts ins Bad und weiter geradeaus ins Elternschlafzimmer ging. Andi konnte sich noch gut erinnern, dass er hier auf diesem Absatz oft gesessen hatte.

Ihre Hündin Dina hatte es sich dort regelmäßig bequem gemacht. Wahrscheinlich, weil es im Treppenhaus schön kühl war. Aber vielleicht auch deshalb, weil sie dort ihre Ruhe hatte. Wer die Treppe benutzte, musste hier über einen ausgewachsenen Bernhardiner hüpfen, das war völlig normal.

Sie gingen weiter die Treppe hinauf. Vor lauter Angst drückte Lisa Andis Hand so fest, dass sie schon wehtat, aber er beschwerte sich nicht. Stattdessen sagte er ruhig: »Und hier haben der kleine Andi und die kleine Christiane ihr Kinderzimmer gehabt.«

Er öffnete die Tür – und staunte. Alles war fast noch genauso wie damals. Andi schaltete das Licht an.

Der ganze Raum war zwar verstaubt und durcheinander, aber die Kinderzimmermöbel waren alle noch da. Sogar seine Stofftiere lagen noch im Bett. Der Umzug damals ging holterdiepolter vonstatten. Es gab einfach keine Zeit, das ganze Unterfangen großartig zu planen.

Andi schaute sich um. Selbst die Tierposter aus der Apothekenzeitung *medi&zini* hingen noch an den Wänden. Das war pures Nostalgiekino! Lisa hob ein Plastiknetz mit Bocciakugeln auf und legte es auf ein Regal.

»Lass ruhig! Du brauchst hier nicht aufzuräumen«, scherzte Andi.

»Da fehlt eine«, sagte sie.

»Was fehlt?«

»Da fehlt eine Kugel. Normalerweise müssten es acht sein.«

»Hahaha, ja, dann such mal, viel Spaß!«, lachte Andi und blätterte in einem alten Schulheft, das auf dem Schreibtisch lag.

»Kannst du mir bitte mal sagen, wonach *du* hier eigentlich suchst?«

»Tja, wenn ich das wüsste …«, gab Andi achselzuckend zurück. »Mein Vater hat mir im Traum gesagt, dass ich hier hinkommen soll. Glaub mir, das war so *real* und … na ja, auch ein bisschen gruselig, ich geb's ja zu!

Aber irgendwie werde ich das Gefühl nicht los, dass hier ein wichtiger Hinweis versteckt ist, ich kann es auch nicht erklären. Vielleicht ist das alles hier auch total blödsinnig, aber ich würde es mir ewig vorwerfen, wenn ich es nicht wenigstens versucht hätte.«

»Ok, das versteh ich. Und wo geht's hier rein?«

»Hier war unser Wohnzimmer«, Andi öffnete die Tür. Dort war
es dunkel und die Luft roch abgestanden. Andi leuchtete mit seiner
Taschenlampe in den leerstehenden Raum hinein, wo nur die hel-
len Stellen an der Tapete und am Fußboden daran erinnerten, dass
hier früher einmal Möbel gestanden hatten. Andi erinnerte sich:
Hier fand seine sexuelle Aufklärung statt.
Ha! Nein, nicht wirklich …!
Es war eher eine peinliche Veranstaltung seines Vaters, als im
ZDF gerade die Quizsendung »Der große Preis« lief. Er drehte zur
Überraschung aller die Lautstärke des Fernsehers herunter und
fasste ihrer Mutter unvermittelt an die Brust. Dann forderte er die
Kinder auf, Fragen zum Thema Sexualität zu stellen. Da Andi zu
diesem Zeitpunkt längst umfassend durch seine Mutter, seine
Freunde, die Schule und die *Bravo* aufgeklärt worden war, verlief
der Sexualkunde-Unterricht seines Vaters kommentarlos im Sand.
Der Fernseher wurde wieder auf laut gestellt und Loriots Zeichen-
trickhund *Wum* rief »Thöööööölke!«.
Andi leuchtete mit der Taschenlampe hoch zur Decke und Lisa
folgte dem Lichtschein.
»Was ist *das* denn?«, fragte sie, als sie den riesigen blauen Fleck
sah.
»Zaubertinte«, antwortete Andi und schloss die Tür wieder.
»Lass uns mal nach oben gehen.«
Sie verließen das Wohnzimmer und gingen die Treppe hinauf ins
oberste Stockwerk. Dort war ein großer Raum, der damals von ihm
und seiner Schwester als Spielzimmer genutzt wurde. Hier hatten
sie zusammen ganze Dörfer und Landschaften aus Legosteinen er-
schaffen. Später kam noch eine Carrerabahn hinzu, die er zu Weih-
nachten von seinem Patenonkel geschenkt bekommen hatte. Das
Fenster in der Dachgaube bot außerdem einen wunderbaren Aus-
blick über die Straße. Dieses Zimmer war für ihn damals ein

kleines Paradies gewesen, und dementsprechend erwartungsvoll stand Andi nun davor.

Sie öffneten die Tür und traten ein. Der Raum war völlig leer; es gab dort nichts mehr. Die Tapete war teilweise herabgerissen worden, als hätte jemand lustlos begonnen, dort zu renovieren. Andi war enttäuscht, aber hatte er wirklich erwartet, dass nach den vielen Jahren tatsächlich alles noch genauso war wie früher?

Als er etwa acht war, hatte er hier auf dem Fußboden mit seinem alten Plattenspieler zum ersten Mal *Heartbreak Hotel* von Elvis Presley gehört. Er mochte diesen Blues und die coole Art, wie Elvis ihn sang. Anstelle von *I'll be so lonely, I could die* hatte er allerdings immer »Eibi so loni, Nackedei« mitgesungen. Dass es in dem Lied offenbar um einen Nackten in einem Hotel ging, hatte er damals nicht weiter hinterfragt. War halt so.

»Und was ist hier drin?«, fragte Lisa und zeigte auf die Tür links daneben. Andi schluckte. Schon damals hatte er Angst vor diesem Dachbodenzimmer gehabt. Es war irgendwie unheimlich!

Na ja, andererseits – was soll schon passieren, dachte Andi. *Ich bin ja kein Kind mehr.* Er atmete tief ein und öffnete die Tür. Sie klemmte in der Mitte auf einer Bodenwelle und er musste mit einem kräftigen Ruck nachhelfen. Er griff über seine linke Schulter und drehte am Knebel des alten Bakelit-Lichtschalters. Es klickte, aber es blieb dunkel. Nur der Mond schien durch das kleine Dachfenster und tauchte den Raum in ein samtig-mystisches Licht.

»Auweia! Hier ist ja seit Ewigkeiten nicht aufgeräumt worden«, beschwerte sich Lisa und wischte sich angeekelt einige Spinnweben aus dem Gesicht.

»Hmm, stimmt. Eigentlich nie.«

Andi schaute sich um. Viel erkennen konnte man hier nicht.

»Oh, der Koffer …!«

Andi hielt einen alten braunen Reisekoffer hoch.

»Was ist damit?«, fragte Lisa.

»Hmm … hatte das blöde Ding schon ganz vergessen.«

Er schaute missmutig auf das zerbeulte Behältnis.

»Wieso, was ist los?«

»Ach, nicht so wichtig. Kinderkram …«

Lisa ließ sich damit nicht abspeisen. Irgendwas bedrückte ihn, das spürte sie.

»Jetzt sag schon!«

»Ok. Ich hab irgendwann angefangen, alles Schlechte … also Sachen, mit denen ich schlechte Erinnerungen verbunden hab, in diesen Koffer hier zu legen. Wahrscheinlich hab ich gehofft, dass ich das alles so aus meinem Kopf bzw. aus meinem Leben verbannen kann. Na ja … hat ja super funktioniert.«

»Was ist da drin?«, fragte Lisa.

»So genau weiß ich das auch nicht mehr. Ich fürchte, ich muss das gute Stück aufmachen, um es herauszufinden.«

Lisa schluckte, aber der Knoten in ihrem Hals machte es ihr schwer. Andi legte den Koffer auf den Boden und schob die beiden Schnappriegel zur Seite.

Es machte »Plllrrrr« und die Riegel sprangen gleichzeitig auf. Lisa schaute gespannt hinein und war auf das Schlimmste gefasst. Was der Koffer jedoch offenbarte, sah ziemlich unspektakulär aus. Der Inhalt bestand aus ein paar alten Schulheften, Briefen, Spielsachen, Fotos und einer Gürtelschnalle. Andi verzog das Gesicht. Abschätzig betrachtete er die Gegenstände und sagte: »Hey … da seid ihr ja wieder!«

Lisa streichelte seinen Arm.

»Ist bestimmt gut, dass du die Sachen wiedergefunden hast. Ich glaub, wenn man wirklich über etwas hinwegkommen will, muss man sich den Dingen stellen.«

»Wahrscheinlich hast du recht. Na ja, aus heutiger Sicht war das alles Pipifax. Vielleicht kam es mir damals nur so schlimm vor.«

»Andi, das *war* schlimm!«

Sie streichelte seinen Arm und schaute gedankenverloren in den Koffer.

»Was ist denn das?«

Lisa nahm ein Briefkuvert aus einer Tasche des Innenfutters heraus und gab es ihm. Er öffnete es und zog eine Glückwunschkarte heraus. Neben einem Bibelvers stand darauf handschriftlich:

»Herzlichen Glückwunsch zur hl. Kommunion! Gerald Kugler.«

Er schaute verwundert auf die Karte.

»Die hab ich damals zur Kommunion bekommen, aber wir wussten nicht, wer dieser Gerald Kugler ist. Komisch, dass die jetzt wieder auftaucht.«

Andi steckte die Karte wieder in den Umschlag und diesen in seine Jacke.

Lisa umarmte und küsste ihn auf die Wange. Er drehte sich zu ihr und ihre Münder berührten sich zart. Sie leckte mit ihrer Zunge sanft seine Lippen. Und dann erlebte Andi seinen ersten *richtigen* Zungenkuss. Es fühlte sich im ersten Moment seltsam an, aber es gefiel ihm. Und wie! Ihre Zungen drehten sich anfangs noch unbeholfen gegeneinander, doch nach einigen Sekunden umspielten sie sich im gleichen Rhythmus. Mit Susanne hatte er auch schon rumgeknutscht, aber das hier war etwas völlig anderes. Er streichelte Lisa sanft über ihre Brüste. Lisa stöhnte leise auf. Ein Stockwerk tiefer schepperte es laut.

»Was war das?«

Lisas Gesicht war starr vor Schreck.

Andi horchte nach unten. Jetzt hörten sie ein dumpfes, rollendes Geräusch.

»Oh mein Gott, was ist das?«, flüsterte sie.

Was sie dann hörten, ließ ihnen das Blut völlig in den Adern gefrieren. Ein dumpfer Knall kam von der Treppe unter ihnen. Und noch einer. Wieder einer. Und wieder. Insgesamt zählten sie fünfzehn laute und dicht aufeinanderfolgende Schläge, dann war es still. Minutenlang saßen sie wie erstarrt da und horchten, aber es blieb ruhig. Keiner der beiden traute sich, etwas zu sagen. Irgendwann stand Andi auf, denn seine Beine taten weh vom Hocken. Er schüttelte sich.

»Ich schau nach, Lisa. Bleib du hier oben!«

Andi versuchte, möglichst mutig zu klingen, aber besonders überzeugend war das nicht.

»Spinnst du? Du glaubst doch nicht etwa, dass ich in diesem Horrorhaus allein hocken bleibe. Hilf mir mal!«, forderte Lisa und ließ sich von Andi hochziehen.

Sie schlichen Stufe für Stufe die Treppe hinab, die unerbittlich laut knarzte. Die Kinderzimmertür stand offen und beide dachten das Gleiche: *Hatten sie die Tür nicht eben zugemacht?* Er schaute vorsichtig um die Ecke, aber niemand war zu sehen.

»Komm, weiter!«

Auf der Treppe runter zum Erdgeschoss machten sie keinen Mucks und horchten aufmerksam. Aber das einzige Geräusch war das laute Knarzen der Treppe. Dann blieb Andi abrupt stehen und hielt Lisa fest.

»Was zum …?«

Auf den Steinfliesen im Hausflur lag eine blaue Bocciakugel. Das war also die Ursache für das Gepolter! Andi hob sie auf und betrachtete sie.

»Da hast du deine fehlende Boccia…«

Was ist denn DAS?

Für eine Sekunde konnte er auf der Kugel in seiner Hand deutlich die Worte »*VERZEIH MIR*« lesen, aber sie verschwanden sofort wieder. Es war die Handschrift seines Vaters, kein Zweifel!

Er schaute Lisa an und nahm ihre Hand.

»Lass uns von hier verschwinden! Ich glaub, ich hab gefunden, wonach ich gesucht habe.«

Kapitel 43

»Fahr da rein!«

Uli Kugler gehorchte widerwillig und steuerte den Transporter in die angezeigte Richtung. Sie hatten das Fahrzeug am frühen Abend wieder aus dem Schuppen der ehemaligen Firma Schlemmer herausgeholt. Den Anhänger mit dem Bagger hatten sie dort gelassen, er wurde nicht gebraucht beziehungsweise er störte nur. Uli hatte den ganzen Tag auf seiner Couch gelegen und versucht zu schlafen. Wo sein Vater sich herumgetrieben hatte, wusste er nicht; er fragte auch lieber nicht danach. Gerald Kugler bestand darauf, zurück zum Wanderparkplatz Rahmbusch zu fahren, obwohl Uli dies für eine schlechte Idee hielt. Dieses Mal fuhren sie aber ein ganzes Stück weiter in den Wald hinein.

Hans-Ulrich Kugler trat fest auf die Bremse.

»Was ist?«, fragte sein Vater verwundert.

Uli zeigte wortlos nach vorne. Etwa fünfzig Meter vor ihnen stand ein hellgrüner VW Passat mitten auf dem Weg. Fahrertür und Heckklappe standen offen, aber es schien niemand im oder beim Fahrzeug zu sein.

»Was ist denn da los?«, murmelte Gerald Kugler. Die Frage ging an sich selbst.

»Ich weiß auch nicht. Wer ist das?«

»Halt die Klappe! Ist doch egal, wer! Aber wir dürfen uns hier auf keinen Fall blicken lassen.«

Da kam ein älterer untersetzter Mann aus dem Wald und schloss die Heckklappe seines Autos. Als er sich umdrehte, bemerkte er erschreckt den Transporter.

»Sofort weg hier!«

»Wie, weg?«

»Drehen! Los jetzt!«

»Na toll, wie soll ich denn hier drehen?«

»Dein Problem! Mach was, du Idiot!«

Hans-Ulrich legte wütend den Rückwärtsgang ein. Der Weg war zwar gut ausgebaut, aber ein Wendemanöver mit einem Transporter schien hier unmöglich.

»Scheiße, das geht nicht!«

»Weg hier! Sofort! Gib Gas!«

»Ok, wie du willst!«

Uli trat wütend bis zum Anschlag aufs Gaspedal und der Rückwärtsgang heulte auf. Durch das kleine Heckfenster konnte er in der Dunkelheit kaum was erkennen. Der Weg machte eine langgezogene Linkskurve und der Transporter begann heftig zu schlingern.

»Lenken! Lenken!«

Uli drehte bei vollem Tempo am Lenkrad und betete, dass es ungefähr passt.

»Zu weit rechts! Halt! Aaaaaah!«

Es raschelte laut, dann wurden sie wild durchgeschüttelt. Gerald Kugler stieß mehrere Male mit dem Kopf gegen das Dach. Das Lenkrad wurde Uli aus der Hand geschlagen und er trat schreiend auf die Bremse. Dann ein dumpfer Knall – und Stille.

Benommen drehte er sich zu seinem Vater um, der am Kopf blutete. Uli versuchte, die Tür zu öffnen, doch sie klemmte. Mit beiden Beinen trat er gegen die Beifahrertür, bis sie schließlich aufsprang. Er kletterte über seinen Vater und stand wenig später auf dem weichen Waldboden.

»Scheiße! Scheiße! Verdammte Scheiße!«

Sein Vater kam nun ebenfalls heraus. Er war wackelig auf den Beinen und hatte Mühe, sein Gleichgewicht zu halten.

Ihre wilde Rückwärtsfahrt hatte eine lange Schneise gewalzt und war schließlich von einer Rotbuche jäh gestoppt worden. Offenbar waren sie dabei über einen Baumstumpf gerast, denn das linke Vorderrad stand quer und hatte einen Platten. Die Ladefläche des Transporters war voller Blätter und Äste und bis zur Hinterachse eingedrückt. Und ansonsten war sie leer …

Gerald Kugler riss die Augen auf.

»Scheiße, wo ist der …?«

Er drehte sich hektisch nach allen Seiten um, dann sah er es. Der Sarg war vom Aufprall nach hinten geschleudert worden und lag seitlich umgekippt einige Meter weiter hinten an einem Strauch. Kugler humpelte ein paar Schritte und drehte sich zu seinem Sohn um.

»Los, pack mal mit an!«

»Papa …?«

»Ja, verdammt, was ist denn jetzt schon wieder?«

Kugler verharrte. Ein Stück vor ihm senkte eine Bache ihren massiven Wildschweinkopf nach unten. Direkt vor seinen Füßen zappelte ein verletzter Frischling im Laub. Das Muttertier schnaubte und Speichel lief ihm aus der Nase.

»Papa … da ist ein …«

»Hab ich gesehen«, zischte Kugler.

Er ging seine Optionen durch. Wildschweine können äußerst aggressiv werden. Vor allem dann, wenn es um eines ihrer Jungen geht. Möglicherweise hatten die Verletzungen des Kleinen etwas mit ihrer wilden Fahrt durchs Unterholz zu tun, was seine

Verhandlungsposition merklich schwächte. Er versuchte es mit einem beruhigenden: »Hoooo … hoooo!«

Die Bache schnaubte wieder und machte dabei nicht den Eindruck, dass sie sich beruhigte. Ganz im Gegenteil. Sie warf ihren Kopf hin und her und machte ein lautes Klappergeräusch mit den Zähnen. Dieses Signal war unmissverständlich; ein Angriff schien unmittelbar bevorzustehen.

Kugler drehte sich langsam zu seinem Sohn um.

»Ins Auto!«

Er machte einen Satz nach hinten, dann rannte er halb humpelnd, halb laufend zurück zum Transporter.

Uli Kugler war bereits von der Beifahrertür aus ins rettende Fahrzeug gesprungen und zog seinen Vater auf der anderen Seite hinein. Die Türen knallten zu und zur Sicherheit drückten sie noch die Verriegelungsknöpfe runter.

Im Führerhaus warteten sie bewegungslos und horchten in die Stille. Doch draußen regte sich nichts. In der Dunkelheit konnten sie nicht erkennen, ob sich die Bache mit ihrem Jungen inzwischen verzogen hatte oder irgendwo auf sie wartete.

Nach etwa einer Viertelstunde atmete Kugler tief ein, öffnete die Tür und trat vorsichtig aus dem Transporter hinaus.

»Was hast du vor, Papa?«, fragte Uli.

»Es ist zu gefährlich! Wir hauen ab.«

Uli Kugler stieg ebenfalls aus und lief seinem Vater hinterher. Er drehte sich noch einmal zum Autowrack um und sah dahinter den umgekippten Sarg auf dem Waldboden liegen.

Es war nicht das erste Mal, dass er sich wünschte, sein Vater wäre tot.

Kapitel 44

»Wo kommst du denn her, mitten in der Nacht?«
»Entschuldige, Mama. Ich hatte einen Unfall.«

Gerlinde Wolters stand im Hausflur und hielt Gulliver im Arm. Sie hatte einen Morgenmantel und Fellpantoletten an und offenbar die halbe Nacht im Wohnzimmer auf ihren Sohn gewartet. Nachdem Heinz Wolters sein Auto in der Einfahrt abgestellt hatte, war er, so leise er konnte, ins Haus geschlichen. Er hoffte, dass seine Mutter tief schlafen und nichts von seiner Ankunft mitten in der Nacht bemerken würde. Doch leider war sie hellwach.

Gulliver schnurrte und schmiegte sich an.

Wolters schaute seiner Mutter nicht ins Gesicht. Wenn sie wütend war, konnte sie sehr unangenehm werden.

»Was soll das heißen, Unfall? Häh?«

»Ja ... nicht direkt *Unfall* ... jemand hätte mir fast die Vorfahrt genommen und mich fast gestreift.«

Er musste dringend an seiner Geschichte arbeiten, das wurde ihm in diesem Moment klar.

»*Fast* die Vorfahrt genommen? *Fast* gestreift? Sag mal, geht's noch?«

»Ja, ich musste erst mal rechts ranfahren und mich beruhigen.«

Gerlinde Wolters bemerkte jetzt erst seine verbundene Hand sowie seine schlammverdreckte Hose und Schuhe. Sie erschrak und änderte ihren Ton.

»Oh mein Gott, wie siehst du denn aus?«

»Ja, der andere – also der andere Autofahrer – ist zurückgekommen und wollte mich zur Rede stellen. Und da hat er mir eine Ohrfeige verpasst.«

»Du meine Güte, Heinzi! Hat er dir wehgetan?«

»Ja.«

»Ach, du armer Knopf!«

Sie setzte die Katze auf dem Boden ab und nahm ihren Sohn in die Arme.

»Hat der böse Mann dir wehgetan?«

»Ja.«

Sie streichelte ihm den Rücken.

»Weißt du was? Jetzt lass ich dir erst mal die Badewanne ein und dann mach ich deine Hand wieder heil, ja?«

»Ja, Mama.«

Sie gab ihm einen Kuss auf den Mund, drehte sich um und wackelte die Treppe hinauf.

Wolters schaute ihr nach. Solange er denken konnte, war seine Mutter omnipräsent und bestimmte über sein Leben. Als Jugendlicher träumte er öfters davon, die eine oder andere Bekannte zum Kaffee nach Hause einzuladen. In seiner Fantasie hätte seine Mutter dann ihre berühmte Schwarzwälder-Kirsch-Torte gebacken und es wäre ein wunderbarer Nachmittag zu dritt gewesen. Einmal hatte er ihr gegenüber sogar mal etwas in der Art angedeutet.

»Wag es nicht, Heinzi!«, hatte sie ihn gewarnt und er hatte nie wieder mit diesem Thema angefangen. Sie tat *alles* für ihren Sohn. Und für ihn war ein Leben ohne sie unvorstellbar. Dennoch hasste er sie von ganzem Herzen.

Keine zwanzig Minuten später saß er im warmen Wasser, umgeben von sehr viel Schaum. Die Wärme tat gut. Er schloss die Augen und versuchte, die schlimmen Bilder in seinem Kopf zu verdrängen.

»Sie war selbst schuld daran, was passiert ist!«

Wieder und wieder trichterte er sich diesen Satz ein. Er dachte an die misslungene Deponieraktion im Wald. Wer zur Hölle waren die zwei Vollpfosten in diesem Transporter? Hatten sie ihn etwa erkannt, oder weswegen waren sie so erschrocken? Und noch ein Gedanke beunruhigte ihn: Was sollte er morgen in der Stadtverwaltung sagen, wenn ihn jemand nach Frau Riemann fragte?

Ich werde einfach sagen, dass sie sich krankgemeldet hätte, dachte er und war gleichzeitig erleichtert über diesen guten Einfall.

Die Tür ging auf.

»Na du? Möchte mein großer starker Junge noch irgendwas?«

»Nein danke, Mama. Ich brauche nichts.«

Sie rückte einen Badhocker neben die Wanne und setzte sich drauf. Dann begann sie damit, seine Brust zu streicheln.

»Komm, ich seif dich ein bisschen ein, ja? Das magst du doch so!«

»Nein Mama, wirklich …!«

Sein schwacher Protest blieb ungehört. Sie nahm die Seife aus der Schale und rieb seinen Oberkörper damit ein.

»Mama weiß doch genau, was der kleine Heinzi mag«, sagte sie und tauchte mit der Seife ins Wasser.

Wolters war nicht in der Lage, sich zu wehren. Sein Verhältnis zu seiner Mutter war … nun … speziell. Er hatte keine Geschwister und an seinen Vater konnte er sich nicht erinnern. Als er vier Jahre alt war, wurde sein Vater fast eine Woche lang vermisst, bis seine

Leiche am Grund des Bleibtreusees[15] von zwei Sporttauchern gefunden wurde. Die genauen Umstände seines Todes wurden allerdings nie aufgeklärt. Seit diesem Zeitpunkt wandte sich seine Mutter ihm in ganz besonderer Art und Weise zu. Trotz ihres inzwischen schon fortgeschrittenen Alters führte sie ein Haushaltswarengeschäft in der Innenstadt und war dadurch allgemein bekannt in Bröhlheim. Vor allem aber war sie überaus geschickt im Knüpfen von Kontakten, und so gelang es ihr wohl auch später, ihren übergewichtigen, talentfreien Spross auf die Wählerlisten zur Bürgermeisterwahl zu hieven.

Gerlinde Wolters glitt mit der Seife nun an den Oberschenkeln ihres Sohnes entlang. Heinz Wolters stöhnte auf.

»Ja, schau! Ich hab doch gesagt, dass die Mama weiß, was der kleine Heinzi mag.«

Sie stülpte sich einen hellblauen Waschlappen über ihre Hand, machte ihn nass und streifte damit seine dünnen Haare nach hinten.

»Und zum Friseur muss er auch mal wieder!«, sagte sie keck und tauchte nun mit beiden Händen in die Wanne.

Wolters spürte einen kühlen Hauch im Gesicht und sah zur Badezimmertür, die sich einen Spalt weit öffnete. Aus seiner Perspektive konnte er nicht bis zum Boden sehen. Ein aufrechtstehender, buschig behaarter Schwanz wanderte lautlos durchs Bad.

Gerlinde Wolters fummelte sich durch den Schaum, bis sie schließlich fand, wonach sie gesucht hatte. Heinz Wolters stöhnte auf, während Gulliver schnurrend um die Beine seines Frauchens wuselte.

»Ah, da ist er ja, der kleine Racker!«

---

[15] Der Bleibtreusee ist ein Waldsee mit Rundwegen, kleinem Strand und Badebereich.

Wie sehr er seine Mutter doch hasste.

Kapitel 45

Vom Haupteingang aus hatte man die beste Aussicht auf den Neptunbrunnen, Alt-Berlin und das Brandenburger Tor. Lisa ergriff aufgeregt Andis Hand.

»Komm!«, rief sie entzückt und zog ihn die große Treppe hinunter.

Sie stiegen gleich in den roten Doppeldecker-Bus ein, der im Nonstop-Betrieb zwischen Neptunbrunnen und dem Brandenburger Tor hin und herfuhr.

Der Oldtimer fuhr im Schritttempo; so war es jederzeit möglich, auf- oder abzuspringen. Andi war sehr froh über seine Idee, mit Lisa das *Traumland* zu besuchen. Nach den aufregenden Ereignissen der letzten Tage hatten sie offenbar beide das Bedürfnis nach einer kleinen Auszeit. Es roch nach Zuckerwatte und Paradiesäpfeln, und aus gut versteckten Lautsprechern säuselte Leierkastenmusik in einer Endlosschleife.

Sie verließen den Bus in Höhe des Wintergarten-Varietés und gingen rechts Richtung Westernstadt. Hier dudelte eine andere Musikkulisse aus den Lautsprechern: Instrumental-Country mit Mundharmonika und Westerngitarren.

»Lust auf ein Foto, Cowboy?«, fragte Lisa, und bevor Andi antworten konnte, zog sie ihn in ein Wildwest-Fotoatelier. Es gab dort eine Garderobe mit stilechten Klamotten. Lisa entschied sich für ein dunkelrotes Steampunk-Kostüm mit Damenzylinder. Er bevorzugte einen braunen Ledermantel und Hut, was Lisa sehr beeindruckend fand.

»Du böser, böser Bandit du!«, scherzte sie und stupste ihm die Nase.

Nach dem Wildwest-Fotoshooting schlenderten sie weiter, vorbei an der Silbermine und dem Tanagra-Theater, das zu einem neuen Teil im *Traumland* gehörte: China-Town. Hier gab es entspannte Klänge von Yangquin[16], Erhu[17] und Xiao[18]. Sie setzten sich auf die Treppenstufen eines bunt geschmückten chinesischen Pavillons und ließen sich die spätherbstliche Sonne ins Gesicht scheinen.

»Was könnte das zu bedeuten haben?«, fragte Lisa.

»Was meinst du?«

»Na ja, du weißt schon. Das war schon echt spooky gestern in deinem alten Zuhause.«

»Ja, stimmt.«

»Und …?«

»So richtig schlau bin ich, ehrlich gesagt, auch nicht draus geworden. Aber ich hatte das Gefühl, als wenn mir mein Vater irgendwas mitteilen wollte. Klingt das jetzt doof?«

»Nee, überhaupt nicht. Eigentlich wollte ich auch gar nicht wieder damit anfangen. Aber wenn ich ehrlich bin … ich hatte das gleiche Gefühl. Ich meine, woher kam plötzlich diese Bocciakugel. Und diese Glückwunschkarte. Was hat das alles zu bedeuten?«

»Hmm, warte mal! Die Karte war doch von diesem Gerald Kugler … und dann die Boccia*kugel* … fällt dir was auf?«

---

16 chinesisches Hackbrett
17 Streichinstrument mit dem charakteristisch langen Hals
18 chinesische Flöte, ähnlich einer Querflöte

»Ja, wir sollten zuerst einmal rausfinden, wer dieser Gerald Kugler ist!«

Lisa schüttelte sich und stand auf.

»Ich brauch jetzt was Gruseliges!«

Die Warteschlange an der Geister-Rikscha war beachtlich lang und wurde aus Platzgründen im Zickzack durch den Eingangsbereich geführt. An der Gondel angekommen half Andi Lisa beim Einsteigen. Die Fahrt ging sofort los. Nach einigen Metern schloss sich der Bügel automatisch und es ging zuerst einmal bergab in die chinesische Unterwelt.

Die mechanisch bewegten Puppen waren nicht wirklich furchterregend und Lisa grinste nur die ganze Zeit. Immer wieder tat sie so, als wenn sie sich fürchtete. Dann kamen sie vorbei an einem riesigen Drachen und einem Kämpfer mit Lanze in einer nicht endenden Kampfszene, bei der es keinen Sieger gab. Lisa zeigte mit dem Finger auf das Flügeltier und rief: »Süüüüß!«

Andi lächelte und stupste sie in die Seite.

»Hey, du musst das hier schon ein bisschen ernster nehmen!«

Dann wurde das Licht blau und sie kamen an einer Friedhofsszene vorbei. Nebelschwaden stiegen zischend auf und Gummifledermäuse flatterten umher. Mehrere Grabsteine wackelten und ein paar Geister flogen ziellos nach links und rechts. Doch dann bemerkte Andi etwas, das nicht so recht in diese Szene hineinpasste. Er klopfte Lisa aufs Knie und rief: »Da! Siehst du das?«

Lisa wurde ernst und schaute in die Richtung, in die Andi zeigte.

»Nein, ich seh nichts.«

»Da! Schon wieder! Das gibt's doch nicht!«

»Was denn?«, fragte Lisa nervös.

»Guck doch mal …!«

Lisa lehnte sich aus der Gondel, die bereits um die nächste Ecke bog.

»Ich hab nichts gesehen. Was war denn da?«

»Ich bin mir nicht sicher, aber ich glaube, ich habe einen Geist gesehen.«

»Einen Geist? Hier?«

»Ja. Auf einem der Grabsteine stand *Matthias Krammer.*«

Auf der restlichen Fahrt mit der Geister-Rikscha sprachen sie kein Wort. Als sie wieder draußen waren, setzten sie sich auf eine Bank. Andi schaute trübsinnig und schwieg.

»Ich hab das Gefühl, ich dreh langsam durch, Lisa! Echt jetzt!«

»Hey, alles gut!«, versuchte sie, ihn zu trösten.

»Nein, nichts ist gut! Ich glaube, mein Vater versucht die ganze Zeit, mir was zu sagen, aber ich kapier's nicht!«

»Gut, dann der Reihe nach. Was hast du genau gesehen?«

»Hmm, also zuerst ist mir dieser Sarg aufgefallen. Der lag auf der Seite neben einem Baum und dem Grabstein. Ein Stück daneben stand ein blaues Schild mit der Aufschrift …«

»Was denn?«

»Bitte jetzt nicht lachen, ja?«

»Ok. Also was?«

»*Parkplatz Rahmbusch.*«

Lisa schaute Andi ungläubig an.

»Parkplatz Rahmbusch?«

Andi nickte.

»Weißt du, wo der ist?«

Andi schüttelte den Kopf.

»Etwa fünfhundert Meter von hier.«

Kapitel 46

Als sich Andi und Lisa dem Wanderparkplatz näherten, sahen sie schon von weitem die Einsatzfahrzeuge der Polizei und das Absperrband, das quer über den Eingang des Waldwegs gespannt war. Ein Polizist versuchte, die beiden abzuwimmeln und winkte ihnen ein schlecht gelauntes »Gehen-Sie-bitte-weiter-hier-gibt-es-nichts-zu-sehen«-Zeichen zu. Aber so leicht ließen sie sich nicht verscheuchen. Als sie sich näherten, schaute der Polizist so grimmig, wie es ihm möglich war.

»Lass mich reden«, flüsterte er Lisa zu.

»Entschuldigung, wir müssten bitte dringend …«

»Gehen Sie bitte weiter, hier gibt es nichts zu sehen!«

»Also ich finde schon, dass es hier etwas zu sehen gibt«, gab Lisa ungeniert zurück.

Andi unterdrückte ein Grinsen und wandte sich nun selbst an den offiziellen Absperrband-Steher.

»Ist Herr Kommissar Offergeld hier? Wir müssen dringend zu ihm.«

Vielleicht funktionierte es ja mit Insiderwissen. Die Augen des Wachtmeisters verrieten zumindest Hirnaktivitäten. Er schien nachzudenken, kam aber lediglich zu dem Entschluss, die beiden zu duzen.

»Hört mal, ihr beiden. Geht woanders spielen, ja?«

»Was ist denn da los, Guido?«, rief einer seiner Kollegen ihm zu.

»Ach, hier sind nur zwei nervende Gaffer.«

»Wir müssen dringend zu Kommissar Offergeld!«, riefen Andi und Lisa nun wie aus einem Mund. Der andere Polizist kam zu ihnen und stellte sich neben seinen Kollegen Guido.

»Wieso, was habt ihr denn damit zu tun?«, fragte er.

»Ich heiße Andreas Krammer. Der Tote im Wald ist mein Vater.«

Das saß! Wortlos hielten die beiden nun das Absperrband hoch und führten sie an die Stelle, an der ein Transporter letzte Nacht rückwärts in den Wald gerast war. Kommissar Offergeld erkannte die beiden sofort und winkte ihnen zu. Es sollte wohl so viel wie ‚*Bitte bleibt, wo ihr seid, ich komme gleich zu euch!*‘ bedeuten.

Dann ging er ein paar Schritte zum Wrack des Lieferwagens und zeigte sich beeindruckt.

»Na, das war ja wirklich ganze Arbeit!«

Offergeld klopfte auf die Motorhaube.

»Was denkst du, Toni?«, fragte er seinen Kollegen Anton Greipel, den er inzwischen duzte.

»Also, der Lieferwagen ist rückwärts mit Vollgas hier reingerauscht. Bei der Buche war dann Stopp und der Sarg ist von der Ladefläche …« Greipel zeichnete eine lange Flugbahn mit dem Arm »… bis dort rübergeflogen.«

»Wow!« Offergeld nickte fasziniert.

»Und der Tote ist zweifelsfrei …?«

»… unser vermisster Krammer.«

»Tja, ob der wirklich vermisst wird, ist eine andere Frage.«

»Wie bitte?«

»Ich hab nur laut gedacht. Gab‘s was im Transporter?«

»Wir sammeln noch alles zusammen. Bisher nur eine leere Packung Marlboro und etwas Blut.«

»Blut?«

»Japp. Der kleine Waldausflug war ziemlich holprig.«

Greipel klopfte sich mit der Hand auf den Kopf.

»Ah, verstehe! Sonst noch was?«

»Nee, der Rest wird im Labor …«

»Jaja, das Labor! Ok, dann macht mal!«

Er wandte sich an die übrigen Herrschaften der Spurensicherung.

»Kollegen … bitte mal kurz Ruhe, das hier ist wichtig! Bitte dreht jeden Stein im Umkreis von … sagen wir fünfzig Metern um! Das wird ein langer Abend, ich weiß schon. Das Feierabendbier geht dann auf mich, ok?«

Das Team der Spurensicherung setzte seine Arbeit unter allgemeinem Gemurmel fort, und Offergeld ging hinüber zu Andi und Lisa.

»Ok, ich muss das vielleicht jetzt nicht verstehen, aber woher habt ihr gewusst, dass wir hier gerade …«

Er machte eine allumfassende Handbewegung.

»Ja, also, wir waren auf der Geister-Rikscha und da …«

»Kommissar Offergeld?«, unterbrach ihn ein Polizist.

»Ja?«

»Es gibt eine weitere Leiche.«

Martin Offergeld schüttelte ungläubig den Kopf.

»Was?!«

Er kommandierte sofort zwei Leute von der Spusi ab und sagte zu einer Kollegin: »Beate, würdest du dich bitte kurz um die beiden hier kümmern?«, und dann zu den beiden: »Ich bin gleich wieder bei euch, ok?«

Dann folgten er und Greipel ihrem Kollegen, der vorausging.

Die Polizistin Beate bot Andi und Lisa an, mitzukommen und sich in einem der Polizeibusse aufzuwärmen. Immerhin gab es dort warmen Pfefferminztee und etwas Kuchen. Und es gab Polizeifunk, was Lisa spannend fand.

Offergeld ging mit seiner kleinen Mannschaft ein paar Hundert Meter den Waldweg entlang, wo ein Herr um die fünfzig mit Hut und Forstjacke auf sie wartete.

»Kommissar Offergeld, guten Tag.«

»Flender. Bernhard Flender. Ich bin hier der Förster.«

»Anton Greipel, hallo.«

Einer der beiden Männer von der Spurensicherung zeigte auf die Reifenspuren. Der Förster ging voraus, ein Stück in den Wald hinein, der hier viel dichter als drüben und aufgrund des hohen Wurzelwerks unwegsamer war. Als Offergeld sich der Leiche näherte, traf es ihn wie ein Schlag.

»Das ist Ursula Riemann, die Sekretärin vom Bürgermeister! Verdammt!«

Wut und Fassungslosigkeit stiegen augenblicklich in ihm hoch. Er schaute sich um und rief in die Allgemeinheit: »Kann mir mal einer sagen, was diese Scheiße hier soll?«

Sein Kollege Greipel übernahm die Moderation.

»Herr Flender, wann haben Sie die Tote hier entdeckt?«

»Vor etwa einer Viertelstunde. Hier drüben war der Waldboden zertrampelt und ein paar Äste weggebrochen. Deswegen hab ich genauer nachgeschaut.«

Offergeld hatte mit seinen Emotionen zu kämpfen.

»Ok, also, was können wir hier sagen?«, fragte er einen weißen Kapuzenanzug.

»Noch nicht sehr viel, Herr Kommissar, das müssen wir …«

»Tun Sie mir bitte einen Gefallen und versuchen Sie, den Begriff *Labor* jetzt zu vermeiden! Danke!«

Der Mann von der Spurensicherung schaute konsterniert und suchte nach einer alternativen Formulierung. Er gab schließlich auf und zuckte mit den Schultern.

Offergeld versuchte, einen klaren Gedanken zu fassen. Ursula Riemann war gestern das letzte Mal im Büro gewesen. Sie musste also vergangene Nacht ermordet worden sein. War sie etwa auch ein Opfer von Krammers Mörder und er hatte es hier mit einem Serienkiller zu tun? Wer auch immer es war: Ihr Mörder hatte sie hier abgelegt und nur notdürftig mit ein paar Ästen abgedeckt; er schien es also eilig gehabt zu haben.

Der Kommissar ging zurück zum Waldweg und traf dort auf einen anderen Mitarbeiter der Spusi, der gerade dabei war, Reifenspuren zu sichern. Als er Offergeld bemerkte, stand er auf.

»Die Tote wurde vermutlich mit einem PKW hier hingebracht. Interessant sind aber auch die Spuren da hinten. Der Unfall-Transporter hat dort eine Vollbremsung gemacht. Womöglich kam es zu einer zufälligen Begegnung.«

»Ha! Leichentransporter trifft Mörder. Überraschung!«, rief Offergeld ironisch. »Gibt's noch mehr?«

»Leider nein. Den Rest müssen wir im …«

Offergeld hob die Hand und der Kapuzenanzug schwieg.

»Schon gut … machen Sie hier weiter!«

Er trat wütend gegen einen Stein, der in einem Bogen ins Gebüsch flog, und dachte an Ursula Riemann, die tags zuvor höchstwahrscheinlich mit Krammers Mörder telefoniert hatte. Und dann wurde sie selbst ein Mordopfer. Offergeld war wütend und traurig zugleich. Für einen kurzen Augenblick war er kein Kommissar mehr, sondern einfach nur Mensch.

»Was für eine verdammte Scheiße!«

Kapitel 47

»Und wofür ist der Knopf da?«

Lisa ließ sich von Beate das Funkgerät erklären. *Ganz ihr Vater,* dachte Andi und grinste breit.

Er fragte sich, ob er ebenfalls ganz *sein* Vater wäre, und hoffte, er könnte die Frage mit *Nein!* beantworten. Was für ein Mensch war sein Vater überhaupt gewesen? Warum war er so geworden, wie er geworden war? Und hatte er seinen Vater jemals wirklich gekannt? All diese Fragen gingen ihm durch den Kopf.

Das bisschen, was er von der Kindheit und Jugend seines Vaters wusste, hatte ihm seine Mutter erzählt. Sie hatte gesagt, dass seine Oma bei der Geburt seines Vaters fast gestorben wäre. Er war der zweitälteste von drei Geschwistern. Zuerst kam sein talentierter Bruder Georg zur Welt, ein Jahr später er und noch einmal zwei Jahre später die schöne Marianne, die aber von allen *Nanni* genannt wurde und schon mit Ende zwanzig an Krebs gestorben war.

»Bei der Geburt hatte dein Vater einen ganz schlimmen Eierkopf, den mussten sie erst mal in die richtige Form drücken«, hatte seine Mutter ihm erzählt.

Und als sein Opa ihn nach der Geburt zum ersten Mal gesehen hatte, hätte er laut gerufen: »Oh Gott, ist der hässlich! Den will ich nicht!«

Diese Geschichte ließ sich leider nicht mehr verifizieren, denn seine Großeltern lebten nicht mehr. Immerhin: Von den alten Fotos, die seinen Vater mit etwa sechzehn oder siebzehn zeigten, wusste Andi, dass er damals eigentlich ein ganz adretter Kerl war.

»Der ist verhätschelt und getätschelt worden«, auch das hatte seine Mutter mal gesagt. Dem Vernehmen nach hatte ihm Oma Anna alles durchgehen lassen, und zusätzlich hatte er immer alles bekommen, was er wollte.

Welches Frauen- beziehungsweise Familienbild hatten Männer aus der sogenannten *Nachkriegsgeneration* eigentlich? Also, zuerst einmal waren Männer über jede Kritik erhaben, und Widerrede – vor allem von Frauen – war unerwünscht. Allein ihre Bedürfnisse standen im Vordergrund, und das in erster Linie deshalb, weil das immer schon so war.

Dieses Argument fand bei allen beliebigen Situationen Anwendung und stach letztlich immer. Männer waren auf der Arbeit, und Frauen hatten sich um den Haushalt, den Garten und die Kinder zu kümmern – also um den Rest. Und weil Männer genetisch nicht in der Lage waren, zu ihren Hosen farblich passende Socken und Hemden zu finden, mussten ihre Frauen ihnen die Sachen frühmorgens fein säuberlich bereitlegen. Und ein leckeres Pausenbrot schmieren. Mit einem Ei. Danke schön!

Wenn Männer abends nach der Arbeit in eine Kneipe gehen wollten, dann hatten sie diesbezüglich natürlich niemanden um Erlaubnis zu bitten oder zu informieren. Und wenn sie danach betrunken nach Hause kamen, hatte alle Aufmerksamkeit allein ihnen zu gelten. Die Kinder sollten dann möglichst schon mit geputzten Zähnen brav in ihren Bettchen liegen und die Ehefrauen wild vor Verlangen danach, ihre Göttergatten sexuell zu befriedigen.

So oder so ähnlich musste das Weltbild seines Vaters ausgesehen haben. *Das ist echt übel*, dachte Andi – und ganz schön armselig. Er ballte eine Faust, weil ihn diese Gedanken ärgerten. Vor allem deshalb, weil ihm klar wurde, dass seine Mutter von ihren Eltern wiederum erzogen wurde, genau diesem Bild zu entsprechen.

»Mann!«, rief er wütend aus.

Lisa und Beate zuckten zusammen und schauten überrascht zu ihm nach hinten.

»Tschuldigung«, sagte Andi. »Aber ist doch wahr!«

Kapitel 48

Hans-Ulrich Kugler war mit den Nerven völlig am Ende. Er hatte mittlerweile schon zwei Leben verloren, nachdem er zweimal hintereinander von diesen verdammten Fässern getroffen worden war. Seine Freundin Pauline rief von oben um Hilfe, denn ein riesiger Gorilla hatte sie in seiner Gewalt. Schweißflecken färbten Ulis Hemd an mehreren Stellen dunkelblau.

Er wich drei rollenden Fässern nacheinander aus und schaffte es mit ein paar gewagten Sprüngen auf die oberste Plattform. Hurra, er und Pauline waren endlich wieder vereint!

Doch der böse Gorilla entriss sie ihm erneut und kletterte mit ihr auf die Spitze des Hochhauses. *Oh nein!* Wenn er es nicht schaffte, die acht gelben Nieten des Gerüsts zu entfernen, war seine Freundin für immer verloren!

Während er hektisch versuchte, die Nieten zu lösen, musste er immer wieder höllischen Flammen ausweichen. Uff, beinahe hätte ihn eine dieser Flammen erwischt. Gerade nochmal gutgegangen, diesmal schien es zu klappen. Na warte! Er musste nur noch eine letzte Niete lösen, und dann …

»Da bist du ja, ich hab dich überall gesucht. Hätt ich mir ja denken können, dass du hier steckst!«

Uli wurde von einer Flamme getroffen und er stürzte vom Hochhaus. Ein elektronischer Game-Over-Jingle erklang.

Wütend schlug er mit der Faust auf das Armaturenbrett des Spielautomaten.

»Verdammt!«

Gerald Kugler hatte einen Verband am Kopf und eine qualmende Zigarette im Mund. Mit seinem zusammengekniffenen Auge sah er gemeingefährlich aus. Ein Arbeitsunfall vor ein paar Jahren war dafür verantwortlich. Man sollte es nicht für möglich halten, aber ein Blatt Papier hatte ihm die Netzhaut so tief durchschnitten, dass sein Auge notoperiert werden musste. Seitdem war er auf dem rechten Auge fast blind.

Er griff mit einer Hand ins Genick seines Sohnes und drückte zu, so fest er konnte.

»Jetzt hör mal gut zu, du Schwachkopf! Während du hier deine Zeit mit diesem Blödsinn verplemperst, ist da draußen die Hölle los!«

»Aua!«

Kugler löste den Griff und stieß Uli zur Seite.

»Hast du eigentlich eine Ahnung …«, er mäßigte seine Lautstärke, als er merkte, dass jemand am Flipperautomaten zu ihnen rüberschaute.

»Hast du eigentlich eine Ahnung, was da draußen los ist?«

»Was denn?«

»Ja, alles voll mit Polizei, da oben am Wald! Ich war da und hab's gesehen!«

»Na ja, das war ja auch klar, oder? Schließlich bist du doch einfach abgehauen und hast da alles stehen und liegen gelassen.«

»Einfach abgehauen, spinnst du? Ich war verletzt. Wegen dir, du Idiot! Und eine Wildsau war auch noch hinter uns her!«

Sein Sohn schaute auf den Kopfverband.

»Wie geht's dir denn?«

»Wie's mir geht? Na, super geht's mir, du …! So, jetzt pass mal gut auf, ja? Krammers Sohn … Andreas heißt der … schnüffelt uns hinterher. Er und seine Freundin waren auch schon in der Wohnung von Krammer und haben nach dem Geld gesucht. Die sind sehr neugierig. Zu neugierig, wenn du mich fragst!«

»Ja, und was hast du vor?«

Gerald Kugler verzog den Mund und äffte seinen Sohn nach.

»Was hast du vor, was hast du vor? Ja, jetzt denk halt selbst mal ein bisschen nach, sonst kannst du mir die Fünftausend gleich wieder zurückgeben.«

Uli Kugler dachte an das Telefongespräch am frühen Morgen. Er hatte seinen Chef bei der Werft angerufen und ihn informiert, dass er wegen einer Grippe ein paar Tage nicht zur Arbeit kommen könnte. Daraufhin hatte sein Chef ihm mitgeteilt, dass er gar nicht mehr kommen bräuchte. Er solle sich seine Papiere bei ihm abholen, wenn er wieder gesund wäre. Dadurch, dass es erst seine zweite Woche als Hilfsarbeiter bei der Werft war, hatte er keine Argumente dagegen. Und jetzt war er wieder arbeitslos und dringend auf seinen Anteil der Beute angewiesen.

»Wir machen halbe-halbe«, hatte sein Vater gönnerhaft zu ihm gesagt. »Außerdem musst du unbedingt rausfinden, wer dieser fette Typ im Wald war. Der könnte uns erkannt haben. Und diese Nutte ist jetzt ebenfalls ein Risiko für uns. Die muss auch weg.«

Uli Kugler hatte keine Wahl. Er befand sich in einem Labyrinth aus Angst, Gewalt und Abhängigkeit.

Missmutig blickte er auf den Bildschirm. »Game Over« stand dort.

Kapitel 49

Andi öffnete die alte Holztür und schaute in einen schwarzen Raum. Nur langsam gewöhnten sich seine Augen an die Dunkelheit. Der Raum sah aus wie eine seltsame Mischung aus einer Fabrikhalle und einem Wald. Die Wände und die Fensterscheiben waren moosbedeckt und Wasser tropfte von der Decke. Dicke Baumwurzeln verliefen über dem Boden. Ein Fenster oder einen Lichtschalter gab es hier nicht. Nur ein paar überforderte Kellerleuchten taten ihr Bestes, etwas Licht in die dunkle Trostlosigkeit dieses Raumes zu bringen. Die alte Werkbank, die dort stand, war offenbar schon lange nicht mehr benutzt worden. Früher mochten dort einmal Werkzeuge auf der Arbeitsplatte gelegen haben, doch heute lag dort nur eine dicke Staubschicht wie eine Bettdecke für ihren Dornröschenschlaf. An der gegenüberliegenden Wand hing ein schmutziges Waschbecken.

Sein Vater stand dort mit dem Rücken zu ihm. Er drehte sich um und machte eine einladende Geste.

KOMM BITTE! LASS UNS REDEN!

Andi wollte wegrennen, aber die Holztür hatte sich hinter ihm geschlossen. Er war also allein hier mit seinem Vater.

»Also gut – wie du willst! Reden wir!«

Andi spürte, wie seine Wut in ihm hochkroch.

BITTE LASS MICH BEGINNEN, ANDI! ZUERST EINMAL – ES TUT MIR LEID. ICH MÖCHTE MICH BEI DIR FÜR

ALLES ENTSCHULDIGEN, WAS ICH DIR – WAS ICH EUCH – ANGETAN HABE.

»Aha! Es tut dir also leid, ja? Hast du eigentlich eine Vorstellung davon, wie sehr wir unter dir gelitten haben, jahrelang? Hast du auch nur die geringste Ahnung davon, wie oft du uns Angst gemacht hast mit deinem Gebrüll? Weißt du eigentlich, wie sehr Mama unter deinen Gewaltausbrüchen gelitten hat? Und wie sehr wir alle unter deiner beschissenen Sauferei gelitten haben, hä?«

Sein Vater senkte den Kopf.

JA, DAS WEISS ICH.

Andis Stimme wurde immer fester und lauter.

»Ich hatte nie einen *richtigen* Vater. Du hast alles kaputt gemacht! Schon als kleiner Junge hatte ich immer Angst vor dir und deinem Gebrüll. Ich hatte nie das Gefühl, dass du mich gernhast. Nein, du hast mich immer ‚blöder Hund‘ genannt!«

Tränen der Wut standen Andi in den Augen. Der ganze Schmerz platzte aus ihm heraus und am liebsten wäre er seinem Vater an die Gurgel gegangen. Doch der stand nur da und hörte zu.

»Und wenn du uns geschlagen hast ... weißt du, was das Schlimmste war? Das Schlimmste war diese elende Warterei darauf. Und zuschauen zu müssen, wie du Christiane verprügelt hast. Was warst du nur für ein Vater?«

Andi zitterte vor Wut und seine Fäuste waren geballt.

»Du hast Mama nicht verdient! Sie war viel zu gut für dich!«

Tränen vor Wut und Schmerz liefen an seinen Wangen hinunter und tropften auf den Boden. Er fühlte sich kraftlos und matt.

DU HAST RECHT, ANDI. ICH HABE DEINE MUTTER UND EUCH NICHT VERDIENT. AN EINEM PUNKT IN MEINEM LEBEN IST ALLES SCHIEFGELAUFEN. ICH HABE ALS JUNGER MANN MIT DEM TRINKEN ANGEFANGEN, WEIL ...

»Es ist mir scheißegal, warum du angefangen hast mit dem Trinken! Das ist für mich auch keine Entschuldigung. Es war *deine* Entscheidung!«

Sein Vater nickte. Andi richtete sich auf und schaute ihm direkt ins Gesicht.

»Und weißt du was? Ich bin froh, dass du tot bist! Ich hasse dich! Wir alle hassen dich!«

Er wandte sich ab, um diesen schrecklichen Ort zu verlassen. Wortlos ging er zur Tür. Er war sich sicher, dass sie sich problemlos öffnen ließ. Und wehe, wenn nicht!

ANDI?

Er hielt inne und drehte sich noch einmal um.

WAS AUCH IMMER DU VON MIR DENKST. ICH LIEBE DICH UND ICH BIN STOLZ AUF DICH. LASS DEINE ÄNGSTE UND DEINEN ZORN BEI MIR, SIE GEHÖREN NICHT ZU DIR. SIE HINDERN DICH NUR AM GLÜCKLICHSEIN.

Andi wusste nicht, was er darauf sagen sollte und wischte sich wütend mit der Hand über die Augen und sein Gesicht.

SEI MORGEN NACHMITTAG GENAU UM FÜNF UHR IN DER DRUCKEREI. DANN WIRST DU IHN SEHEN …

»Wen werde ich sehen?«

MEINEN MÖRDER.

Kapitel 50

»Also noch mal ganz von Anfang.«

Kommissar Offergeld betrachtete die vielen Tatortfotos, die wie ein offenes Memoryspiel auf seinem Schreibtisch lagen. Sein Kollege Toni Greipel stellte einen Ordner dazu, der alle Laborberichte in Zusammenhang mit den beiden Toten enthielt. Inzwischen war unstrittig, dass Matthias Krammer tatsächlich einem Gewaltverbrechen zum Opfer gefallen war, denn die Gerichtsmedizinerin hatte rote Stofffasern in seiner Mundhöhle gefunden, die ihr Kollege bei der ersten Leichenschau offenbar übersehen hatte. Und das passte wiederum zu dem von Andi Krammer beschriebenen Kissen.

»Der Mörder hat Matthias Krammer mit einem Kissen erstickt, um an die fünfzigtausend Mark zu kommen. Es war also ein Raubmord.«

»Nur, woher wusste der Täter von dem Geld? Über sowas plaudert man doch nicht einfach so auf der Straße oder in der Kneipe«, gab Greipel zu bedenken.

»Da wäre ich mir bei Krammer nicht so sicher«, erwiderte Offergeld. »Der war anscheinend ein ziemlicher Prahlhans. Gerade in Kneipen hat er sich wohl immer gerne aufgespielt.«

Greipel gestikulierte abwägend und zuckte mit den Schultern.

»Durch den Anruf bei Ursula Riemann erfuhr der oder die Täter, dass eine Exhumierung der Leiche unmittelbar bevorstand. Sie wollten offenbar unbedingt eine weitere Obduktion verhindern. Ein Transporter samt Bagger wurde hastig organisiert, um der offiziellen Exhumierung zuvorzukommen.«

Greipels Stirn schlug Falten.

»Moment! Bagger? Im Wald war doch nur ein Transporter.«

»Sehr gut aufgepasst, Toni! Nachdem sie den Sarg rausgeholt haben, wurde der Bagger mitsamt Anhänger in einem Schuppen auf dem ehemaligen Firmengelände der Schlemmer KG in Vochem abgestellt. Der Eigentümer hat ihn heute Morgen entdeckt und gemeldet. Die Kollegen haben es eben durchgegeben, das Kennzeichen passt. Beide Fahrzeuge wurden vom Gelände der Luxemburg-Werft in Niederkassel gestohlen. Da werden wir als Erstes mal vorbeischauen.«

Greipel schaute irritiert.

»Äh … wir?«

»Japp. Was hältst du davon, mich zu begleiten?«

Toni Greipel hatte nichts dagegen. Das Ermitteln machte ihm richtig Spaß!

»Weiter im Text. Ursula Riemann wurde von hinten erwürgt. Die Bluse wurde ihr offenbar aufgerissen, alles deutet auf eine versuchte Vergewaltigung hin. Es kam offenbar zu einem Kampf, bei dem der Absatz eines ihrer Schuhe abgerissen wurde.«

»Gibt es irgendwas, das darauf hindeutet, dass es sich um ein und denselben Killer gehandelt hat?«

Es klopfte an der Tür.

»Ja bitte?«

Bürgermeister Wolters stand am Büroeingang und schaute unentschlossen herein.

»Passt es gerade?«, fragte er in die Runde.

»Ehm, ja, natürlich. Kommen Sie doch rein!«

Offergeld legte schnell die Fotos zu einem Stapel zusammen und drehte sie um.

»Was kann ich für Sie tun, Herr Bürgermeister?«

Wolters räusperte sich.

»Ja, es ist so … als Sie mich gestern nach Frau Riemann fragten, hatte ich ja gesagt, dass sie sich krankgemeldet hätte.«

»Richtig, das haben Sie mir gestern so gesagt.«

»Ja, schon. Aber ich war wohl ein bisschen durcheinander. Sie hat nicht selbst angerufen.«

»Aha. Wer hat denn angerufen?«

»Das weiß ich leider auch nicht so genau. Es war eine männliche Stimme.«

»Soviel ich weiß, war Frau Riemann aber gerade in keiner Beziehung oder ähnlichem.«

»Ja, hmm, keine Ahnung.«

»Mit welchem Namen hat sich der Anrufer denn gemeldet?«

Wolters dachte nach. Entweder er erfand jetzt schnell irgendeinen Namen, oder er könnte einfach sagen …

»Er hat keinen Namen genannt.«

»Keinen Namen genannt, aha. Wie hat er sich denn vorgestellt?«

Mein Gott, diese penetranten Nachfragen, dachte Wolters. Das Eis, auf dem er sich gerade befand, war doch eh schon so dünn, verdammt!

»Ja, er sagte so etwas wie ,*Ja, hallo, hier ist ein guter Freund von Ursula Riemann*' … oder so ähnlich.«

»Ein guter Freund von Ursula Riemann oder so ähnlich«, wiederholte Offergeld nachdenklich.

»Nun, Herr Wolters. Gut möglich, dass Sie den Mörder Ihrer Mitarbeiterin am Telefon hatten.«

Der Bürgermeister atmete erleichtert aus. Offergeld schien ihm die Geschichte mit dem unbekannten Anrufer abgekauft zu haben. Was hatte ihn nur geritten, anfangs zu behaupten, dass sie sich selbst krankgemeldet hätte? Er nahm sich vor, ab jetzt genau zu überlegen, wem er was erzählte. Ab jetzt keine Fehler mehr! Er bedankte sich und ging wieder zur Tür.

»Ach, und … Herr Wolters?«

Was ist denn jetzt schon wieder, verdammt?

»Äh, ja?«

»Es tut mir leid, die Sache mit Ihrer Kollegin. Wir werden alles tun, um den Mörder zu finden!«

Scheiße!

»Freut mich zu hören, Herr Kommissar! Auf Wieder … äh … sehen.«

Die Bürotür fiel hinter Wolters zu und Offergeld und Greipel schauten sich an.

»Ziemlich durch den Wind, unser Bürgermeister, oder?«, meinte Greipel.

»Na ja, seine Sekretärin ist ermordet worden. Sowas schüttelt man nicht einfach so ab. Wie auch immer … wo waren wir?«

»Bei der Anzahl der infrage kommenden Täter.«

»Ja, richtig. Hat es sich also um einen oder zwei Killer gehandelt?«

»Oder drei.«

»Wie bitte?«

»Im Transporter wurden Spuren und Fingerabdrücke einer dritten Person gefunden. Sie trug künstliche Wimpern und Glitzer-Make-up.«

Offergeld wollte gerade fragen, ob es bei den Fingerabdrücken Treffer gegeben hat, doch Greipel kam ihm zuvor:

»Wir sind dran. In einer halben Stunde wissen wir mehr.«

Kapitel 51

»Achtunddreißig fünf.«

Andi legte das Fieberthermometer auf den kleinen blauen Nachttischschrank neben Lisas Bett. Sie war komplett in ihre Bettdecke eingewickelt und schaute Andi mit glasigen Augen an. Sie hatte sich eine heftige Erkältung eingefangen. Kein Wunder!
»Muss ich sterben?«, fragte sie quengelnd.
»Hey, spinnst du?«
Andi schüttelte den Kopf. Bisher hatte er immer geglaubt, dass nur Jungs wehleidig wären, wenn sie sich eine Grippe oder ähnliches eingefangen hatten. Er schob ihr eine Haarsträhne zur Seite.
»Hier stirbt niemand mehr. Ab jetzt wird aufgeklärt!«
»Darf ich beim Aufklären eine kleine Pause machen?«
»Du wirst natürlich für die nächsten Tage von allen Kriminalermittlungen freigestellt. Deine einzige Aufgabe besteht im schnellen Gesundwerden, ok?«
Lisa setzte ihr jammervollstes Gesicht auf, das ihr möglich war.
»Hilfst du mir dabei?«
»Ja, klar! Hier, trink mal – aber Vorsicht, heiß!«
Andi half Lisa beim Aufsetzen und reichte ihr eine Tasse mit Kräutertee. Sie schlürfte vorsichtig und zuckte mit den Lippen zurück; das Getränk war noch zu heiß. Sie gab Andi die Tasse zurück,

ließ sich auf ihr Kissen fallen und zog sich die Bettdecke bis unter die Nase hoch.

»Mir geht's so furchtbar!«, wehklagte sie.

»Glaub mir, ich mache mir selbst Vorwürfe, weil du mit mir die letzten Tage ständig in der eisigen Kälte verbracht hast. Hättest du ja nicht gemusst.«

»Na ja, aber ich wollte.«

Lisa stöhnte.

»Mir geht's so furchtbar!«

Ok, das Gespräch dreht sich im Kreis, dachte Andi. *Vielleicht hilft ja ein kleines Ablenkungsmanöver. Dann vergisst sie vielleicht einen Augenblick, dass sie krank ist.*

»Kennst du den schon? Also, sagt Häschen zum Richter: Haddu Vollmacht? Sagt der Richter: Ja, hab ich. Sagt Häschen: Muddu Hose wechseln!«

Lisas Gesichtsausdruck veränderte sich nicht. Stattdessen fragte sie nur: »Häh?«

»Ja, das Häschen hat ja den Richter gefragt, ob … ach, egal.«

Andi überlegte weiter. Irgendetwas musste es doch geben, um sie aufzumuntern.

»Ok, vielleicht der: Wie heißt der Erfinder von Shorts? Na? Kurt C. Hose!«

Andi klopfte sich aufs Bein und lachte. Lisa verdrehte nur die Augen und zog sich die Bettdecke über den Kopf. Na, das war ja ein voller Erfolg – ein Gagfeuerwerk! Er wartete kurz, dann klopfte er an ihre Decke.

»Huhu. Jemand zu Hause?«

Lisa lugte mit ihren glasigen Augen hervor.

»Was?«

»Ob jemand zu Hause ist, hab ich gefragt.«

»Ja … schon … aber …«

»Aber was?«

»Mir geht's so furchtbar!«

Es war sinnlos.

Inzwischen war der Tee auf Trinktemperatur abgekühlt und er unternahm einen zweiten Versuch, etwas davon in seine Freundin hineinzubekommen. Diesmal mit Erfolg. Der warme Tee tat ihrem Hals gut und ihr Gesicht erhellte sich etwas.

»Was hast du denn vor heute?«, fragte sie.

»Ich werde nach Köln fahren, zu dieser Druckerei Gessler.«

»Was? Willst du da einfach reinspazieren und Fragen stellen, oder wie?«

»Nee, Quatsch! Ich hab dort heute ein offizielles Interview.«

Andi grinste wie ein Honigkuchenpferd. Er hatte morgens bei der Firma Gessler angerufen und sich als Reporter vom privaten Fernsehsender RTL plus ausgegeben. Die Dame in der Zentrale hatte ihn prompt zum Chef durchgestellt, und der zeigte sich sehr interessiert an einem Interview.

»Von Gutenberg bis Offset – Drucktechnik im Wandel der Zeit«, so sollte der dokumentarische Beitrag heißen. Der Titel gefiel Herrn Gessler anscheinend so gut, dass er gleich am Nachmittag einen Termin für Andi frei machte.

»Du wirst aber kaum glaubwürdig einen echten Reporter vom Fernsehen spielen können. Nix für ungut, aber die sind doch nicht blöd!«

»Keine Sorge, ich bin nur der Azubi. Für solche wichtigen Außendrehs nehm ich natürlich meinen Chef mit. Und einen Kameramann.«

Andi grinste breit, weil er sich schon den ganzen Vormittag darauf gefreut hatte, es ihr zu erzählen. Lisa schaute ihn verwirrt an.

»Ich kapier grad gar ni…«

Es klopfte an der Tür.

»Äh, herein?«

Lisa schaute mit gerunzelten Augenbrauen zu Andi und wiederholte den Satz mit ihren Lippen lautlos.

»Ich kapier grad gar nix!«

Die Tür ging auf und Theo Wallmann stand dort mit einer riesigen Filmkamera in der Hand.

»Hallo, ihr zwei! Ich such nur noch das Weitwinkelobjektiv, und dann können wir los.«

Lisas Mund blieb aufgeklappt. Sie schien etwas sagen zu wollen. Andi und ihr Vater schauten zu ihr und warteten. Und schauten und warteten … es war ein sehr langer Augenblick.

»Sagt mal, kann mir bitte mal einer sagen, was hier los ist? Ich kapier grad gar nix.«

»Ist doch ganz easy. Dein Vater spielt den Kameramann.«

»Aha. Und wer ist euer Chef?«

Draußen in der Einfahrt hupte ein Buick Riviera.

»Mein Chef heißt Marc Steele und kommt aus New York.«

Lisa zog sich die Bettdecke wieder über den Kopf.

Kapitel 52

Es klingelte an der Tür. Liselotte Schmitz öffnete ein Auge und schaute ungläubig auf die Anzeige ihres Radioweckers. 13 Uhr 15. Sie stöhnte. Ein Freier? Um diese Zeit schon? Es klingelte wieder.

Na, der hat's aber eilig, dachte sie und zog sich einen Bademantel über. Der Blick in den Spiegel war nicht sehr erquicklich. Sie sah aus, als wäre sie während eines Gewitters über einen elektrischen Weidezaun gefallen. *Umso besser,* dachte sie. *Dann verschwindet er bestimmt gleich wieder.* Langes Klingeln.

»Jaja, ich komm ja schon!«

Sie öffnete die Tür und staunte.

»Ach, ihr seid zu zweit! Ihr scheint es ja echt nötig zu haben! Aber muss das wirklich sein, am frühen Morgen?«

Toni Greipel sah den Kommissar verwirrt an. Der aber lächelte nur und zeigte Lilo seinen Dienstausweis.

»Martin Offergeld von der Kriminalpolizei. Das hier ist mein Kollege Anton Greipel. Dürfen wir reinkommen, Frau Schmitz?«

Lilo Schmitz schaute nun selbst verwirrt und ließ die beiden herein.

»Hab ich irgendwas verbrochen, oder was?«

»Das wissen wir noch nicht so genau, aber das werden wir ganz bestimmt herausfinden. Wenn Sie uns dabei helfen, Frau Schmitz.«

»Äh, ja, also …«

Lilo schaute ratlos und hatte erkennbar keine Ahnung, was die Polizei bei ihr wollte.

»Dürfen wir uns setzen?«, fragte Offergeld.

»Ja, natürlich!«, rief sie und sprang zur Wohnzimmercouch, von wo sie gleich einen ganzen Stapel Wäsche nahm und in eine Ecke warf. Die Herren setzten sich. Offergeld war froh, dass sie die Fingerabdrücke von Liselotte »*Lilo*« Schmitz in ihrer Datenbank gefunden hatten. Und das kam so:

Vor einigen Jahren war es auf der Comesstraße zu einer handgreiflichen Auseinandersetzung zwischen ihr und einem Freier gekommen, der sich um die Bezahlung drücken wollte. Sie hatte ihn mit einem schweren Holzpenis außer Gefecht gesetzt und dann selbst die Polizei gerufen.

Greipel schaute sich im Wohnzimmer der Dame um. Überall waren kleine bunte Lämpchen angebracht, und die Einrichtung war insgesamt sehr plüschig mit viel Rot. Sein Blick fiel auf ein Cartoon-Bild eines nackten Eichhörnchens mit riesigen …

»Nüsschen?«

Greipel riss die Augen auf.

»Danke, aber nein danke«, erwiderte Offergeld freundlich, und Lilo ließ sich mit einer Schale Erdnüsse in einen Sessel niederplumpsen.

»Können Sie uns sagen, wo Sie in der Nacht von Donnerstag auf Freitag waren?«

Lilo dachte nach; ihre Pupillen wanderten nach oben und suchten dort nach einer Antwort. Dann fiel es ihr wieder ein.

»Ja, da war ich für einen Swingerclub in so einer Stretchlimo gebucht.«

Sie ging in Gedanken den Abend durch und ihr Blick verfinsterte sich.

»Die Schweine ham mich einfach im Wald zurückgelassen und sind ohne mich weggefahrn! Und bezahlt ham sie mich auch nich!«

»Warum sind Sie denn überhaupt ausgestiegen und in den Wald gegangen, Frau Schmitz?«, fragte Greipel.

»Ja, pinkeln musst ich mal! Muss doch jeder mal, oder?«, kam es unwirsch zurück.

»Ist ja schon gut. Wir versuchen nur, herauszufinden, was in dieser Nacht geschah. Ok, Sie waren also allein. Und was war dann?«

»Dann hab ich gesehen, dass da so ein Lieferwagen stand.«

»Ein Lieferwagen«, Greipel und Offergeld tauschten vielsagende Blicke.

»Und wo stand der Lieferwagen?«

»Ja, mitten auf dem Weg. Hab mich schon gewundert.«

»Und dann?«

Lilo versuchte, den Nebel in ihren Erinnerungen an diese Nacht zu lichten und schüttete sich eine Handvoll Erdnüsse in den Mund. Sie redete mit vollem Mund weiter.

»Da saßen zwei so merkwürdige Typen drin. Ein älterer und ein jüngerer. Ich hab die nur nach 'ner Kippe gefragt. Und dann war mir kalt und die ham mich nach Hause gefahren. Immerhin, das wär sonst echt beschissen gewesen.«

»Können Sie uns sagen, wie die beiden Männer ausgesehen haben?«

Lilo versuchte, sich zu erinnern, aber je mehr sie sich anstrengte, desto schwerer fiel es ihr.

»Hmm … ich weiß leider nicht mehr genau, wie die aussahen. Aber die haben ständig miteinander gestritten. Ich denk mal, die mochten sich nicht besonders.«

Sie drehte eine halbe Erdnuss zwischen den Fingern, da kam ihr ein Geistesblitz.

»Ah, genau, der Ältere hatte so ein komisches zusammengekniffenes Auge.«

»Ein zusammengekniffenes Auge?«, fragte Greipel. »Können Sie das genauer beschreiben?«

»Das war, glaub ich, das rechte ... ja, das rechte Auge! Sah irgendwie unheimlich aus, das war ganz nass.«

Lilo verzog angewidert ihr Gesicht.

»Nun, ich glaube, wir haben genug fürs Erste.« Offergeld erhob sich.

»Vielen Dank, Frau Schmitz, Sie haben uns sehr weitergeholfen.«

Kommissar Offergeld und Anton Greipel gingen zur Tür. Dann drehte sich Offergeld um.

»Ach, und ... Frau Schmitz?«

»Ja?«

»Wenn Ihnen noch irgendwas einfallen sollte, was uns in diesem Fall weiterhelfen könnte, melden Sie sich bitte bei uns!«

»Sie haben mir ja noch gar nicht gesagt, worum es überhaupt geht.«

»Na ja ... so genau wissen wir das auch noch nicht. Aber im Moment gehe ich mal davon aus, dass Sie sehr viel Glück hatten Donnerstagnacht. Tun Sie uns bitte den Gefallen und passen gut auf sich auf, ja?«

Die Beamten verließen die Wohnung und stiegen ins Auto.

»Die war ja putzig!«, meinte Greipel und schien laut zu denken. Dann schaute er Offergeld an.

»Glaubst du, dass sie in Gefahr ist?«, fragte er seinen Chef.

»Ja, das glaube ich.«

Kapitel 53

Ein cremeweißer Buick Riviera fuhr auf den Besucherparkplatz der Verlagsdruckerei Gessler in Köln und drei Türen öffneten sich gleichzeitig. Bernd rückte sein Sakko und die Sonnenbrille zurecht, und Theo Wallmann ging nach hinten, um seine Filmausrüstung herauszuholen.

»Wie geht denn der Kofferraum auf?«, fragte er, während er nach einem Knopf zum Öffnen der Heckklappe suchte.

Bernd kam schnell nach hinten. Er wurde immer nervös, wenn jemand an seinem Auto herumfummelte.

»Moment, man braucht dafür den Schlüssel.«

Er rüttelte mit dem Autoschlüssel am Schloss der Heckklappe, die schließlich aufsprang.

»Wow«, sagte Andi verblüfft. »Sie sind ja ein richtiger Profi, Herr Wallmann!«

Im Kofferraum lag eine komplette Filmausrüstung. Theo Wallmann hatte sie irgendwann einmal günstig von einem Freund, der Kameramann beim WDR war, abgekauft: mehrere Taschen und Koffer mit Mikrofonen und Kabeln sowie ein Stativ und Lampen. Alles transportsicher verpackt und so gut wie neu. Andi wusste ja schon, dass Lisas Vater ein Faible für technische Geräte hatte, aber dass bei ihm daheim Kamera-Equipment der Premiumklasse im Keller lagerte, hätte er nicht vermutet.

»Easy, Dude! Ick bin auck ain Pro from Nu York Siddy«, scherzte Bernd, ganz in seiner Rolle als *Marc Steele*.

Das Filmteam schnappte sich die Koffer und ging zu einer Schranke, neben der das Pförtnerhäuschen stand. Ein kleines ovales Glasfenster wurde halb aufgeklappt.

»Ja, bitte …?«

Das klang nicht besonders freundlich. Die drei konnten nicht sehen, von wem die Stimme kam; der Pförtner war durch das schmutzige Fenster in seiner dunklen Behausung nur schemenhaft zu erkennen.

Bernd nahm den Diskussionsfaden auf und sprach mit dem Fenster.

»Hello, we're from the well-known German TV station RTL plus and we're shooting a documentary about the printing trade.«

In *the* Pförtnerhäuschen war es still und für einen Augenblick wussten die drei nicht, ob überhaupt noch jemand dort saß.

»Von welchem Sender?«

»RTL plus«, rief Bernd und schob hinterher: »We have an appointment with Mr. Gessmann.«

Bernd gab sich alle Mühe, nicht aufgeregt, sondern seriös zu klingen. Und sehr amerikanisch.

»Bei wem?«

Andi hustete und sprang dazwischen.

»Bei Herrn Gessler. Wir haben einen Termin bei Herrn Gessler.«

»Moment, bitte!«

Im Pförtnerhäuschen murmelte jemand etwas zu sich selbst und wählte eine Telefonnummer. Ein Gabelstapler fuhr vorbei, weshalb sie nicht hören konnten, was gesprochen wurde. Die Schranke öffnete sich.

»Warten Sie vor Tor 4, Herr Gessler holt Sie dort ab!«

»Vielen Dank! Von einem freundlichen Pförtner sind Sie kaum zu unterscheiden«, rief Herr Wallmann und kicherte.

Sie überquerten den großen Innenhof. Dort waren mehrere Tore mit dicken Zahlen drauf. Als sie am Tor mit der Nummer 4 ankamen, öffnete sich schon die Stahltür daneben und ein älterer Herr in einem grauen Anzug nahm sie freudig in Empfang.

»Ah, da sind Sie ja schon. Gessler. Harald Gessler.«

Die kurze Vorstellungsrunde mit Händeschütteln verlief zu Andis Erleichterung entspannt. Herr Gessler schien keinen Verdacht zu schöpfen. Theo Wallmann stellte sich als Kameramann Wolfgang Hösel vor, Bernd war der *bekannte* Moderator Marc Steele, und Andi war ... Andi, der Kabelträger.

Harald Gessler ging voraus. Sie durchquerten ein Labyrinth aus engen Fluren, bis sie schließlich in einem Besprechungszimmer ankamen. Kaffee, Orangensaft und Plätzchen waren extra für sie auf dem Tisch vorbereitet. Herr Gessler klatschte gut gelaunt seine Hände zusammen.

»So, meine Herren. Wo fangen wir an?«

Bernd ergriff das Wort, während Herr Wallmann noch mit der Einrichtung der Kamera beschäftigt war. Andi schaute ihm nervös zu, denn offenbar baute Lisas Vater die Ausrüstung zum ersten Mal auf.

»Ick schlage vor, Sie erssählen einfack mal from die Anfänge der Druckerei Gessler.«

»Aua!«

Theo Wallmann hatte sich beim Versuch, das Stativ aufzuklappen, den Daumen eingeklemmt.

»Alles gut, Herr ...?«, fragte Harald Gessler besorgt.

Theo Wallmann steckte sich den Daumen in den Mund und sagte: »Kein Problem, das Stativ klemmt nur manchmal.«

»Ah, gut ... äh, wo waren wir?«

»Ja, wie gesagt. Erssählen Sie uns ain bisschen from da Firmengrundung bis hoite.«

»Gut, also gegründet hat die Firma mein Großvater Heinrich Gessler im Jahr neunzehnhundert …«

Es schepperte ohrenbetäubend. Mehrere Farbfolienhalter waren auf den Boden gefallen.

»Kein Problem, gar kein Problem. Ich bin gleich so weit. Lassen Sie sich nicht stören!«

Herr Gessler schaute irritiert zwischen Andi und Bernd hin und her. Theo Wallmann hockte halb unter dem Tisch und sammelte die Folienhalter wieder ein. Andi sprang ihm zu Hilfe.

»Ja, also, das war neunzehnhundert … äh … achtunddreißig.«

Und dann führte er detailreich aus, was für spannende und wechselhafte Jahre die Firma Gessler-Druck im Laufe ihrer Firmengeschichte schon durchgemacht hatte.

Andi schaute ungeduldig auf die Uhr. Zwölf Minuten vor fünf. Sein Vater hatte ihm doch gesagt, dass er genau um fünf seinen Mörder sieht. Aber der wird ja wohl kaum hier in dieses Besprechungszimmer kommen und sagen: »Entschuldigung, wissen Sie vielleicht, wo die Kantine ist? Ich bin übrigens der Mörder von Herrn Krammer, schönen Tag noch allerseits.«

Nein, sie mussten unbedingt in die Produktionshallen! Herr Gessler war aber gerade erst im Jahr 1968 angekommen. Bernd blickte ebenfalls zur Uhr.

»… Neunzehnhundertachtundsechzig war für uns ein ganz besonderes Jahr. Die Studentenrevolte hatte ihren …«

»Entschuldigung, wo ist denn hier die Toilette?«

»Ähm … ja, da gehen Sie am besten ganz nach hinten durch und dann rechts, junger Mann.«

Andi ging zur Tür und zwinkerte Bernd zu.

»Ick muss auch!«, sagte Bernd geistesgegenwärtig.

»Ich auch«, rief Herr Wallmann und packte seine Kamera unter den Arm.

Herr Gessler schaute irritiert in die Runde.

»Die Ausrüstung ist sehr wertvoll. Die nehme ich immer mit.«

Jetzt war Herr Gessler vollends verwirrt.

»Gut … äh … dann könnten wir ja anschließend in der Halle weitermachen, wenn Sie nichts dagegen …«

»Super!«, kam es im Chor zurück, und im nächsten Augenblick war Herr Gessler allein.

Kapitel 54

Kommissar Offergeld und Anton Greipel kamen ebenfalls kurz vor 17 Uhr bei der Luxemburg-Werft in Niederkassel-Mondorf an. Das ganze Gelände war eine einzige Baustelle, weswegen sie ihren Audi 100 auf einem Behelfsparkplatz neben einem Bauzaun abstellten. Bis zur Zentrale waren es etwa hundert Meter zu Fuß. Der Weg war sandig und voller Pfützen. Sie meldeten sich bei der Zentrale an.

»Guten Tag, Kriminalpolizei Bröhlheim, Martin Offergeld ist mein Name. Das ist mein Kollege Anton Greipel.«

»Ah, guten Tag, da sind Sie ja!«

Die Dame vom Empfang stand auf.

»Frau Luxemburg erwartet Sie bereits. Bitte setzen Sie sich doch, sie wird jeden Moment bei Ihnen sein.«

Die beiden nahmen auf einer ockergelben Sitzgarnitur Platz. An den Wänden hingen Fotos einiger Schiffe und Autofähren, die seit der Firmengründung bis heute dort gebaut worden waren. Martin Offergeld seufzte. Beim Anblick dieser Bilder, die allesamt bei sonnigem Wetter in schönsten Gewässern entstanden waren, fragte er sich, wie lange sein letzter Urlaub eigentlich schon her war. *So eine Schiffchenfahrt mit Kaffee und Kuchen – das wäre schon nett,* dachte er. Die Tür ging auf und eine Frau in einem modernen Hosenanzug erschien. Offergeld und Greipel erhoben sich. Händeschütteln.

»Marion Luxemburg ist mein Name, guten Tag!«

»Martin Offergeld.«

»Anton Greipel.«

»Wir gehen am besten in mein Büro, dort sind wir ungestört.«
Marion Luxemburg ging voraus, die Polizisten folgten ihr.

»Entschuldigen Sie bitte die Umstände, aber wir vergrößern gerade die Schiffbauhalle.«

»Kein Problem«, sagte Offergeld und versuchte, an einem feuchten Aufnehmer, der vor einer Bürotür lag, etwas von dem hellbraunen Sand von seinen Schuhen loszuwerden.

Der Weg führte mitten durch die Werkshalle. Dort wurde gerade am Rohbau eines großen Fahrgastschiffes geschweißt.

»Die *Princess Marie Astrid*, etwa vierzig Meter lang und sieben Meter breit. Platz für 250 Gäste. Bitte vorsichtig hier!«

Auf dem Boden lagen einige Ketten und Seile herum, mit denen die schweren Bauteile an den Hallenkran gehängt wurden. An der Wand hing ein Werkstelefon, das mit einer Schallschutzhaube eingehaust war. Offergeld und Greipel sahen sich an und dachten beide das Gleiche: Von diesem Telefon aus könnte der ominöse Anruf an Ursula Riemann getätigt worden sein.

Sie kamen schließlich im Bürogebäude an. Das Büro von Frau Luxemburg war groß und elegant eingerichtet, wirkte aber trotzdem nicht luxuriös. Auf einem Schwarzweißfoto an der Wand hinter ihrem Schreibtisch war ein Mann abgebildet, der lässig mit hochgekrempelten Ärmeln auf einem Metallteil saß und es zusammenschweißte.

»Das ist – das war mein Vater. Johann Luxemburg. Er hat die Werft 1945 gegründet.«
Sie schaute etwas melancholisch auf das Foto.

»Er ist vor drei Monaten gestorben.«

»Oh, mein Beileid!«
Greipel nickte zustimmend.

»Danke! Was kann ich für Sie tun?«

Martin Offergeld räusperte sich.

»Nun, es geht um einen Mord, der vor kurzem in Bröhlheim verübt wurde«.

»Ein Mord? Und was führt Sie dann zu uns?«

»Komplizierte Geschichte. Um es kurz zu machen: Am Tatort wurden Baufahrzeuge gefunden, die am Tag davor hier gestohlen wurden.«

»Also, wenn es sich um Baufahrzeuge handelt, dann müssten Sie sich an die zuständige Baufirma wenden. Firma Schloemann. Wir selbst haben keine Bagger.«

Toni Greipel zog etwas aus der Jackentasche.

»Ist das vielleicht von hier?«

Marion Luxemburg nahm den Schäkel und betrachtete ihn.

»Ja, der ist von uns. Das erkenne ich an der blauen Markierung hier.«

Sie hielt den Schäkel hoch und schaute die Beamten beunruhigt an.

»Glauben Sie, dass unter unseren Mitarbeitern ein Mörder ist?«

»Das können wir zumindest nicht ausschließen. Wäre es Ihnen möglich, uns eine aktuelle Personalliste mit Adressen zukommen zu lassen?«

»Ja, natürlich. Wenn es Ihnen weiterhilft, können wir auch sofort einen Ausdruck für Sie machen!«

»Oh, das wäre natürlich noch besser.«

Frau Luxemburg machte einen internen Anruf, und kurze Zeit später druckte der Nadeldrucker neben ihrem Schreibtisch laut ratternd die gewünschten Daten auf Endlospapier aus.

Offergeld war beeindruckt, als Marion Luxemburg ihm das Papier überreichte.

»Bitte sehr.«

Anton Greipel überflog die Liste.

»Ehm, Frau Luxemburg? Was bedeutet das Kürzel *X*?«

»Das X steht für unsere ausgeschiedenen Mitarbeiter. Erst gestern mussten wir uns von einem unserer Hilfsarbeiter trennen.«

»Trennen? Und warum, wenn ich fragen darf?«

»Der junge Mann ist mehrere Tage unentschuldigt nicht zur Arbeit gekommen. Und das innerhalb der Probezeit. Nicht so günstig.«

Offergeld wurde hellhörig.

»Und wie hieß der Mitarbeiter?«

Frau Luxemburg dachte nach.

»Das weiß ich leider gerade auch nicht. Der Fertigungsleiter hat mich zwar gestern informiert, aber der Name ist mir gerade entfallen.«

Toni Greipel schob den Zeigefinger neben dem X nach rechts.

»Hans-Ulrich Kugler vielleicht?«

»Ja, genau, so heißt er!«

»Vielen Dank, Frau Luxemburg. Sie haben uns sehr geholfen!«

Kapitel 55

Andi, Bernd und Herr Wallmann rannten zu dritt durch die Flure der Druckerei Gessler und suchten den Eingang zur Produktionshalle.

»Hier muss es sein!«, rief Andi und öffnete eine Metalltür, über der ein Warnschild mit der Aufschrift »Gehörschutz tragen« hing.

In nächsten Moment wusste er auch, warum. Ein erheblicher Lärmpegel schlug den dreien hier entgegen. Theo Wallmann nahm seine Kamera auf die Schulter und filmte drauflos. Andi versuchte, sich in der riesigen Halle zu orientieren. Auf mehreren Produktionsebenen waren hier unterschiedliche Druckmaschinen im Einsatz. Gabelstapler fuhren umher, und mit Hallenkränen wurden die Anlagen mit frischen Papierrollen versorgt, von denen jede einzige Rolle so schwer wie ein Auto war.

»Wonach suchen wir denn genau?«, rief Bernd Andi zu. Sie standen an einer Brüstung, etwa fünf Meter oberhalb des Hallenbodens. Von hier aus gab es einen guten Überblick.

Tja, wonach suchten sie denn genau? *Gute Frage,* dachte Andi und hoffte, dass er irgendwo eine Antwort oder wenigstens einen Hinweis darauf fand. Er ging voraus auf einem Belag aus Riffelblechen. Ein paar Meter weiter führte eine Treppe nach unten. Die Metalltür schwang auf.

»Ach, hier sind Sie! Ich habe Sie schon überall gesucht!«

Der Druckereichef kam zu ihnen. Er war ziemlich außer Atem und … möglicherweise auch ein bisschen sauer.

Andi drehte sich suchend in alle Richtungen.

Das war von Anfang an ein ganz dämlicher Plan. So eine Scheiße!

An der Wand gegenüber hing eine große Uhr. Drei vor fünf! Andi beschloss, jetzt alles auf eine Karte zu setzen, und holte tief Luft.

»Hey, das ist ja Marc Steele! Whooo-hooo!«

Alle schauten nun nach unten, wo sich bereits eine kleine Gruppe gebildet hatte. Ein Arbeiter mit einem Blaumann zeigte zu ihnen hoch. Die anderen Kollegen nickten anerkennend, ein älterer Mann mit grauem Kittel klatschte Beifall.

»Scheiße!«, zischte Bernd durch die Zähne und winkte dabei lächelnd zurück. Er hatte nicht damit gerechnet, hier erkannt zu werden. Immer mehr Arbeiter kamen hinzu und schauten gebannt zu ihnen hoch. Rhythmischer Applaus begann. Was sie wohl erwarteten? Doch Bernd schien es zu wissen. Er zog seine Sonnenbrille auf, trat an die Reling und rief hinunter zu seinen Fans mit feinstem amerikanischen Akzent.

»Hello Friends, it's an honor to be with you … es ist mir eine Ärre, bei euck ssu sain.«

Ein Versandmitarbeiter, der gerade hinzugekommen war, klatschte. Die anderen glotzten nur wortlos nach oben.

Bernd grinste. Er wusste genau, womit er seine Fans glücklich machen konnte:

»Hey, ihr Pralinen! Braucht ihr noch 'ne cremige Füllung?«

Donnernder Applaus.

Harald Gesslers Blick hätte nicht ausdrucksloser sein können als in diesem Augenblick. Andi musste etwas tun. Jetzt!

»Herr Gessler, ich heiße Andreas Krammer. Mein Vater war Matthias Krammer und hat hier gearbeitet. Können Sie mir sagen, wo das war?«

Gessler schaute in die Runde. Jetzt dämmerte es ihm, dass er die ganze Zeit zum Narren gehalten wurde.

»Filmteam. Aha! Na, Sie sind mir ja ein tolles Filmteam!«

»Bitte, Herr Gessler! Es ist wichtig!«, flehte Andi ihn an.

Dieser rang noch um Fassung und schaute dabei in Andis aufgeregtes Gesicht.

»Da vorne war das!«

Harald Gessler zeigte eher unwillig in die Richtung eines Bürocontainers. Andi lief voraus und schaute in eines der Fenster. Die anderen folgten ihm. In diesem Moment schoss ein Gabelstapler um die Ecke. Der Fahrer hatte allem Anschein nach gerade nicht mit einem Filmteam gerechnet und machte eine Vollbremsung. Herr Gessler sprang zur Seite. Eine große Papierrolle fiel von der Gabel, walzte einige Meter über den Hallenboden und krachte schließlich gegen einen Geländerpfosten aus Eisen, der wie ein Streichholz umknickte und dabei laut schepperte. Dazu kam das Tröten des Pausensignals. Dann war es wieder etwas leiser. Gessler stauchte seinen Mitarbeiter nach Strich und Faden zusammen.

»… Wie oft muss ich Ihnen noch sagen, dass Sie hier mit Schrittgeschwindigkeit fahren sollen!«

Der Gabelstaplerfahrer sah erschrocken zu seinem Chef. Dann sah er zu Bernd, zu Theo Wallmann und zu Andi.

»'Tschuldigung, Chef. Ich pass nächstes Mal besser auf!«

Er drehte am Lenkrad seines Gabelstaplers und setzte ein Stück zurück. Dann nahm er die heruntergefallene Papierrolle wieder auf die Gabel und fuhr weg.

»So, meine Herren. Ich denke, es wird Zeit für eine Erklärung. Bitte folgen Sie mir!«

Andi, Bernd und Herr Wallmann gingen mit gesenkten Köpfen hinter Herrn Gessler her. Sie wirkten wie Grundschüler, die sich auf dem Pausenhof geprügelt hatten und nun zum Rektor beordert wurden.

Ein paar Minuten später waren sie wieder im Besprechungszimmer. Kaffee und Gebäck waren inzwischen entfernt worden. Wortlos wies ihnen Herr Gessler ihre Sitzplätze an. Andi sah sich in der Verantwortung, die Sache zu klären.

»Herr Gessler, es tut mir sehr leid. Wir hätten Ihnen natürlich gleich sagen müssen, wer wir sind und was wir wollen, aber … ich hatte befürchtet, dass Sie uns dann nicht hereingelassen hätten.«

»Oh, da haben Sie vollkommen recht!«

Der Geschäftsführer richtete sich auf und schaute finster in die Runde.

»Ich hätte gerne eine Erklärung für den ganzen Zirkus hier!«

»Mein Vater war Matthias Krammer.«

»Ja, das sagten Sie schon. Aber was heißt hier *war*?«

»Er wurde vor zwei Wochen ermordet.«

Gessler stutzte.

»Oh. Das … tut mir leid!«

Die Gesichtszüge des Druckereichefs verloren nun an Schärfe, als Andi weiterredete.

»Ich hatte gehofft, dass ich an seinem früheren Arbeitsplatz vielleicht einen Hinweis finde.«

Gessler schwieg einen Augenblick und schaute in die Runde. Er bekam nun selbst ein schlechtes Gewissen, weil er so schroff zu ihnen gewesen war. Er atmete tief ein und sein Blick ging zu Andi.

»Matthias … also, Ihren Vater, den habe ich gut gekannt. Er hat hier viele Jahre gearbeitet. Er ist hier zur Lehre gegangen, als mein Vater noch Geschäftsführer war. Er hatte eine Ausbildung zum Schriftsetzer gemacht, aber das Wort hatte ihm mehr gelegen als die Technik, deshalb ist er ein paar Jahre später ins Korrektoren-Team befördert worden. Er war sprachlich sehr begabt, und wir konnten uns immer hundertprozentig auf seine Korrekturen und Änderungsvorschläge verlassen. Manche Texte hatten so viele Änderungen, dass er sie praktisch allein verfasst hatte.«

»Warum haben Sie ihm denn dann gekündigt?«

Diese Frage war Gessler offenbar unangenehm, denn er wand sich auf dem Stuhl hin und her, bevor er antwortete.

»Nun, es ist so: Heutzutage sind Abteilungen mit Korrektoren unwirtschaftlich geworden. Die Arbeit wird mehr und mehr von Computern erledigt. Wir waren gezwungen, uns nach und nach von den Kollegen aus dieser Abteilung zu trennen.«

Er machte eine Pause und schien selbst nicht glücklich über diese Entscheidung zu sein. Dann erhellte sich sein Blick wieder.

»Immerhin konnten wir ihm den Abschied ein wenig versüßen. Ihr Vater hat die höchste Abfindungssumme bekommen, die wir jemals in einem solchen Fall ausgezahlt haben. Ich habe mich persönlich dafür eingesetzt.«

Herr Gessler stand auf und schaute zu Bernd und Herrn Wallmann. Allem Anschein nach war er nicht mehr sauer.

»Meine Herren, ich möchte mich bei Ihnen ganz herzlich für Ihr Interesse an unserem Haus und die *interessanten* Dreharbeiten hier bedanken.«

Er zwinkerte Theo Wallmann zu, der verlegen lächelte.

Es klopfte an der Tür und eine Dame erschien.

»Herr Gessler? Herr Hansch ist da.«

»Ah, Werner, wunderbar … sagen Sie ihm bitte, dass ich gleich bei ihm bin! Ich begleite nur noch meinen Besuch hinaus.«

Herr Wallmann staunte und fragte: »Werner Hansch? Also *der* Werner Hansch?«

»Ja, ein alter Freund von mir«, gab Gessler freundlich zurück und schob seinen Stuhl unter den Besprechungstisch.

Die Koffer und Taschen der Filmausrüstung wurden wieder aufgeteilt und sie verließen den Besprechungsraum. Auf dem Flur schien Herr Gessler einen Einfall zu haben und blieb stehen.

»Andi, möchtest du vielleicht noch einmal den Arbeitsplatz von deinem Vater sehen?«

Was für eine Frage! Ja, natürlich, dachte Andi.

»Ja, sehr gerne!«

Sie gingen zurück zum Bürocontainer in der Druckereihalle. Andi griff zur Türklinke und schaute unsicher zu Herrn Gessler.

»Geh nur rein, mein Besuch kann warten!«

Im Container war der Lärm von den Druckmaschinen kaum noch zu hören. Andi schaute sich um. Es standen sechs Schreibtische dort mit sechs leeren Bürostühlen. Er stellte sich vor, wie betriebsam es hier noch vor ein paar Jahren zugegangen sein musste.

»Ihr Vater hat dort gesessen«. Gessler zeigte auf den Schreibtisch, der gleich neben Andi stand.

Mit seiner flachen Hand strich Andi geistesabwesend über die dunkelbraune Schreibtischplatte. Mit der Zeit hatte sich dort eine Patina aus Staub gebildet.

Hier hat Papa also gearbeitet.

Die unerwartete Nähe zu seinem Vater berührte ihn. Er wischte sich die Hände ab und griff nach einer Schublade.

»Darf ich …?«

»Nur zu!«

In der Schublade lagen noch ein paar Bleistifte, Kugelschreiber und Radiergummis. In einem Fach konnte man die Umrisse eines Schlüssels erkennen.

»Dort hatte er immer einen Ersatzschlüssel für seine Wohnung deponiert«, erklärte Gessler.

Als Andi die Schublade wieder schloss, bemerkte er, dass die Stiftablage herausnehmbar war. Irgendetwas Weißes ragte dort ein Stück heraus. Andi nahm die Stiftablage aus der Schublade und ein Foto fiel zu Boden. Er hob es auf und lächelte. Auf dem Bild waren sein Vater, er und Christiane zu sehen. Seine Schwester saß etwas abseits und spielte mit einer Tube Klebstoff. Auf dem Teppich vor ihnen lag ein riesiger rot-blauer Drachen.

Andi hatte zwar keinen Mörder gesehen, aber der Ausflug hatte sich trotzdem gelohnt, fand er. Auf der Heimfahrt schaute er die ganze Zeit auf das Foto. Er war froh, diesen einen so besonderen Moment mit seinem Vater in den Händen zu halten.

Herr Wallmann sah zu Bernd rüber, der gerade den Blinker setzte.

»Werner Hansch! Ist das zu fassen!«

Kapitel 56

Offergeld trommelte mit den Zeigefingern unruhig aufs Lenkrad. Von dem Besuch bei der Luxemburg-Werft hatte er sich mehr erhofft als die Bestätigung von dem, was sie sowieso schon wussten.

»Ok, gehen wir mal davon aus, dass der Täter hier angestellt war und den Bagger gestohlen hat. Wahrscheinlich wurde auch dieser ominöse Telefonanruf an die Stadtverwaltung von hier abgesetzt. Aber wo ist die Verbindung zu Krammer?«

Anton Greipel dachte nach.

»Diese Lilo hat doch gesagt, dass im Transporter ein älterer und ein jüngerer Mann war. Und dass sie sich ständig gestritten haben.«

»Du meinst … Vater und Sohn?«

»Zum Beispiel. Ich meine, vielleicht arbeitet ja nur der Sohn hier und sein Vater hat ihn irgendwie unter Druck gesetzt.«

»Na prima, dann müssen wir nur einen ehemaligen Werftmitarbeiter finden, der einen Vater hat.«

»Sehr lustig!«

»Und was ist mit Ursula Riemann? Sie wurde am gleichen Tag von einem der beiden – also dann vom Sohn des Täters – angerufen.«

»Aber warum wurde sie ermordet, das ergibt doch keinen Sinn. Sie hat den Tätern wertvolle Hinweise gegeben, wenn auch ungewollt. Der Anrufer hatte nicht zu befürchten, dass Frau Riemann ihn wiedererkennt.«

»Na ja, vielleicht hat er ja einen Sprachfehler oder irgendeinen Akzent oder so, woran man ihn identifizieren kann.«

»Nein, Frau Riemann hat mir unter Tränen gesagt, dass er ganz normal geklungen hat. *Eher so mittel mit einem normalen Akzent*, hat sie gesagt. Außerdem wies ihre Leiche Spuren eines Kampfes auf. Ihre Bluse war zur Hälfte aufgerissen, was klar auf ein Sexualdelikt hindeutet. Das passt doch alles nicht zusammen, verdammt!«

Greipel schaute ratlos. Offergeld betrachtete im Rückspiegel ein Schiff, das am Anleger der Werft festgemacht wurde. Er startete den Motor und legte den Rückwärtsgang ein.

»Weißt du was, Toni? Ich glaub, wir sind gerade auf einem völlig falschen Dampfer!«

Kapitel 57

»Ausnahmsweise mal gründlich! Tsss!«

Dagmar Ehrsfeld war tief in ihrer Ehre gekränkt und stinksauer. Der Bürgermeister war an diesem Tag früher als sonst nach Hause gegangen und hatte sie gebeten, *ausnahmsweise mal gründlich* sauber zu machen. Sie machte das Licht an, zog ruppig das Stromkabel aus dem Staubsauger und äffte ihren Chef nach.

»Ausnahmsweise mal gründlich! Der spinnt wohl!«

Sie begann ihre Runde wie immer mit Staubsaugen. Für gewöhnlich war sie immer sehr gründlich und gewissenhaft. Aber heute Abend? Mit einem feuchten Ledertuch wischte sie lustlos über die kreuz und quer aufeinandergetürmten Aktenordner auf der Fensterbank.

»Ausnahmsweise mal gründlich! Bäbäbäbäbäää!«

Beim Umdrehen stieß sie versehentlich gegen den Schreibtisch und im unteren Fach rumpelte es laut. Gleich darauf floss eine klare Flüssigkeit aus der Schreibtischtür schäumend auf den Boden.

»Nein nein nein! Oje!«

Die Putzfrau öffnete die Tür und hob schnell eine Flasche Prosecco auf, die hingefallen war. *Seltsam. Wer stellt denn eine fast volle Sektflasche ohne Korken in ein Schreibtischfach? Bürgermeister Wolters! Na, sowas aber auch!*

Sie wischte die nasse Stelle vor dem Schreibtisch auf und fand zwei halbvolle Sektgläser, die hinter der Flasche standen.

»Jetzt wird's ja immer schöner! Wolters, du alter Schluckspecht!«

Nachdem sie die Gläser auf der Spüle der Teeküche abgestellt und die Flasche in den großen Müllcontainer geworfen hatte, holte sie einen Putzeimer samt Wischmopp aus dem Putzraum, füllte ihn mit heißem Wasser und gab drei Kappen voll Reinigungsmittel hinzu.

»Ausnahmsweise mal gründlich!«, rief sie. »Kannst du haben, Chef!«

Sie schaltete das Radio ein und drehte wild am Senderrad. Sie suchte nach Musik, die zu ihrer Stimmung passte.

»Drrtzzztllrrbllrr …«

*Aaah, **das** ist gut!*

Sie drehte den Lautstärkeregler nach rechts auf Anschlag.

Cause I'm T.N.T. I'm dynamite
T.N.T. and I'll win the fight
T.N.T. I'm a power load
T.N.T. watch me explode![19]

Die Putzfrau nahm einen blauen Müllsack und warf die Aktenordner von der Fensterbank hinein. Langsam, aber sicher, räumte, wischte und putzte sie sich in Rage.

Immer mehr Gegenstände, die ihrer Meinung nach am falschen Ort standen oder lagen, wanderten in den blauen Müllsack. Auf dem Höhepunkt ihres Wutausbruchs stülpte sie sich grüne Gummihandschuhe über und ließ sie laut schnalzen. Dann kippte sie einen halben Eimer Putzwasser aufs Parkett und wischte den

---

[19] T.N.T. von AC/DC (1975)

Boden im Takt der Musik. Die Sitzmöbel und die Stehlampe stellte sie an die Wand, und innerhalb kürzester Zeit war das Büro des Bürgermeisters nicht mehr wiederzuerkennen.

Als sie schließlich die kleine Couchgarnitur nach vorne zog, hielt sie abrupt inne. Der abgebrochene Absatz eines Damenschuhs lag dort im Staub.

»Oioioi, was ist denn das?«

»*Oi oi oi* …«, kam es wie ein Echo aus dem Radio.

Sie schaltete es aus.

Was machte denn ein abgebrochener Damenschuhabsatz unter der Couch von Bürgermeister Wolters? Sie schaute genauer hin, ob sie vielleicht noch mehr fand – und hob den Knopf einer Bluse auf, der ebenfalls dort lag.

Was ist denn das? Das wird ja immer besser hier! Wolters, du alter Weiberheld!

Dagmar Ehrsfeld nahm einen Plastikbeutel und steckte beide Gegenstände hinein. Sie überlegte kurz, dann lächelte sie verschmitzt. Gleich morgen würde sie den Bürgermeister mit ihrem Fund konfrontieren.

Dann werden wir ja sehen!

Kapitel 58

Andi fand Lisa auf der Wohnzimmercouch. Sie hatte ihr Krankenlager ins Wohnzimmer verlegt, weil es dort einen Fernseher gab. In der Sendung mit der Maus wurde gerade an einem dünnen nackten Mann mit Schnauzbart demonstriert, warum Reißverschlüsse so praktisch sind und wie sie hergestellt werden. Sein Intimbereich war mit einem Feigenblatt aus grünem Bastelpapier verdeckt. Es war schließlich eine Kindersendung.

»Guten Morgen.«

»Wow, was für ein Service!«

Lisa lächelte breit.

Andi stellte das Tablett auf den Couchtisch. Eine Kanne Tee, ein paar Scheiben Toast, etwas Butter und Marmelade.

»Och, bist du süß, das ist ja lieb!«

Lisa war entzückt. Sie konnte sich nicht daran erinnern, dass irgendwann mal jemand so etwas Nettes für sie gemacht hätte.

»Na ja, ich kann dir nur ein bisschen dabei helfen, aber gesund werden musst du schon selbst!«

Lisa hustete und fiel erschöpft zurück in ihr Kissen.

»Oh Mann, ist das ätzend!«, jammerte sie heiser.

»Wie geht's dir denn?«, fragte Andi, obwohl die Antwort auf diese Frage ganz offensichtlich war.

»Ha ha! Rate mal!«

Lisa hustete wieder und klang in der Summe nach erhöhter Temperatur, verstopfter Nase, Hals- und Gliederschmerzen sowie Kopfweh.

»Hmm … ich komm nicht drauf«, scherzte Andi, wofür Lisa nur ein müdes Lächeln übrighatte.

»Wie war's denn gestern in Köln?«

»Ach, du meinst bei Gessler-Druck … «

Andi zog eine Schnute. »Na ja, ging so.«

»Erzähl doch mal!«

»Ach, das, was ich geträumt hab, also das mit meinem Vater … das war Blödsinn. Ich hab keinen Mörder gesehen.«

Er schüttelte den Kopf.

»Wie konnte ich nur an so einen Scheiß glauben?«

Lisa presste die Lippen aufeinander und machte ein nachdenkliches »Hmmm«.

»Wie auch immer, es war trotzdem interessant zu sehen, wo mein Vater gearbeitet hat.«

»Sei nicht traurig! Es war einen Versuch wert.«

Andi zuckte mit den Schultern und reichte ihr den Tee. Während Lisa vorsichtig das Heißgetränk schlürfte, kramte er eine Videocassette hervor.

»Das ist die gesamte Gessler-Doku. Ungeschnitten und unzensiert. Dein Vater war so nett und hat sie gestern Abend noch auf eine Cassette überspielt. Magst du mal sehen? Ich glaub, dein Vater ist auch ein paarmal drauf.«

Lisa nickte eifrig.

»Könnte lustig werden!«

»Lustiger als *das* da?«, fragte Andi und zeigte auf den Fernseher. Armin Maiwald[20] hatte dem Nackedei gerade zusammen mit einer

---

[20] Erfinder und bekanntestes Gesicht der *Sendung mit der Maus*

Assistentin ein weißes Bettlaken um den Körper geknotet und war nun dabei, es mit einer Schere wieder zu lösen.

»Finden wir's raus!«, sagte Lisa grinsend und setzte sich auf.

Sie trug einen Bademantel über ihrem rosafarbenen Frottee-Overall und grüne Bernard-und-Bianca-Socken, die Andi sehr beeindruckend fand. Er wollte gerade einen witzigen Kommentar über Lisas Outfit abgeben, doch als er ihren warnenden Blick bemerkte, überlegte er es sich schnell wieder anders.

Andi schob die VHS-Cassette bis zur Hälfte in den Schlitz des Videorecorders, der sie umständlich entgegennahm. Es dauerte einige Sekunden, bis der Mechanismus Ruhe gab und auf dem Fernseher ein Bild mit einem wandernden Störstreifen sichtbar wurde.

Zu sehen war ... nicht besonders viel. Eine weiße Tischkante und das Hinterteil von Lisas Vater, der zur Hälfte unter dem Tisch hockte und dort irgendetwas aufzusammeln schien.

»Nur ein kleines Malheur ...«, warf Andi entschuldigend ein.

»Kein Problem«, antwortete Lisa gut gelaunt und freute sich auf den Rest des Films.

Die anschließenden Erläuterungen von Herrn Gessler über die Firmengeschichte von Gessler-Druck waren jedoch schwunglos und ermüdend. Andi drückte die Schnelllauf-Taste und man sah Harald Gessler in absurd schnellen und zackigen Bewegungen auf seinem Stuhl hin- und herwackeln. Seine Micky-Maus-Stimme in Kombination dazu machte die Szene gleich viel unterhaltsamer. Dann wurde die Druckereihalle sichtbar und Andi drückte wieder auf »Play«.

In einer Totalen war nun Bernd zu sehen. Er stand an einem Geländer und schien eine wichtige Ansprache vor der Belegschaft von Gessler-Druck zu halten.

»Hey, ihr Pralinen! Braucht ihr noch 'ne cremige Füllung?«

Lisa runzelte die Augenbrauen und schaute fragend zu Andi, aber der winkte nur ab.

»Erklär ich dir später.«

Dann kam die Szene mit dem Gabelstapler. Aus der Kameraperspektive konnte Andi den Kamikazepiloten von vorne sehen. Sein Gesicht sah merkwürdig aus. Irgendwas war mit seinem rechten Auge. Er lief hinter einer großen Papierrolle her, die gegen ein Geländer knallte. Die Hallenuhr trötete laut, doch es war deutlich zu hören, was Gessler ihm zurief.

»Wollen Sie uns umbringen, Kugler? Wie oft muss ich Ihnen noch sagen, dass Sie hier mit Schrittgeschwindigkeit fahren sollen!«

Stopp-Taste. Stille.

»Was hat der gerade gesagt?«, fragte Lisa ungläubig.

Zurückspulen. Play-Taste.

»Wollen Sie uns umbringen, Kugler? Wie oft muss ich Ihnen noch sagen, dass Sie hier mit Schrittgeschwindigkeit fahren sollen!«

Andi drückte die Pause-Taste und schaute zu Lisa.

»Kugler«, sagte er perplex und schaute langsam wieder zurück auf das flackernde Standbild. Die Hallenuhr im Hintergrund zeigte genau fünf Uhr an.

Kapitel 59

»Jetzt geh endlich ran, verdammt!«

Bürgermeister Wolters schaute entnervt auf sein Telefon. Das Freizeichen hörte er schon zum zwanzigsten Mal. Seit einer Viertelstunde versuchte er verzweifelt, seine Autowerkstatt in Liblar zu erreichen. In der Nacht war ihm eingefallen, dass die Polizisten ja Reifenspuren im Wald gesichert haben mussten. Er musste seine Reifen also schnellstens loswerden. Ende Oktober ist jedoch für gewöhnlich eine beliebte Zeit zum Wechseln der Reifen und die Werkstätten brauchen sich über zu wenig Arbeit nicht zu beklagen. Das wurde Wolters auch gerade klar.

Er warf den Hörer auf die Gabel, was der Apparat mit einem Klingeln quittierte, blätterte hektisch in den Gelben Seiten und suchte eine andere Werkstatt. Sein Zeigefinger zitterte vor Aufregung in der Wählscheibe. Freizeichen.

Jemand klopfte an die Tür.

Tuuuuuut.

»Bitte! Nein! Später! Ich habe keine Zeit!«

Tuuuuuut.

Die Türklinke ging nach unten und Dagmar Ehrsfeld stand in der Tür.

Tuuuuuut.

»Was wollen *Sie* denn?«

»Ich will mich bei Ihnen beschweren!«

Tuuuuuut.

»Beschweren? Warum das denn?«

Die Putzfrau hielt einen Plastikbeutel hoch.

»KFZ-Service Räuber, Gerda Straub am Apparat.«

»Wollen Sie mich verarschen? Verschwinden Sie, Sie dumme Kuh!«

»Wie bitte?«

»Wie bitte?«

»Ich habe jetzt keine Zeit für so einen Mist! Versuchen Sie es später, verdammt!«

Klack.

Rrrumms.

Wolters war wieder allein. Er sprach in den Hörer.

»Hallo?«

Dagmar Ehrsfeld war auf hundertachtzig. So eine Frechheit! Sie marschierte zum Ende des Flurs zur kleinen Teeküche und schmiss den Plastikbeutel wütend in den Abfalleimer. Ihr Blick fiel auf die beiden Sektgläser, die sie letzten Abend dort abgestellt hatte.

Soll sie doch jemand anders sauber machen, ich habe die Nase voll!

Die Tür fiel laut knallend ins Schloss.

»Was ist denn hier los?«

Offergeld war sauer über den Lärm, der schon seit Minuten vom Flur in sein Büro tönte.

»Der hat sie wohl nicht alle!«

»Wer?«

»Na, Wolters! Was glaubt der denn?«

»Bitte klären Sie mich auf, Frau …«

»Ehrsfeld.«

»… Frau Ehrsfeld!«

»Na ja, gestern Abend hat er mir vorgeworfen, dass ich meine Arbeit hier nicht gründlich mache. Und dann hab ich gesehen, was der für einen Saustall hat in seinem Büro. Und was der heimlich so treibt da. Pfui!«

Offergeld hatte Mühe, ihren Ausführungen zu folgen, aber es machte keinen Sinn, sie zu unterbrechen. Sie schimpfte sowieso weiter.

»Ja, der säuft wie ein Loch und vergnügt sich während der Arbeit mit Frauen, der alte Weiberheld!«

Der Kommissar hatte so einige Assoziationen in Zusammenhang mit dem Bürgermeister. Aber der Begriff *Weiberheld* kam nicht darin vor.

»Wie kommen Sie denn darauf, dass der Bürgermeister ein Weiberheld ist, Frau Ehrsfeld?«

»Ja, hier, schauen Sie doch selbst!«

Dagmar Ehrsfeld öffnete die Tür zur Teeküche und holte den Plastikbeutel aus dem Mülleimer. Offergeld knotete ihn auf und sah den abgebrochenen Damenschuhabsatz.

»Und ein Blusenknopf ist auch dabei. Ich sag's Ihnen, das ist ein ganz schlimmer Schürzenjäger!«

Offergeld hielt den Beutel in der Hand und war für einen Augenblick sprachlos. Dass bei Ursula Riemanns Leiche ein Pumps ohne Absatz gefunden wurde und an ihrer Bluse ein Knopf fehlte, schoss ihm gleich in den Sinn. Der Laborbericht und die Fotos vom Tatort waren eindeutig.

»Haben Sie noch mehr gefunden im Büro vom Bürgermeister, Frau Ehrsfeld?«

»Ja, die beiden Gläser hier.«

»Sind die abgespült?«, fragte Offergeld erschrocken, als er die Gläser auf der Spüle sah.

»Nein, ich ...«

»Gut!«

Er inspizierte eilig den Flur der Stadtverwaltung und horchte. Nichts regte sich. Dann sagte er mit gedämpfter Stimme.

»Kommen Sie bitte kurz mit in mein Büro! Schnell!«

Offergeld schloss die Bürotür hinter sich und überlegte, was er jetzt als Erstes tun müsste. Frau Ehrsfeld stand nur da und glotzte ihn mit einem fragenden Blick an. Er griff zum Telefon.

»Toni? … Ja, hallo, Martin hier. Kommst du bitte mal schnell rüber zu mir in die Stadtverwaltung? Und bring bitte noch zwei Kollegen mit … wie bitte? … Ja, das sag ich dir danach … ja … es geht um eine Festnahme … Zugriff, ja, richtig … bitte, beeilt euch!«

Der Hörer fiel in die Gabel.

»Bin ich jetzt festgenommen?«, fragte Frau Ehrsfeld besorgt. »Aber ich hab doch nichts …«

»Was? Nein nein, keine Sorge! Aber ich muss Sie leider bitten, unbedingt hier in meinem Büro zu bleiben. Haben Sie mich verstanden?«

Dagmar Ehrsfeld verstand überhaupt nichts und nickte.

Offergeld lächelte der Putzfrau aufmunternd zu, schloss seine Tür leise von außen und schlich in Richtung Bürgermeisterbüro.

Zum Eingang der Stadtverwaltung kamen bereits Greipel und zwei weitere Kollegen herein, die mit Helmen und schusssicheren Westen ausgestattet waren. Offergeld legte seinen Zeigefinger auf die Lippen und zeigte dann zum Büro des Bürgermeisters. Er ging an die rechte Seite der Tür, die anderen drei positionierten sich an der linken Seite. Die beiden Beamten in Schutzkleidung entsicherten ihre Dienstwaffen. Mit ein paar Handbewegungen erklärte der Kommissar ihnen den dreistufigen Plan:

1: Anklopfen, 2: Tür öffnen, 3: Überraschung!

Die Polizisten nickten. Offergeld klopfte an die Tür, Greipel zog sie auf, und die Polizisten liefen mit gezogenen Pistolen hinein.

Überraschung! Das Büro war leer.

Kapitel 60

»Was hast du vor, Andi?«

»Na ja, ich werde zum Kommissar gehen und ihm sagen, wer meinen Vater umgebracht hat.«

»Ruf ihn doch einfach an!«

»Nee, Quatsch, ich geh zu ihm rüber. Ist ja nicht so weit.«

Andi ging auf sein Zimmer, zog sich die Jacke an und überlegte, ob er noch irgendetwas brauchte. Da fiel ihm die Kommunionskarte ein, die er damals von diesem Kugler bekommen hatte. *Kann nicht schaden, sie mitzunehmen,* dachte er. Vielleicht konnte die Polizei mit der Handschrift etwas anfangen, zumindest hatte er einmal in einer Folge *Tatort* so etwas gesehen. Aber wo hatte er sie nur hingelegt? Er wollte doch, dass sie auf keinen Fall verloren geht. Ah, genau! Er hob den Karton mit seinem Plattenspieler an und nahm die Karte hervor. Ein kurzes Rollgeräusch erklang, gefolgt von einem hellen Klimpern.

»Mist!«

Die kostbare Wechselachse war vom Tisch heruntergerollt und unter die Heizung gefallen. Er seufzte und schob den Tisch zur Seite, um das wertvolle Teil wieder hervorzuholen. Dann steckte er es in seine Jackentasche; dort war es sicher.

Auf dem Weg zur Stadtverwaltung war er so vertieft in seine Gedanken, dass er den einsetzenden Regen gar nicht bemerkte.

Dieser Kugler war also ein Kollege seines Vaters gewesen. Sie arbeiteten zwar in unterschiedlichen Bereichen bei Gessler-Druck, aber anscheinend wurden sie irgendwann so etwas wie befreundete Kollegen, was die Kommunionskarte erklärt. Vielleicht hatte sein Vater ihm gegenüber so mit dem Geld von der Abfindung geprahlt, dass Kugler neidisch wurde. Aber worum ging es dann in diesem Streit vor einem Jahr in der Entzugsklinik? Zu diesem Zeitpunkt war von einer Abfindung noch nicht die Rede gewesen. Nun, ganz egal, worum es ging – danach war diese Freundschaft offenbar vorbei.

Wind zog auf und der Regen wurde stärker. Erst jetzt bemerkte Andi, dass das Wetter umschlug. Eine Frau räumte eilig einen Stand mit Süßigkeiten nach drinnen, während ihre Kollegin einen Schirm über die Ware hielt. In kürzester Zeit waren fast alle Passanten in die Geschäfte geströmt, um dem drohenden Regenschauer zu entkommen. Ein weißer Kombi bremste scharf neben ihm, jemand öffnete eine Tür, und ein paar Momente später befand sich Andi auf einer fremden Rücksitzbank. Bevor er sich fragen konnte, was zum Teufel hier los war, drückte ihm jemand einen scharf riechenden Lappen vor Nase und Mund. Sein Blick fiel auf ein rotes Kissen. Dann wurde es dunkel.

Als Andi die Augen öffnete, bemerkte er zunächst, dass seine rechte Hand an ein Heizungsrohr gefesselt war. Der Raum, in dem er sich befand, war dreckig und roch nach Metall. Ein paar verrostete Maschinen standen herum und warteten offenbar darauf, abgeholt und verschrottet zu werden.

Blibb!

Ein Tropfgeräusch. Dort, wo das Wasser durch die Hallendecke auf den Steinboden tropfte, hatten sich mehrere Pfützen gebildet, auf denen ein bläulicher Ölfilm schimmerte. In der Mitte des Raumes lag ein abgebrochener Ast. Die wenigen Kellerleuchten an den

Wänden gaben nur ein schwaches Licht ab. Er vermutete, dass er sich in einer stillgelegten Fabrik befand. Nein, falsch! Er befand sich mitten in einem Albtraum, von dem er hoffte, es möge tatsächlich einer sein: Dieser Raum ähnelte in beängstigender Weise jenem, von dem er vor ein paar Tagen geträumt hatte. Andi hatte Kopfschmerzen und zitterte. Was war geschehen? Warum hatten ihn diese Leute in dieses Auto gezerrt und hier hingebracht? Hatte dieser Kugler vielleicht herausgekriegt, dass er ihm auf die Spur gekommen war?

Sein Mund war trocken und er war elendig durstig. An der Wand gegenüber hing ein verdrecktes Waschbecken, aber es war unmöglich, dort hinzukommen. Er saß auf einer alten Matratze, die nach Benzin stank. Sein Bewegungsradius beschränkte sich auf – nun, diese Matratze.

»Hallo?«

Keine Antwort.

»Hallo!«

Blibb!

Nur das stetige Tropfen auf dem Hallenboden war zu hören.

Die kleinen Fenstergläser waren mit einer grün-braunen Patina überzogen und ließen keinen Blick nach draußen zu. Ein paar davon waren eingeschmissen worden, aber erkennen konnte er trotzdem nicht viel, außer dem Ast eines Baumes, der im Wind wippte.

Andi zog an seiner rechten Hand, aber die Wäscheleine, mit der er an dieses Rohr gebunden war, ließ sich nicht zerreißen. Sein Handgelenk tat weh und er hörte auf zu ziehen. Ein leerer Metalleimer stand neben der Matratze. Sollte er da etwa reinkacken, oder was? Ihm wurde schlecht.

Gleich neben ihm befand sich eine alte Werkbank mit einem Schraubstock, ganz genauso wie in seinem Traum.

Theo Wallmann! Der Technikfuchs wüsste bestimmt, wie er sich aus dieser Situation befreien könnte.

Lisa!

Oh, Mann! Wenn sie wüsste, in was für eine Lage er hineingeraten war, würde sie sich bestimmt Sorgen machen. Aber wahrscheinlich machte sie sich sowieso schon Sorgen. Denn immerhin war er schon seit … seit wann war er eigentlich hier? Er war am Vormittag von der Pension aufgebrochen, um zu Offergeld in der Stadtverwaltung zu gehen. Aber wie spät war es jetzt? Keine Ahnung. Den Lichtverhältnissen nach zu urteilen, die draußen herrschten, musste es aber schon einige Stunden her sein. Nicht mehr lange, und es würde dunkel werden.

Mama!

Was, wenn seine Entführer ihn umbringen würden? Dann würde er seine Mutter nie wiedersehen! Er hätte ihr doch noch so gerne gesagt, dass er sie liebhatte. Und dass er stolz darauf war, dass sie so eine starke Frau war. Seine Mutter war diejenige, die immer ihre schützende Hand über ihn und seine Schwester gehalten hatte. Auch wenn sie dies nicht immer durchhalten konnte, weil sie lange Zeit glaubte, ihr Mann sei der Stärkere. Sie hatte es geglaubt, weil sie es glauben sollte. Doch in Wahrheit war *sie* stärker! Andi fragte sich, ab welchem Zeitpunkt ihr diese Tatsache wohl klar geworden war. Es muss ein unsäglich befreiender Moment für sie gewesen sein zu erkennen, dass ihr Mann, vor dem sie so oft Angst hatte, nur ein armseliger und trunksüchtiger Schwätzer war. Ein Zwerg, der den Alkohol brauchte, um sich zu einem Riesen aufzublasen.

Blibb!

Wie lange würde es wohl dauern, bis man ihn hier fand? *Was war das eigentlich für eine bescheuerte Idee, zu Fuß zur Stadtverwaltung zu gehen?* Er hätte den Kommissar doch genauso gut auch anrufen können, wie Lisa es ihm vorgeschlagen hatte!

Mein Vater hatte recht: Ich bin ein blöder Hund!

Andi schloss die Augen und weinte.

Kapitel 61

Ein hellgrüner VW Passat fuhr viel zu schnell nach rechts auf die B553, nachdem er mehrere rote Ampeln überfahren hatte. Eine Radfahrerin konnte gerade noch ausweichen, um einen Zusammenstoß zu verhindern. Sie zeigte dem Verkehrsrowdy einen Vogel und schimpfte ihm laut etwas hinterher, doch der hörte es nicht.

Ein paar Minuten später bog er wieder nach rechts auf die Kerkrader Straße und kurz danach wieder rechts auf die A555. Endlich auf der Autobahn!

Heinz Wolters schaute in den Rückspiegel. War das ein Blaulicht? Nein, alles gut! Der Erleichterung folgte ein neuer Schrecken. Aufgeregt kramte er in seiner Tennistasche nach seinem Reisepass. *Wo ist mein Reisepass? Ich hatte ihn doch in die Tasche getan. Oder nicht? Verdammt, wo ist das Scheißding?*

Eine LKW-Fanfare ertönte rechts neben ihm und er riss das Lenkrad nach links. Während Wolters´ Passat sich wieder auf der Mittelspur einpendelte, fluchte und schimpfte er in Richtung des LKW und drückte mehrmals mit voller Kraft auf seine Hupe.

Beruhige dich! Nichts passiert!

Nichts passiert. Jaja, schon gut.

Er atmete tief ein. *Ich muss mich konzentrieren,* dachte er. Vor ihm war gerade kein Auto zu sehen, deshalb wechselte er auf die rechte Spur und verlangsamte seine Geschwindigkeit. Mit der linken

Hand und seinen Oberschenkeln blockierte er das Lenkrad und kramte mit der rechten Hand tief in seiner Tennistasche. *Oh, da ist er ja, Gott sei Dank!* Wolters´ Puls bewegte sich wieder in Richtung normal. Sein Tachometer zeigte 120. *Alles gut! Alles gut.*

So, jetzt nachdenken und auf den Plan fokussieren! Wenn alles glattlief, konnte er in wenigen Stunden schon in Holland an Bord einer Fähre gehen. Bis dahin würde sicher noch keine internationale Fahndung nach ihm ausgeschrieben worden sein. Mit der Fähre dann rüber nach England und von dort weiter nach Irland, je nachdem. Er würde für eine Weile untertauchen und sich still verhalten. Vielleicht hätte er ja Glück und käme irgendwie an einen neuen Pass. Dann würde er als »Mr. Walters« unbehelligt sein neues Leben genießen. *Ja, das wird super!* Sein Herz machte einen kleinen Sprung und ein Lächeln flog über sein Gesicht.

So, das war genug Spaß! Nur nicht die Konzentration verlieren. Es ist jetzt wichtig, einen kühlen Kopf zu behalten!

Er schaute auf eine große blaue Hinweistafel und las laut:

»A4 Richtung Aachen! SEHR GUT! Sehr gut.«

Er sah immer wieder in den Rückspiegel, um zu kontrollieren, ob er verfolgt würde. *Mist!* Seine Blase drückte. Er hatte es schon zu Hause in Badorf gespürt, kurz nachdem er seiner Mutter das Küchenmesser in den Hals gerammt hatte. Aber zu dem Zeitpunkt war er so in Eile und mit dem Packen seiner Sachen beschäftigt gewesen, dass er für solche Banalitäten keine Zeit hatte. Doch inzwischen war der stechende Schmerz in der Blase keine Banalität mehr, sondern zu einem echten Problem geworden. Scheiße!

»Ich muss irgendwo pissen! Wo kann ich hier pissen?«

Wolters schaute auf die Hinweistafeln. Inzwischen war er auf der A57 unterwegs in Höhe Neuss. Er kannte sich hier zwar nicht aus, aber er vermutete, dass es am Rheinufer eine Stelle geben müsste, um sich zu erleichtern.

»So, *Neuss Hafen*, hier geht's mal kurz raus… ta-ta-da-ta-daaa!«

Er klopfte einen undefinierbaren Rhythmus auf sein Lenkrad und schob seinen Oberkörper ganz nach vorne, um eine bessere Übersicht zu bekommen. Er bemühte sich, an etwas anderes zu denken als an seine volle Blase.

Ein paar Minuten später befand er sich in einem menschenleeren Hafenviertel, ein Stück außerhalb der Stadt. Direkt vor ihm war die Straße durch ein Tor gesperrt. *Mist!*

Er legte den Rückwärtsgang ein und drehte um. Dann ging die Irrfahrt durch das Hafengebiet weiter, und er wechselte ein paarmal hintereinander die Richtung. Er schaute abwechselnd in den Seitenspiegel, den Rückspiegel und wieder nach vorne.

»Wo bin ich hier?«

Wolters drehte sich nach hinten. Niemand zu sehen. Gut, dann eben gleich hier. Er wollte gerade aussteigen, als er einen älteren Mann sah, der einen hellbraunen Cockerspaniel an der Leine führte. Das Tier hob sein Bein und pinkelte intervallweise auf einen Wiesenstreifen. Wolters fragte sich, wann er das letzte Mal so neidisch gewesen war wie in diesem Augenblick. Er war neidisch – auf einen Hund!

»Drecksviech!«, rief er und startete den Motor wieder.

Sein Gesicht hing praktisch direkt an der Windschutzscheibe, so verkrampft klemmte sich Wolters an sein Lenkrad. Die Straße machte einen Knick und gleich dahinter war ein Gebüsch.

»Na endlich!«

Er drückte aufs Gaspedal und im selben Moment spürte er einen stechenden Schmerz im Knie. Ein Krampf! Nein, nicht schon wieder! Sein Oberkörper löste sich vom Lenkrad und er versuchte, den Fuß vom Gas zu nehmen, aber stattdessen drückte er das Gaspedal voll durch.

»Verdammte Scheiße!«, rief Wolters entsetzt.

Der Motor heulte auf und sein Auto beschleunigte immer mehr. Er raste über einen Schotterweg, direkt in Richtung Rheinufer.

Es gab einen heftigen Ruck und einen lauten Knall.

Seltsam. Das Geräusch war weg. Tatsächlich! Es war völlig still. Er schaute aus dem Seitenfenster und sah, wie er in Schrittgeschwindigkeit an einem Schiffspoller vorbeiglitt. Warum war er denn auf einmal so langsam? Die Sporttasche auf dem Beifahrersitz schwebte schwerelos nach oben.

Er horchte noch einmal. Merkwürdig! Kein heulender Motor, kein Reifenquietschen. Nichts! Hatte er irgendwas mit den Ohren? Vielleicht wegen dem ganzen Stress. Das hatte er doch mal irgendwo in einer Zeitschrift gelesen, dass Stress einen Hörsturz auslösen kann. *Ja, das wäre gut möglich, ist aber nicht weiter schlimm. Er würde sich später darum kümmern. In Irland gibt es auch Ohrenärzte. Was heißt eigentlich Ohrenarzt auf Englisch? Ear Artist vielleicht … na ja, ich werde es schon herausfinden. Mama kann ich ja jetzt nicht mehr fragen.*

Mama!

Er hoffe, dass sie es jetzt besser hatte. Dort, wo sie jetzt war! Ja, wirklich! Sie hatte es sicher gut mit ihm gemeint, dachte er, und gleichzeitig fragte er sich, wie er zu dieser absolut unpassenden Einschätzung gekommen war. Sie hatte es nämlich *nie* gut gemeint mit ihm! Wie oft hatte sie ihn für ihre sexuellen Vorlieben benutzt, nur weil sie keinen Kerl fand! Kein Wunder, hässlich wie sie war! Wolters lachte manisch und rieb sich die müden Augen hinter seiner Brille.

Mama war an allem schuld! An allem!

Warum hatte sie ihn auch so angeschrien, als er heimgekommen war, um seine Sachen zu packen?

»Wo willst du hin? Wo willst du hin?«, hatte sie ihn immer wieder gefragt. Wolters wiederholte laut ihre letzten Worte.

Zuerst hatte er nicht reagiert, in der Hoffnung, sie würde sich schon beruhigen. Aber stattdessen heulte sie sich immer mehr in Rage. Vielleicht hätte er ihr doch nichts von dem Mord an Frau Riemann erzählen sollen. Er schüttelte unwillig mit seinem Kopf.

Denn als sie ihn daraufhin auf Knien anflehte, dass er bei ihr bleiben solle, waren ihm alle Sicherungen durchgebrannt. Das Küchenmesser lag einfach so da. Er brauchte es nur zu nehmen und zuzustechen. Danach war endlich Ruhe! Sie war schuld! Ganz klar!

Und er? Ach, er hätte es so gerne einmal ausprobiert – also, mit einer anderen Frau als mit Mama. Und fast wäre es ja auch dazu gekommen. Ach, schade! Warum hatte sich die dumme Riemann so geziert? Es hätte ihr bestimmt auch gut gefallen. Und dann – wer weiß – hätten sie ja ein Paar werden können. Der Altersunterschied von … hmm, wie viele Jahre waren es eigentlich? … egal … das hätte ihm nichts ausgemacht. Ja, dann säße Ursel Riemann jetzt nämlich auf seinem Beifahrersitz und nicht die blöde Tennistasche.

Apropos Tennistasche … also, das ist wirklich merkwürdig! Sie schwebt ja immer noch. Lustig!

P   A   T   S   C   H

Wolters fühlte, wie er langsam, aber sehr kräftig, in seinen Sitz gedrückt wurde. Gleich darauf schwebte er nach oben, bis der Gurt ihn zurückhielt. Und noch etwas fiel ihm in diesem Moment auf: Der Druck auf seiner Blase war weg. Stattdessen spürte er eine wohlige Wärme in der Unterhose. Ah, tat das gut! Er schloss die Augen und genoss dieses angenehme Gefühl. Nur um die Füße wurde es jetzt ein bisschen kühl und er schaute nach unten.

Was er dort sah, erschreckte ihn allerdings so sehr, dass er laut aufschrie. Die Sporttasche plumpste auf den Beifahrersitz. Eiskaltes Wasser stand kniehoch in seinem Auto. Er riss hektisch rechts neben sich an seinem Gurtschloss, das gerade noch aus dem Wasser ragte.

Wolters´ Passat kippte schwimmend schräg zur Seite und die schmutzig-braune Brühe strömte unbarmherzig ins Wageninnere. Er zerrte aufgeregt an seinem Gurt, der sich endlich öffnen ließ. *Jetzt nur noch die Tür aufbekommen,* dachte er und stemmte sich mit aller Kraft dagegen. Aber sie ließ sich nicht öffnen. Wolters spürte inzwischen seine Beine vor Kälte nicht mehr. Nochmal! Er riss am Türöffner und holte aus, doch das Wasser bremste innen seinen Schwung gegen die Tür ab und drückte von außen unerbittlich dagegen. Auch die Fensterkurbel ließ sich nicht bewegen; sie war wie festgeschweißt.

Wolters japste und stemmte beide Hände an den Dachhimmel. Das Wasser hatte bereits seinen Brustkorb erreicht.

»Hilfe! Hilfe! HILFE!«

HALLO, BÜRGERMEISTER.

Wolters riss erschrocken seinen Kopf herum. Ursula Riemann! Sie saß direkt hinter ihm. Ihr Blick war kühl, aber sie lächelte. Er erstarrte, als er spürte, wie irgendwas an seinem Gürtel nestelte.

»Hören Sie auf … bitte, hören Sie auf!«

JETZT ZIER DICH DOCH NICHT SO! DU WILLST DAS DOCH AUCH! STELL DICH NICHT SO AN, DU … MISTSTÜCK!

Er spürte ihren kalten Atem im Gesicht und sah in ihre blutunterlaufenen Augen. Dann beschlug seine Brille.

»AAAAAH!«

Etwas zog seine Hose hinunter. Sehen konnte er nichts, denn es war alles unter Wasser. Nur eine kleine Sauerstoffblase hing unter dem Dachhimmel. Wolters strampelte wild mit den Beinen, während er nach Luft japste. *Irgendwas* fummelte da unten an ihm rum.

AH, DA IST ER JA, DER KLEINE RACKER!

Er schrie ein letztes Mal auf, als er zwei nasse Hände von hinten in seinem Gesicht spürte, die ihn nach unten zogen.

Ein hellgrünes Stück Blech versank im Rhein, ein paar Wellen schwappten an die Ufermauer, dann war alles wieder ruhig. Nur ein brauner Cockerspaniel wedelte aufgeregt mit dem Schwanz und bellte das Wasser an.

Kapitel 62

»Einsatzzentrale, hier Kommissar Offergeld. Sind die Kollegen in Köln schon alarmiert?«

»Ja, sind sie. Verstärkung ist unterwegs. Wir haben zusätzlich in zehn Minuten einen Hubschrauber in der Luft.«

»Sehr gut! Bitte meldet euch, wenn ihr was habt!«

»Machen wir. Übrigens … eben hat sich eine Frau Wallmann bei uns gemeldet. Sie wollte Sie unbedingt sprechen, Herr Offergeld.«

»Frau Wallmann? Was wollte die denn?«

Er drehte sich zu Greipel und zeigte auf einen langgezogenen Haltestreifen rechts der Straße. Sein Kollege nickte und setzte den Blinker.

»Frau Wallmann sagt, ihr Freund Andreas Krammer hätte sich am Vormittag auf den Weg zu Ihnen gemacht. Das wäre jetzt mehr als fünf Stunden her, sagt sie. Seitdem hätte sie nichts mehr von ihm gehört.«

»Ok, danke! Bis später!«

Er hängte das Mikrofon des Funkgerätes in die Halterung zurück, als Greipel den Wagen zum Stehen brachte.

»Was könnte Andi Krammer denn bei uns gewollt haben?«

»Keine Ahnung«, sagte Greipel.

»Ok, weißt du was? Hier auf Verdacht in der Gegend herumzu-
fahren und Wolters zu suchen, bringt uns nicht weiter. Dreh da
vorne um, wir fahren zurück.«

»Alles klar!«

Als die beiden wieder in der Stadtverwaltung ankamen, herrschte
dort helle Aufregung. Ein Übertragungswagen des Westdeutschen
Rundfunks hatte auf dem Platz vor dem Gebäude Stellung bezo-
gen und ein Reporter der Sendung »Hier und Heute« interviewte
die Putzfrau Dagmar Ehrsfeld.

Offergeld und Greipel wühlten sich an den Fernsehkameras vor-
bei durch die Menschen und ignorierten die Rufe und Fragen des
Reporters. Offergelds Bürotür knallte zu und es war still. Der
Kommissar ließ sich in seinen Bürostuhl fallen und atmete schnell.

»Was für eine Scheiße! Irgendjemand muss der Presse gesteckt
haben, dass unser Bürgermeister auf der Flucht ist.«

»Und jetzt?«, fragte Greipel.

»Lisa Wallmann!«, rief Offergeld und griff zum Telefon.

»Hier Kommissar Offergeld, hallo Frau Wallmann. Könnten Sie
mir bitte Ihre Tochter geben?«

Ein paar Sekunden vergingen.

»Hallo Lisa, Offergeld hier. Was ist los?«

Greipel konnte nur hören, was der Kommissar sagte.

»… Nein, bisher nicht … aha … ok … ja … mmmh … mmmh
… ok … Lisa? … Lisa! Bitte versuch, dich zu beruhigen, ja? Wir
kümmern uns darum, ok? … Was? … Ja, natürlich! Ich melde
mich, wenn ich mehr weiß … ok. … Ja, mach´s gut! Tschüss!«

Er legte den Hörer auf und schaute Greipel an.

»Ich fürchte, wir haben ein neues Problem. Andi Krammer ist
verschwunden.«

»Wie, verschwunden?«

Es klopfte.

»Ja?«

Eddy Pasbrig schaute zögerlich ins Büro des Kommissars.

»Was wollen Sie denn hier? Ich hab im Moment wirklich keine Zeit!«

»Es geht um Andreas Krammer.«

»Kommen Sie rein!«

Pasbrig zupfte nervös an seiner Lederjacke.

»Andi Krammer …«

»Was ist mit ihm?«

»Er ist entführt worden.«

»WAS?«

Pasbrig berichtete den beiden, was er gesehen hatte. Dass er am Vormittag in der Innenstadt gewesen war, um ahnungslosen Passanten die Geldbörsen abzunehmen, ließ er lieber aus. Tat ja auch nichts zur Sache.

»Also, ich war in der Stadt einkaufen, und da habe ich …«

Nun, die Wahrheit war: Er hatte eine ältere Dame mit Pelzmantel ins Visier genommen, die in einen Laden eilte, um vor dem drohenden Regenschauer zu flüchten. Der allgemeine Ansturm auf die Ladengeschäfte spielte ihm wunderbar in die Karten. Als er mit seiner Hand schon fast in der Manteltasche seines Opfers war, hörte er ein Reifenquietschen auf der Straße. Er drehte sich um und sah, wie zwei Männer einen jungen Mann packten und ihn in ein Auto zerrten. Als er genauer hinschaute, erkannte er, dass es Andi war. In drei Sekunden war das Auto wieder weg. Außer ihm hatte den Vorfall offenbar niemand mitbekommen.

»Und Sie sind sich ganz sicher, dass es Andreas Krammer war?«

»Ja, hundertprozentig!«

»Darf ich Sie mal fragen, warum Sie damit zu uns kommen? Ich meine, immerhin haben Sie seinen Vater bestohlen.«

»Ja, das stimmt«, erwiderte Eddy und sah zu Boden. »Aber der Junge tat mir leid und ich musste irgendwas machen.«

»Freut mich!«

»Was denn?«

»Dass Sie anscheinend doch sowas wie ein Gewissen haben.«

Eddy Pasbrig schämte sich und wusste nicht recht, wo er hinschauen sollte.

»Haben Sie das Kennzeichen gesehen? Was war das für ein Auto?«

»Das war ein weißer Opel Rekord 1900 Caravan.«

Offergeld und Greipel wechselten beeindruckt Blicke.

»Da hat aber einer Ahnung von Autos!«

»Ja, ich hab mal in einem Autohaus gearbeitet.«

»Ach so, ok. Konnten Sie sich vielleicht noch das Kennzeichen merken?«

»Hmm … Bröhlheim … also BM … die zwei Buchstaben in der Mitte weiß ich nicht mehr …« Sein Blick erhellte sich: »Vierundzwanzig am Ende!«

Wieder zeigten sich Offergeld und Greipel beeindruckt.

»Das ist mein Geburtsdatum … also der Zweite Vierte.«

Offergeld griff zum Hörer und wählte eine Nummer.

»Ja, hier Offergeld. Ich brauch von euch schnellstens den Halter zu einem Kennzeichen … das Fahrzeug ist ein weißer Opel Rekord 1900 Caravan … das Kennzeichen ist Bröhlheim … die Buchstaben in der Mitte sind leider unbekannt … wie bitte? … Ja, unbekannt! … und dann vierundzwanzig … was? … Ja, natürlich heute noch! Ich warte!«

Er legte kopfschüttelnd den Hörer wieder auf.

»Eine Arbeitsmoral haben die …«

Offergeld sah Eddy Pasbrig an, konnte aber dessen Blick nicht deuten.

»Ist noch irgendwas?«

»Ich, also, äh … ich wollte fragen, ob es vielleicht möglich wäre, von dieser Anzeige wegen Körperverletzung abzusehen.«

»Ach, daher weht der Wind! Sagen Sie mal, Sie …!«

»Ich dachte nur, weil Hilde … also, meiner Frau geht es ja schon viel besser. Mir sind einfach die Nerven durchgegangen und ich hab überreagiert. Es … es tut mir leid!«

»Na ja, das müssen Sie Ihrer Frau erzählen, nicht mir!«

Das Telefon klingelte und der Kommissar hob sofort ab.

»Offergeld … ja … ja … ok, Sekunde bitte!«

Er machte eine Handbewegung und Anton Greipel wusste sofort, was gemeint war.

»So, Herr Pasbrig, vielen Dank für die Hilfe! Sie hören dann von uns. Danke nochmals!«

Greipel schob Eddy sanft, aber zielgerichtet zur Tür hinaus und schloss sie wieder. Offergeld nickte dankbar.

»So, da bin ich wieder, ich musste nur grad was zum Schreiben … ja … Hans-Ulrich Kugler … hab ich … und die Adresse? … Von-Leibnitz-Straße 180 … ja … in Blessem … was? … Ja, ich weiß, wo das ist … ist notiert, vielen Dank!«

Er legte auf und wedelte mit der Adressliste der Luxemburg-Werft.

»Dein Kugler war ein Volltreffer, Toni! Kleiner Ausflug nach Blessem gefällig?«

Kapitel 63

»Hast du's erledigt?«

»Ja … nein … ich …«

Gerald Kugler funkelte seinen Sohn wütend an.

»Was soll das heißen, hä?«

»Er ist doch … unschädlich. Ich meine, er kann doch nicht weg da.«

»Sag mal, bist du jetzt von allen guten Geistern verlassen? Ich habe dir geholfen, den Jungen zu schnappen. Hast du eine Ahnung, wie schwierig es war, an das beschissene Chloroform zu kommen? Der Deal war, dass du dich um alles Weitere kümmerst. Solange er lebt, kann er uns verpfeifen. Geht das in deinen blöden Kopf rein?«

Kugler tippte mit seinem Zeigefinger bei jeder einzelnen Silbe auf die Stirn seines Sohnes.

Sie saßen in Ulis weißem Opel Record Combi 1900 auf dem Werkhof der ehemaligen Firma Schlemmer in Vochem.

»Oder soll ich es tun? Dann kannst du die Kohle aber gleich vergessen, das sag ich dir!«

Während Gerald Kugler im Handschuhfach nach Zigaretten suchte, dachte sein Sohn nach. Er fühlte sich chancenlos und verzweifelt in dieser elenden Zwickmühle.

Andererseits hatte er Mitleid mit dem Jungen. Dieser Andreas Krammer war nur ein paar Jahre jünger als er. Wie würde der sich jetzt fühlen? Sein Vater war ermordet worden, und jetzt hockte er da auf dieser dreckigen Matratze und hatte keine Ahnung, dass er keine Chance hatte, lebend da wieder rauszukommen.

Uli Kugler dachte an das viele Geld, das er so dringend brauchte. Er atmete tief ein. Es musste auf jeden Fall schmerzlos sein!

»Nein! Nein, ich mach das schon!«

Gerald Kugler nickte und stieg aus. Er ging um das Auto herum und trat ans Fenster, wo sein Sohn am Steuer saß. Uli kurbelte es zur Hälfte nach unten.

»Ich kauf jetzt mal Kippen und du machst das, was wir gerade besprochen haben. Und wenn ich zurück bin, dann ist alles erledigt. Alles klar so weit?«

Uli nickte zitternd, ohne seinen Vater anzuschauen.

Kugler schlug mit der flachen Hand aufs Autodach.

»Steig aus, ich nehme das Auto. Damit du mir nicht heimlich abhaust!«

Obwohl es Ulis Auto war, tat er, was sein Vater verlangte. Kugler stieg ein, startete den Motor und fuhr mit quietschenden Reifen vom Werksgelände.

Ulis Gedanken rasten, während er zum Eingang der Halle ging. Was sollte er jetzt tun? Und vor allem: *Wie* sollte er es tun?

Er konnte sich beim besten Willen nicht daran erinnern, dass es einmal einen schönen und unbeschwerten Moment mit seinem Vater gegeben hätte. Nein, ganz im Gegenteil. Sein Vater hatte ihm immer Angst gemacht. Einmal war er weinend von der Schule nach Hause gekommen, weil sein Klassenkamerad Gerd ihm eine Ohrfeige verpasst hatte. Sein Vater hatte mit ihm zusammen am nächsten Tag Gerd aufgelauert und einen günstigen Moment ohne Zeugen abgepasst. Dann hatte er den Schüler gepackt, seine Arme fixiert und Uli befohlen, Gerd in den Bauch zu boxen, so fest er konnte.

Uli hatte nächtelang nicht schlafen können nach diesem Vorfall, aber Gerd hatte ihm nie wieder eine Ohrfeige verpasst.

Hans-Ulrich Kugler atmete tief ein, um sich Mut zu machen. Ok, dann musste es wohl sein. Er zog an der Eingangstür zur Schlosserei.

»Wissen Sie, dass Sie sich hier auf einem Privatgelände befinden?«

Uli fuhr herum und hielt sich blinzelnd den Arm vor die Augen. Jemand leuchtete ihm mit einer Taschenlampe direkt ins Gesicht, und er konnte nicht erkennen, wer ihn da angesprochen hatte.

»Ähm … ja, es ist so, wir haben eine Panne und sind auf diesen Hof gefahren. Wir wussten nicht, dass wir hier nicht hineinfahren dürfen.«

»Augenblick mal! Bist *du* etwa der Typ, der den geklauten Bagger hier abgestellt hat?«

»Äh … nein.«

Uli schaute verunsichert nach links und rechts.

»Und wo ist das Auto mit der Panne?«

»Äh … mein Vater holt gerade Zigaretten.«

»Willst du mich verarschen?«

Der Fremde nahm sein Funkgerät und suchte den Schalter an der Seite. Als er ihn endlich fand, drückte er drauf. Die Taschenlampe blendete ihn nun nicht mehr, so konnte Uli endlich sehen, mit wem er es hier zu tun hatte. Der uniformierte Mann war etwa Mitte dreißig und hatte einen eher rundlichen Aufbau. Sein Hemd trug einen Aufnäher mit der Aufschrift *»WaWa-Wachdienst Wallmann«*. Er machte insgesamt einen eher harmlosen und unbeholfenen Eindruck.

»Zentrale, hier Bock, bitte kommen!«

Er ließ den Knopf los und drückte ihn sofort wieder.

»… Over.«

Das Funkgerät knisterte.

»Hier Zentrale. Was gibt's? Over.«

»Hallo Zentrale. Hier Bock. Also Holger … Holger Bock … der Neue … Sie wissen schon … Over.«

»Das hab ich schon verstanden, Holger. Was gibt's? Over!«

»Ach so. Ja. Ähm, hier ist jemand, Herr Wallmann.«

»Wer ist denn …?«

»Over.«

»Holger! Ich hab dir doch am Montag bei der Einweisung gesagt, du musst immer *direkt* am Ende Over sagen, sonst redest du mir rein, und dann kann ich dich nicht verstehen. Hast du verstanden? Over!«

»Ja, ok.«

»Denn bei Cb-Funk kann immer nur einer …«

»… Over!«

Knistern.

»Wie bitte?«

»Also, was ist denn jetzt?«

Stille.

»Hallo? Bist du noch da, Holger?«

»Ja, ja! Aber ich hab auf das *Over* gewartet.«

»Meine Güte!«

Es knackste laut.

»Zentrale? Herr Wallmann? Hallo?«

»Ja! Was ist denn jetzt?«

»Hier ist jemand auf dem Gelände der Firma Schlemmer. Was soll ich tun? Ich bin alleine.«

»Ok, ich ruf die Polizei. Die sind spätestens in zwanzig Minuten bei dir.«

»Ok. Also jetzt Over, Herr Wallmann?«

»Ja, OVER, Holger!«

Holger Bock schaltete sein Funkgerät aus.

»So, und jetzt zu dir, Freundchen … äh, hallo?«

Uli Kugler war bereits in Richtung Innenstadt unterwegs und hoffte, dass er dort irgendwo seinen Vater fand. Sein Gemütszustand ließ kaum noch einen klaren Gedanken zu. Innerhalb von einer Woche war sein Leben, das er sich in den vergangenen Jahren mühsam aufgebaut hatte, den Bach runtergegangen. Seit einer Woche reihte sich eine Katastrophe an die nächste. Was war nur los? Das musste endlich aufhören!

Gut zehn Minuten später befand er sich in der Bröhlheimer Innenstadt. Auf seinem Weg dorthin war er an drei geschlossenen Kiosken und vier Zigarettenautomaten vorbeigekommen. Er blieb stehen und überlegte. Vielleicht war sein Vater ja schon längst wieder zurück. Aber dann würde er diesem Wachmann genau in die Arme laufen. Möglicherweise hatte der auch schon die Polizei alarmiert. Ja, bestimmt sogar, denn der Typ machte einen sehr pflichtbewussten Eindruck. Er musste seinen Vater warnen!

Uli drehte sich um und lief, so schnell er konnte, zurück zur Halle.

Kapitel 64

In der Von-Leibnitz-Straße 180 war alles dunkel. Toni Greipel hatte schon zum dritten Mal auf die Klingel mit der Aufschrift *Kugler* gedrückt.

»Und jetzt?«, fragte er den Kommissar.

Offergeld trat gegen einen Stein und dachte nach. Da meldete sich das Funkgerät im Auto.

»Null eins für zwölf vierzehn, bitte kommen!«

Offergeld sprang auf den Beifahrersitz und griff zum Mikrofon.

»Hier zwölf vierzehn.«

»Gerade kam ein Anruf rein von unseren Kollegen in Neuss.«

»Ja, verstanden, null eins.«

»Ein hellgrüner Passat Combi ist dort heute Nachmittag gegen halb vier bei der Pierburgbrücke ins Wasser gestürzt. Augenzeuge ist ein älterer Herr, der zu diesem Zeitpunkt mit seinem Hund dort spazieren ging. Das Fahrzeug wurde vor etwa einer Dreiviertelstunde geborgen. Bei dem Toten handelt es sich mit hoher Wahrscheinlichkeit um Bürgermeister Wolters.«

Greipel schaute erstaunt zu Offergeld.

»Verstanden, null eins.«

»Die Untersuchungen vor Ort dauern noch an. Allerdings gibt es ein … pikantes Detail.«

»Was denn für ein Detail, null eins?«

»Der Bürgermeister war nackt.«

Offergeld und Greipel wechselten ungläubige Blicke.

»Äh, Entschuldigung, habe ich das richtig verstanden? Nackt?«

»Ja, ähm … das ist korrekt.«

Dieses Bild hätte Offergeld in seinem Kopf nicht gebraucht.

»Ok, vielen Dank! War sonst noch was auffällig dort?«

Sein Gesprächspartner zögerte und Offergeld vernahm ein Kichern eines anderen Kollegen im Hintergrund.

»Na ja … sagt Ihnen der Begriff *postmortale Erektion* etwas?«

Dieses Bild hätte Offergeld erst recht nicht gebraucht. Er räusperte sich.

»Nein, aber ich habe genug Fantasie, um mir darunter etwas vorzustellen. Hört mal, sobald Wolters´ Identität zweifelsfrei bestätigt ist, schickt bitte jemanden nach Badorf! Der Bürgermeister hat dort bei seiner Mutter gewohnt. Bringt es ihr bitte so schonend wie möglich bei, ja?«

»Wird gemacht, zwölf vierzehn.«

Wieder Kichern.

»Ok … gut … was liegt sonst noch an?«

»Nur das Übliche, zwölf vierzehn. Wieder mal ´ne Schlägerei beim Moonlight und ein Hausfriedensbruch in Vochem.«

»Was denn für ein Hausfriedensbruch?«

»Wachdienst Wallmann bat eben um einen Streifenwagen. Einer seiner Männer hat einen Fremden auf einem stillgelegten Firmengelände angetroffen. Aber wir gehen von einem Fehlalarm aus. Das haben wir auch Herrn Wallmann gesagt.«

Beim Kommissar läuteten nun alle Alarmglocken.

»Welches Firmengelände?«

»Firma Schlemmer, die alte Behälterbaufirma in Vochem.«

»Verdammt, und damit kommt ihr mir erst jetzt?«

»Äh … wie bitte?«

»Könnt ihr nicht mal eins und eins zusammenzählen? Ist das zu viel verlangt? Auf dem Schlemmer-Gelände wurde letzte Woche genau *der* Bagger versteckt, mit dem Krammer im Südfriedhof ausgebuddelt wurde. Habt ihr das schon vergessen? Seit heute Morgen wird sein Sohn vermisst. Da ist ein Zusammenhang doch zumindest möglich. Bitte sofort einen Streifenwagen nach Vochem schicken! Habt ihr verstanden?«

Greipel startete den Motor und Offergeld schaltete das Blaulicht und die Sirene ein. Sie fuhren los.

»Ja, verstanden, aber … das dauert. Null achtzehn ist bei der Schlägerei vor der Disco Moonlight.«

Ein offenbar betrunkener Radfahrer vor ihnen fuhr Schlangenlinien.

»Vorsicht!«

»Hab´s schon gesehen, Chef.«

»Wie bitte?«

»Ihr wart nicht gemeint. Wir sind schon auf dem Weg. Sofort den Einsatz am Moonlight abbrechen und die Kollegen nach Vochem ziehen! Wir brauchen da jede Hilfe, die wir kriegen können, Ende!«

»Gib Gas, Toni! Ich fürchte, wir haben es sehr eilig!«

Kapitel 65

Andi kauerte auf seiner Matratze in der alten Schlosserei. Sein Blick war schon seit einiger Zeit auf die sich wiederholenden Muster im Stoff fixiert. Mit ein bisschen Fantasie konnte man konkrete Formen darauf entdecken. Gerade erkannte er einen Vogel, der weit oben am Himmel flog. Und einen See …

Sein Durst war unmenschlich und seine spröden Lippen waren wund. Er hatte sich schon zweimal im Metalleimer erleichtert und spielte mit dem Gedanken, seinen eigenen Urin zu trinken. Aber allein die Vorstellung daran löste einen heftigen Würgereiz bei ihm aus. Er versuchte, sich an seinen Traum zu erinnern. Lag dort auf der Werkbank irgendetwas, das er für eine Flucht gebrauchen konnte? Nein, sie war völlig leer.

Er dachte wieder an Lisa und daran, dass er sie wahrscheinlich nicht mehr wiedersehen würde. Sie war so anders als Susanne; sie tat ihm einfach gut. Die Erinnerung an ihren Abschied am Vormittag kam ihm in den Sinn.

»Bis gleich!«, hatte er gesagt und ihr einen Handkuss zugeworfen. Dann war er noch auf sein Zimmer, um seine Jacke anzuziehen und … Moment mal!

Andi nahm die linke Hand und kramte die etwa 15 Zentimeter lange, metallene Wechselachse seines Plattenspielers aus seiner Jackentasche. Sein Herz schlug ihm vor Aufregung bis zum Hals. Er schob den Metallstift unter sein rechtes Handgelenk und hebelte einige Male an der Wäscheleine, die auf der Gegenseite tief einschnitt.

Andi kniff die Augen vor Schmerz zu und drückte immer wieder gegen die Fessel. Das könnte funktionieren! Nach etlichen Hebelversuchen war die Leine so locker, dass er gerade so mit der Hand durchschlüpfen konnte. Er stand auf und lief zum Waschbecken. Als er den Hahn aufdrehte, kam minutenlang nur eine hellbraune Brühe aus der Leitung. Er wartete, bis das Wasser klar wurde, und trank. In diesem Augenblick hätte er kaum glücklicher sein können. Aber jetzt nichts wie weg von hier! Er drehte den Hahn wieder zu und horchte. War das eben ein Geräusch gewesen? Die Außentüre wurde geöffnet.

»Verd…!«, presste er gequält durch die Lippen und sprang zurück zur Matratze. Seinen linken Arm hob er an, so dass es aussah, als wäre sein Handgelenk immer noch gefesselt.

Die Tür öffnete sich und eine Gestalt wurde im fahlen Lichtschein sichtbar. Andi kniff die Augen zusammen, um das Gesicht besser erkennen zu können. Dann erkannte er Gerald Kugler. Jetzt wurde ihm alles klar, doch die folgende Frage überraschte ihn:

»Wo ist Uli? Hast du den gesehen?«

Andi hatte keine Ahnung, wovon der Mann sprach, und schwieg lieber, bevor er etwas Falsches sagte.

»Wo Uli ist, hab ich gefragt! Hörst du schlecht?«

»Nein, ich … weiß nicht!«

»Ach, dieser elende Feigling! Hat sich wahrscheinlich aus dem Staub gemacht. Der war sich wohl zu fein für die Drecksarbeit. Ha!«

Andi zuckte zusammen.

»Na gut, dann werde ich das wohl selbst erledigen müssen, was?«

Kugler schaute Andi so absonderlich an, dass er eine Gänsehaut bekam.

»Nein, bitte … ich …«

»Halt die Fresse! Du bist ja genauso dämlich wie mein Sohn.«

Andi sah zur Tür, die offenstand. Wenn er das Überraschungsmoment ausnutzen könnte, dann wäre er vielleicht schneller durch diese Tür als Kugler, aber die Angst lähmte seinen Körper und er wartete lieber ab.

Er schaute das Gesicht seines Peinigers an. Dessen rechtes Auge war nass und halb zugekniffen. Es sah nach einer schlimmen Verletzung aus, möglicherweise war das seine Schwachstelle. In diesem Augenblick stellte er mit einer gewissen Beruhigung fest, dass er den Metallstift immer noch in seiner Faust hielt. Er schob ihn sicherheitshalber ein Stück in seinen Jackenärmel hinein, bevor Kugler ihn entdecken konnte.

Der Killer baute sich nun vor Andi auf wie ein Arzt vor seinem Patienten.

»So, dann wollen wir den jungen Mann mal nicht länger warten lassen, was?«

Andi spürte jeden einzelnen Herzschlag in seinem Ohr. Er wollte schreien, aber die Angst ließ ihn verstummen.

Kugler hob seine Hände und kam näher. Andis Faust hielt den Metallstift krampfhaft fest. Er wartete …

Als er Kuglers Hände an seinem Hals spürte, zuckte er zusammen. Er hatte nicht mit dieser entschlossenen und rohen Gewalt gerechnet, die augenblicklich auf seinen Hals einwirkte. Ihm wurde schwarz vor Augen, und mit letzter Kraft stach er zu.

»Ja, was haben wir denn da?«, fragte Kugler, und schaute amüsiert auf das Metallteil. »Wolltest du mir damit etwa wehtun? Na, du bist ja süß!«

Er nahm Andi die Wechselachse ab und warf sie über seine Schulter hinter sich. Dann lächelte er beinahe mitleidig.

»Ich mach auch schnell, versprochen!«

Plötzlich ging die Tür ein Stück weiter auf und Uli Kugler erschien. Gerald drehte sich zu ihm um.

»Ah, da ist ja mein nutzloser Herr Sohn! Und? Wo hast du dich wieder rumgetrieben? Hast du Schiss bekommen, oder was?«

»Nein, ich …«

»Nein ich, nein ich! Jetzt pass mal gut auf! Hier kannst du was *fürs Leben* lernen! So geht das!«

Gerald Kugler wandte sich wieder seinem Opfer zu. Er legte die Hände abermals um Andis Hals und drückte langsam zu – und grinste dabei. Andi versuchte, sich aus der Umklammerung zu lösen, doch es gelang ihm nicht.

»Siehst du? So geht das!«

Dieser Kugler hat Hände wie Schraubstöcke! Andi wurde es übel und seine Augen brannten vor Todesangst.

KEINE ANGST, ES IST GLEICH VORBEI!

Andi sah erschreckt auf. In der Mitte der Schlosserei stand sein Vater. Er stand dort genauso wie in seinem Traum und schaute ihn ruhig an.

ES IST GLEICH VORBEI, ANDI. VERTRAU MIR!

Andi versuchte, die Augen offen zu halten, aber der Druck von Kuglers Händen war so stark, dass er befürchtete, seine Augäpfel würden herausgedrückt. Er bekam keine Luft mehr, alles tat weh.

Und schließlich kam dieser Moment, der so surreal war, dass es keine Worte mehr dafür gab. Ein Zustand losgelöst von Raum und Zeit, in dem es keine Schmerzen gibt. Es war wie ein Ruck, der durch seinen ganzen Körper ging und ihn von allen irdischen Leiden erlöste.

Stille.

Andi sah seinen Vater nun direkt an.

»Hat es sich bei dir auch so angefühlt?«

JA. ABER ES GEHT BALD VORÜBER, GLAUB MIR!

»Ich will nicht sterben. Nicht jetzt. Nicht so, Papa!«

SCHLIESS DEINE AUGEN UND LASS LOS! HAB VER-
TRAUEN! LASS DEINE ÄNGSTE UND DEINEN ZORN
BEI MIR, SIE GEHÖREN NICHT ZU DIR.

Andi vertraute den Worten seines Vaters. Er schloss seine Augen und – ließ los.

Wieder gab es einen Ruck und der Würgegriff lockerte sich abrupt. Atmen! Andi spürte das Leben, das wieder zurück in seine Lungen strömte. Kugler fiel schreiend zur Seite und wälzte sich auf dem Boden. Aus seinem linken Auge ragte ein kurzes Stück des Metallstifts.

»Was hast du gemacht, Uli? Was hast du gemacht? Ich kann nichts mehr sehen!«, schrie Kugler.

Hans-Ulrich Kugler schaute ungerührt auf seinen Vater und dann zu Andi. Er reichte ihm die Hand und half ihm aufzustehen.

Durch die kleinen Fenster der Schlosserei wurde von außen Blaulicht sichtbar. Uli stützte Andi beim Hinausgehen, während sein Vater am Boden wild mit den Beinen herumstrampelte. Sein Geschrei klang wie das schrille Quieken eines unsachgemäß geschlachteten Schweines.

Uli drehte sich zu seinem Vater um und wunderte sich selbst darüber, dass er kein Mitleid empfand. Er wollte nur noch raus hier!

Offergeld und Greipel kamen ihnen entgegengelaufen.

»Krankenwagen!«, rief Uli.

Anton Greipel lief zurück zum Funkgerät, während sich der Kommissar in der Schlosserei ein Bild von der Lage machte.

Nachdem Greipel einen Rettungswagen angefordert hatte, kam er mit einer Vliesdecke zurück und legte sie Andi um die Schultern. Andis Blick fiel dabei auf den weißen Opel, mit dem er entführt worden war.

»Das rote Kissen … auf dem Rücksitz!«, krächzte er Greipel zu, der sofort verstand und die Tatwaffe sicherstellte.

Uli Kugler stand unentschlossen daneben. Es tat ihm alles so unendlich leid, aber er wusste nicht, was er sagen sollte.

»Geht's wieder?«, fragte er und Andi nickte.

»Danke«, antwortete er und musste wieder heftig husten.

In diesem Augenblick röhrte ein V6-Motor respekteinflößend auf und ein cremeweißer Buick bretterte durch das Tor auf den Firmenhof, auf dem Blaulicht flackerte.

»Auweia, was ist denn hier los?«, rief Theo Wallmann aus dem Beifahrerfenster.

Bernd stellte das Auto ab und drei Türen öffneten sich gleichzeitig.

»Andi!«, rief Lisa und rannte zu ihm. Sie umarmte und küsste ihn überschwänglich. Andi war sich nicht sicher, ob sein Schwindelgefühl noch von Kuglers Würgegriff oder von Lisas Küssen kam, aber das war ihm in diesem Moment egal.

»Ich hab mir solche Sorgen gemacht!«, stieß Lisa erleichtert hervor.

»Hey, so lange war ich doch gar nicht weg«, gab Andi lakonisch zurück.

Uli ging ein paar Schritte beiseite und zündete sich eine Zigarette an. Er fühlte sich furchtbar elend, aber gleichzeitig auch gut. Ihm war klar, dass jetzt wahrscheinlich eine unangenehme Zeit vor ihm lag. Er würde viele Fragen zu *be*antworten haben und sich für ein paar Dinge *ver*antworten müssen. Aber alles war besser als das Martyrium durch seinen Vater. Er lächelte erleichtert. Was er getan hatte, fühlte sich *richtig* an!

Ein Rettungswagen kam nun auf den Hof gefahren und Offergeld wies die beiden Sanitäter ein. Mit einer Trage liefen sie in die Schlosserei und kamen nach wenigen Minuten mit dem verletzten Gerald Kugler wieder heraus. Sie hatten ihm einen Venenkatheter gelegt und offenbar ein starkes Schmerzmittel verabreicht, denn er brabbelte irgendein unverständliches Zeug vor sich hin.

Als Lisa den Metallstift in dessen Auge und das viele Blut sah, vergrub sie schockiert ihr Gesicht in den Händen. Andi legte die Decke über sie beide und schaute seine Freundin an. Unter ihrer knielangen Steppjacke trug sie immer noch ihren rosafarbenen Einteiler und die Bernard-und-Bianca-Socken.

»Hübsch!«, bemerkte er lächelnd und sie stupste ihn dafür in die Seite.

»Herr Hans-Ulrich Kugler?«

Uli drehte sich zu Offergeld.

»Ja?«

»Wir müssen Sie bitten, mitzukommen. Wir haben einige Fragen an Sie.«

»Ja, ich weiß.«

»Er hat mir das Leben gerettet!«, rief Andi.

Uli nickte Andi zu.

Der Rettungswagen fuhr an und blieb wieder stehen. Der zweite Sanitäter kurbelte das Fenster herunter und schaute zu Bernd, der an seinem Buick stand und eine Zigarette drehte.

»Isch hann et doch jewoss. Dat es der Marc Steele!«

Bernd grinste und nickte ihnen zu. Sie winkten, hupten fröhlich und verließen das Gelände mit Blaulicht und Sirene.

Als Offergeld und Greipel sich zum Abfahren bereit machten, schaute Andi zum Eingang der Schlosserei. Er überlegte, ob er noch einmal dort hineingehen sollte. Doch dann dachte er an die Worte seines Vaters.

»Lass deine Ängste und deinen Zorn bei mir, sie gehören nicht zu dir.«

Andi drehte sich zu seiner Freundin und sagte: »Komm, lass uns heimgehen!«

Epilog

Pfarrer Franz Niedermeier spickte aus der Sakristei und staunte nicht schlecht. Die Kapelle des Südfriedhofs war bis auf den letzten Platz besetzt. Er lächelte zufrieden.

Ein großes gerahmtes Foto von Andis Vater stand auf einer Staffelei vor dem Altar. Links neben der üppig mit Blumen und Kränzen geschmückten Urne stand ein Konzertflügel, der eigens für diesen Trauergottesdienst dorthin transportiert worden war. *Moment mal!* War das nicht der Flügel aus Bernds Wohnzimmer? Andi zeigte fragend auf das Instrument und stupste Bernd an, der links neben ihm saß. Bernd grinste und nickte nur.

Chrrrk!

Die Stadt Bröhlheim hatte diese Beerdigung kulanterweise organisiert und die Übernahme der Kosten angekündigt. Die aktuell stellvertretende Bürgermeisterin Frau Dr. Reisig hatte sich persönlich dafür eingesetzt. Bei der Durchsuchung von Kuglers Wohnung hatte man zwar den Umschlag mit den fünfzigtausend D-Mark gefunden, aber das Geld sollten Andi und seine Schwester lieber für ihre Ausbildungen verwenden, so Reisig. Es wurde an keinem Detail gespart, und dieses Mal bekam das Grab von Andis Vater sogar einen richtigen Grabstein.

Chrrrk!

Lisa nahm Andis Hand, denn sie hatte bemerkt, wie nervös er war. Er sah sich immer wieder um und war überwältigt vom

Andrang der Menschen. Unter ihnen all jene, die er in den letzten Wochen kennen und mögen gelernt hatte:

Lisa und ihre Eltern, natürlich auch Bernd und Sabine, Kommissar Offergeld und sein Kollege Anton Greipel, der gerade seiner Sitznachbarin etwas ins Ohr flüsterte. Sie kam ihm irgendwie bekannt vor, Lisa hatte ihr eben auch schon zugewinkt. Jetzt fiel es Andi auch wieder ein: Das war doch Beate, die Polizistin mit dem Funkgerät aus dem Polizeibus. Ein Großteil der Stadtverwaltung war ebenfalls hier, wie zum Beispiel die Putzfrau Dagmar Ehrsfeld, Klaus Lohmeier und Mehmet Özkan vom Bauamt. Auch Marion Luxemburg, die Chefin der Niederkasseler Schiffswerft, war gekommen, um zu kondolieren.

Chrrrk!

Er nickte Eddy Pasbrig zu, der zusammen mit seiner Frau Hilde im hinteren Bereich Platz genommen hatte. Der wirkte erleichtert. Eddy hatte ihm draußen vor dem Eingang die Hand gereicht und sich aufrichtig für den Geldbörsenraub im *Laternchen* entschuldigt.

Andi ließ seinen Blick weiter durch die Gemeinde schweifen.

Ein paar Sitzreihen hinter ihm saßen Harald Gessler, der Druckerei-Chef, und seine Frau. Theo Wallmann hatte ihm eben einen Stoffbeutel mit einer Videocassette in die Hand gedrückt. Wallmanns Kumpel vom WDR hatte mit dem vorhandenen Bildmaterial einen Beitrag über die Firma Gessler-Druck gezaubert, der in vier Wochen im *Ersten* zu sehen sein würde. Der Titel war »*Von Gutenberg bis Offset – Drucktechnik im Wandel der Zeit*«.

Harald Gessler freute sich offensichtlich und war schon sehr gespannt darauf.

Chrrrk!

Und wer war das? Neben Kommissar Offergeld saß eine Dame, die Andi von ihrer Aufmachung her eher dem Rotlichtmilieu zugeordnet hätte. Sie und Offergeld tuschelten miteinander. Sie schienen sich also zu kennen. *Interessant.* Andi lächelte zu ihnen hinüber.

Dieser Trauergottesdienst war kein Vergleich zu der deprimierenden Beisetzung vor drei Wochen. Er war das pure Gegenteil davon. Die Stimmung der Anwesenden war durch und durch positiv. Diese Botschaft ging an Andi und sie war unmissverständlich: Wir sind für *dich* hier.

Chrrrk!

Ein paar Anwesende kniffen genervt die Augen zusammen, denn irgendwoher war seit ein paar Minuten immer wieder ein unangenehm kratziges Geräusch zu hören. Herr Wallmann drehte sich schließlich zu seinem Sitznachbarn um.

»Das Funkgerät kannst du hier drin ausmachen, Holger!«

»Oh, Tschuldigung, Chef!«

Holger Bock trug seine dunkelblaue WaWa-Dienstuniform. Das Funkgerät war an seinem Hosengürtel befestigt. Hastig suchte er nach dem Ausschaltknopf, bis Theo Wallmann irgendwann danach griff und es selbst ausmachte. Sicherheitshalber nahm er auch gleich die Batterien raus, was mehrere Anwesende mit einem zufriedenen Nicken quittierten.

Die Kapellentür öffnete sich und bereitete für Andi wahrscheinlich die größte Überraschung des Tages. Er konnte zuerst nicht glauben, wen er da sah:

»Mama!«

Andi sprang auf und winkte aufgeregt. Seine Mutter und Christiane huschten zu ihm nach vorne. Sie umarmten sich innig und tränenreich. Am liebsten hätte er sofort angefangen zu erzählen, was er hier in den letzten vier Wochen erlebt hatte, doch dazu würde es später noch genug Gelegenheit geben. Lisa rückte auf und die beiden quetschten sich zu ihnen in die erste Sitzreihe.

Pfarrer Niedermeier trat aus der Sakristei in den Altarraum und zwinkerte Andi zu. Die Gemeinde erhob sich und *echte* Orgelmusik erklang, was Andi überraschte, denn er hatte den Organisten bis jetzt gar nicht bemerkt. Alles war so feierlich und würdevoll! Als die Musik verstummte, trat Pfarrer Niedermeier ans Mikrofon.

»Oiso, zerst amoi gfrei i mi sakrisch, dass so vui heid kemma sand. Des is ja sozumsong scho de zwoate Beerdigung vom Krammer Hias, und i hoff, dass des etzad a dabei bleibt!«

Ein paar vereinzelte Lacher waren zu hören, gleich hinter Andi tuschelte ein Ehepaar miteinander.

»Wat säht hä?«

»Isch verstonn och nit, wat dä säht. Es dat Latein?«

»Koa Sorge, ihr Liaben, des war boarisch. I werd die Andacht in oana fia olle verständlichen Sprach hoitn.«

Wieder ein paar Lacher, und dann schaute der Pfarrer zu Andi.

»Andi, mogst du was song zu de Leit?«

Andi schlug das Herz bis zum Hals, als er aufstand und nach vorne kam. Pfarrer Niedermeier trat lächelnd zur Seite und ließ den jungen Mann ans Mikrofon.

»Ich … äh … «

Er schaute zu Lisa, die ihm eine Portion Mut zuzwinkerte.

»Also, ich … freu mich sehr, dass ihr alle hier seid. Die meisten von euch kannten meinen Vater wahrscheinlich nicht, deswegen vermute ich, dass ihr hauptsächlich wegen des leckeren Kuchens hergekommen seid.«

Lautes Lachen. Das Eis war gebrochen.

»Nein, ich mach nur Spaß. Ich freu mich wirklich sehr, dass ihr hier seid!«

Andi schaute zu Kommissar Offergeld und Anton Greipel.

»Ich habe aufregende Wochen hinter mir, das könnt ihr mir glauben! Es ist so viel passiert, dass ich bestimmt noch etwas Zeit brauche, um alles zusammenzubekommen.«

Seine Mutter kämpfte mit den Tränen und schaute nach unten. Andi suchte nach einer treffenden Formulierung für seine nächsten Sätze und sprach direkt zum Foto seines Vaters.

»Ich hab das Gefühl, dass ich dir in den vergangenen Wochen nähergekommen bin als jemals zuvor. Es war wie eine Reise, auf der ich dich kennengelernt habe. Ich durfte einmal sehen, wer du ganz tief in dir drinnen warst. Du warst in den letzten Wochen jedenfalls immer wieder bei mir und hast Licht gemacht, wenn es dunkel wurde. Ich denke, dass es das ist, was Väter für ihre Kinder tun sollten.«

Andi schaute sich um. In der Kapelle war es mucksmäuschenstill.

»Es ist schon krass, dass man manchmal Freunde findet in Momenten, wo man am wenigsten damit rechnet. Einige von euch waren für mich da, ohne auch nur eine Sekunde darüber nachzudenken, ob es vielleicht peinlich oder unangenehm werden könnte.«

Herr Wallmann, Bernd und auch Herr Gessler grinsten breit.

Jetzt schaute Andi zu Martin Offergeld und Toni Greipel …

… und zu Uli Kugler.

»Danke!«

Schließlich wanderten seine Augen wieder zum Foto seines Vaters.

»Du hast mal zu mir gesagt, ich soll meine Ängste und meinen Zorn bei dir lassen. Aber ich bin nicht ängstlich und auch nicht zornig. Jedenfalls nicht mehr. Wenn es für dich ok ist, würde ich nur gerne ein paar Dinge im Leben anders machen als du.

Mach's gut, Papa!«

Seine Mutter wischte sich etwas aus dem Auge. Andi setzte sich an den Flügel und schaute zu Lisa.

»Hast du Lust?«

Lisa nickte und kam nach vorne. Andi begann zu spielen, dann setzte Lisa ein.

I found my thrill on Blueberry Hill
On Blueberry Hill where I found you
The moon stood still on Blueberry Hill
And lingered till my dreams came true

Danke

An dieser Stelle möchte ich noch ein paar persönliche Dankeschöns loswerden: Zunächst einmal ein dickes Dankeschön an die unfassbar gewissenhafte Angela Hochwimmer für die tolle Lektorierung! Danke auch an Ulla Niedermeier für das authentische Bayerisch des Pfarrers! Und mit gleich mehreren Ausrufezeichen bedanken will ich mich auch mal bei meiner Judit, die es wochenlang klaglos ausgehalten hat, mit einem *Nerd* zusammen zu sein, der ständig in seiner Bude gehockt und auf irgendwelchen Tastaturen herumgeklimpert hat. Ich liebe dich!

In dieser Geschichte wird aus den folgenden Werken zitiert bzw. finden Erwähnung:

- Motorbiene – Benny Quick (EMI Columbia, 1962)
- Theo, wir fahr'n nach Lodz – Vicky Leandros (Phonogram Int., 1974)
- Zwei kleine Italiener – Conny Froboess (Columbia, 1962)
- Easy Lover – Philip Bailey & Phil Collins (Columbia Records, 1984)
- Such a Shame – Talk Talk (EMI, 1984)
- Blueberry Hill – Fats Domino (Imperial, 1956)
- Georgia On My Mind – Ray Charles (ABC Paramount, 1960)
- Fang mich – Elke Best (Warner Bros. Records, 1976)
- James Bond 007 – Octopussy (Eon Productions Ltd., 1983)
- Star Wars: Episode VI – Die Rückkehr der Jedi-Ritter (20th Century Fox, 1983)
- Die Glücksritter (Paramount Pictures, 1983)
- The Lion Sleeps Tonight – The Tokens (RCA Victor, 1961)
- Ich will Spaß – Markus (CBS Schallplatten GmbH, 1982)
- Heartbreak Hotel – Elvis Presley (RCA Victor, 1956)
- Donkey Kong – Arcade Game (Nintendo, 1981)
- T.N.T. – AC/DC (Albert, 1976)

Weitere Titel

- Roman: Krammers Faktum (die Fortsetzung dieser Geschichte)
- CD: Take Me To Funtown
- Booklet: Take Me To Funtown – Bring mich zu den Schmetterlingen

Exemplar mit Signatur gewünscht?
Schreib mir gerne eine E-Mail an raymohra@icloud.com

FSC
www.fsc.org
MIX
Papier aus ver-
antwortungsvollen
Quellen
Paper from
responsible sources
FSC® C105338